文物建筑

第16辑

河南省文物建筑保护研究院　编

科学出版社

北京

图书在版编目（CIP）数据

文物建筑 . 第 16 辑 / 河南省文物建筑保护研究院编. —北京：科学出版社，2023.10

ISBN 978-7-03-076531-4

Ⅰ.①文⋯　Ⅱ.①河⋯　Ⅲ.①古建筑-中国-文集　Ⅳ.①TU-092.2

中国国家版本馆 CIP 数据核字（2023）第 188234 号

责任编辑：孙　莉　吴书雷 / 责任校对：邹慧卿
责任印制：肖　兴 / 封面设计：张　放

科学出版社 出版
北京东黄城根北街 16 号
邮政编码：100717
http://www.sciencep.com
北京中科印刷有限公司 印刷
科学出版社发行　各地新华书店经销
*
2023 年 10 月第　一　版　　开本：889×1194　1/16
2023 年 10 月第一次印刷　　印张：12
字数：335 000

定价：138.00 元

（如有印装质量问题，我社负责调换）

《文物建筑》编辑委员会

顾　　问　杨焕成　张家泰

主　　任　杨振威

副 主 任　高　云

委　　员（以姓氏笔画为序）

马萧林　田　凯　吕军辉　任　伟　任克彬

孙英民　孙新民　杜启明　李光明　辛　革

张得水　张斌远　张慧明　武　玮　郑东军

赵　刚　贾付春　贾连敏　徐　蕊　韩国河

主　　编　杨振威

本辑编辑　孙　锦

英文编辑　赵　莘

封面图片　付　力

主办单位　河南省文物建筑保护研究院

编辑出版　《文物建筑》编辑部

地　　址　郑州市文化路 86 号

E-mail　wenwujianzhu@126.com

联系电话　0371-63661970

文物建筑

目 录

Contents

文物建筑研究

少林寺初祖庵大殿研究综述

杨焕成

（河南省文物局，郑州，450002）

摘　要： 初祖庵大殿建于宋宣和七年（1125年），比宋《营造法式》成书时间仅晚25年，且与《营造法式》颁布地宋都东京（今开封市）较近。故该大殿之建筑结构与建筑手法多与《营造法式》的规定相同或相近，成为研究《营造法式》最重要的实例。为全面深入开展对初祖庵大殿之科研工作，笔者将从不同视角、不同专业对该大殿的研究成果予以简要综述，以推动更多专业人员参与初祖庵大殿深入研究，取得更为丰硕的科研成果。

关键词： 初祖庵大殿；建筑结构与建筑手法；研究综述

少林寺初祖庵是为纪念我国佛教禅宗初祖印僧达摩而修建的一处佛教庵堂。位于河南省登封市城西北少林寺西北2公里五乳峰下。创建时代不详，据现存的宋大观元年石刻铭记"达摩旧庵堙废日久"记载可知，北宋大观元年（1107年）前建造的初祖庵已"堙废日久"。现存的初祖庵建筑仅有宋代建筑大殿和清代地方手法建筑东亭（圣公圣母亭）与西亭（面壁亭），以及近年复建、重建的山门、千佛阁、东西厢房。

初祖庵现存建筑，以大殿的历史、科学、艺术价值最重要。此殿坐北面南，面阔三间（11.12米），进深三间（10.615米），平面近方形，为单檐歇山式建筑。殿内石金柱的捐柱题记为"……奉佛男弟子刘善恭仅施此柱一条……大宋宣和七年佛成道日焚香书"。可知殿之建筑年代，当为北宋晚期的宣和七年（1125年），虽经历代重修，但仍基本保持着宋代建筑的原貌（图一～图四）。

图一　20世纪20年代的初祖庵大殿
（日本常盘大定、关野贞《中国文化史迹》第二辑）

图二　1936年的初祖庵大殿
（刘敦桢《河南省北部古建筑调查记》）

图三　20 世纪 60 年代初的初祖庵大殿
（河南省文化局文物工作队《河南名胜古迹》）

图四　2018 年的初祖庵大殿

初祖庵大殿虽仅为面阔、进深各三间的"小殿"，但由于它与宋代建筑专著《营造法式》在时间和空间上的特殊关系，备受古建筑史学界高度关注。所知不同版本的《中国建筑史》《中国古代建筑史》《中国建筑艺术史》《中国古代建筑技术史》及有关古建筑论著，均有该殿建筑文化的记述和研究内容。《营造法式》成书于宋元符三年（1100 年），此殿建于宋宣和七年（1125 年），二者相较，仅只差 25 年；且在地理上，登封与开封（宋都东京）相距百余公里，故其建筑结构与建筑手法与《营造法式》的规定基本相符或相近。这使之成为研究《营造法式》的重要实例，也是我国现存重要的宋代木构建筑之一；但至今尚无全面系统研究专著面世，仅为单篇研究文章或古建筑专著中涉及的部分研究内容，给进一步深入研究带来不便。因笔者未能对该大殿进行深入考察，更未能进行专题研究，所知之甚少，现仅将已知不同专业领域专家学者对该大殿的研究成果予以简汇综述。

（一）初祖庵大殿建筑结构简记

初祖庵大殿，面阔三间，进深三间，单檐歇山顶。檐柱与金柱均为青石质八角形，有明显的柱生起。覆盆柱头，覆盆柱础。檐下仅施阑额，未施普拍枋。外檐斗栱为五铺作单抄单下昂，斗栱后尾偷心，用真昂，昂为琴面昂。前、后檐明间补间铺作各两朵，次间补间铺作各一朵，令栱位置略低于第一跳慢栱。单材耍头为蚂蚱头状，其上置齐心斗。散斗、齐心斗、交互斗的斗顀较深。柱头铺作与转角铺作均用圆栌斗，补间铺作用讹角栌斗。斗栱（铺作）间垒砌拱眼壁。构架中石柱与额枋形式规整，但所有梁栿皆采用草栿造，用简单加工的木材制作，粗细弯曲任其自然形状。明间梁间为四椽栿前对乳栿劄牵立四柱。前金柱位置与山柱一致，后金柱位置因佛台关系而向后推移约一步架。殿顶较平缓，保留部分早期陶质构件。殿之檐柱、金柱和殿墙石护脚表面浮雕非常精美的卷草、莲荷、人物、飞禽、伎乐、游龙、狮子、麒麟、舞凤、飞天等图案。前、后明间入口处各置板门两扇，正面两次间各置一直棂窗。正面明间台明下置石砌踏道，保护完好，三角形象眼制作规范，此垂带踏道系现存宋代石阶级踏道的重要实物。1965 年 8 月，文化部文物局委派著名古建筑专家杜仙洲老师和律鸿年先生并由河南省文物工作队杨焕成、汤文兴协助勘查大殿，编制维修方案，由于1966年"文化大革命"破"四旧"运动的干扰，维修工程方案被迫未能实施。1983年，国家文物局派梁超、杨新工程师和河南省古建筑保护研究所共同编制大殿局部复原性的维修方案，并经批准施工，于1986年维修工程竣工。除修大殿外，还维修了大殿后的东亭与西亭，重建了山门、侧门、围墙等。

（二）初祖庵大殿与《营造法式》比较研究概况

梁思成先生早在1944年编著的《中国建筑史》就明确指出"少林寺初祖庵大殿，建于宋徽宗宣和七年（1125年），在时间和空间上与《营造法式》为最接近之实物。……檐柱有显著的柱生起，阑额至角柱出头斫作楷头，其上未施普拍枋。外檐斗栱单抄单下昂，重栱计心造，其转角铺作与柱头铺作俱用圆栌斗，补间铺作用讹角栌斗。令栱位置较第一跳慢栱略低，均《营造法式》之规定也"（图五）。并在他的巨著《营造法式注释》中，采用初祖庵大殿的斗栱、梁架、踏道等照片和测绘图，进行注释研究（图六～图九）。梁先生还对该大殿精美的石雕刻和规范的石踏道给予很高的评价。

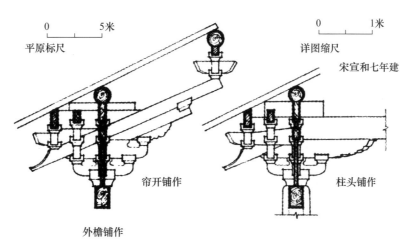

图五　初祖庵大殿斗栱图
（梁思成《中国建筑史》）

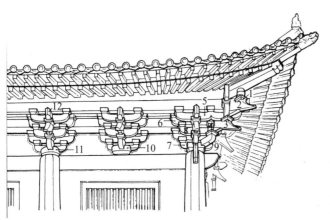

图六　初祖庵大殿斗栱与阑额测绘图
（梁思成《营造法式注释》）

图七　初祖庵大殿斗栱琴面昂
（梁思成《营造法式注释》）

图八　初祖庵大殿彻上明造之昂尾
（梁思成《营造法式注释》）

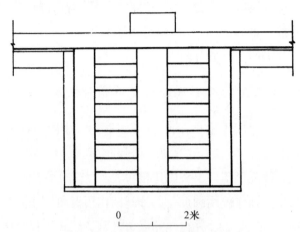

0　　　　2米

图九　初祖庵大殿踏道平面测绘图
（梁思成《营造法式注释》）

刘敦桢先生 1936 年调查，1937 年发表在《中国营造学社汇刊》第六卷第四期上的《河南省北部古建筑调查记》（以下简称《调查记》），对初祖庵大殿进行了较详细的记述和研究。《调查记》指出"大殿背面之门系自小窗改建，非原来所有。后金柱因佛台关系向后推展约一步架，手法较为灵活。……其正面踏道，在东、西二踏步之间夹入较宽的垂带石一列，异常特别，也许此种式样，就是明清殿陛的前身。台上檐柱，具有很明显的升起。阑额前段斫作楂头形式，其上未施普拍枋。外檐斗栱五铺作单抄单昂，材栔比例虽不十分雄大，但在学社已往所调查的古建筑内，唯此殿斗栱结构最与《营造法式》接近。此殿外檐斗栱，自（日本）关野贞博士介绍后，凡是留心中国建筑的几乎是尽人皆知。最重要的却尚有二事。（一）柱头铺作与转角铺作俱用圆栌斗，而补间铺作则用讹角斗。（二）令栱的位置比第一跳的慢栱稍低。以上二项恰与《营造法式》符合。而为本社已往调查的木构建筑物所未见。殿东侧前金柱上铭刻一段：'广南东路韶州仁化县潼阳乡乌珠经塘村居士□佛男弟子刘善恭仅施此柱一条，……大宋宣和七年佛成道日焚香书。'知其建造年代，属于北宋徽宗宣和七年（1125 年），而李明仲《营造法式》成书于元符三年（1100 年），二者相较，仅仅只差二十五年，并且在地理上，登封与开封相距甚近，所以能够符合如此。""明间梁架（图一〇），在南面檐柱与前金柱之间，施乳栿与劄牵。前金柱以北部分，施四椽栿，直达北侧的檐柱上。其上再施三椽栿与平梁，南端插入前金柱上部的童柱内，亦属创见。不过依木材解割形状观察。此殿梁架，已经后人抽换过多次了。"对此殿的石雕刻（图一一），刘先生用"罕贵孤例""精美异常""宋代石刻不易多得的精品"的赞誉予以评价。

祁英涛老师在《科技史文集》第 2 辑（上海科技出版社，1979 年）发表的《对少林寺初祖庵大殿的初步分析》一文，通过翔实的勘查研究对初祖庵大殿的建筑样式、结构和建筑技术等与《营造法式》进行比较研究，指出"初祖庵大殿，石砌台基，正面踏道，中间置素面条石将石级分为左右，应是'御路'的早期形式。大殿全部用石柱，露明处雕刻花卉、人物、鸟兽。总体造型比例匀称，是古代建筑中比较完美的遗物之一"。

殿内于后金柱间砌扇面墙，前砌佛台（塑像早毁），佛台及檐墙下肩石护脚上雕刻水浪纹间以

图一〇　初祖庵大殿梁架
（刘敦桢《河南省北部古建筑调查记》）

图一一　初祖庵大殿石柱雕刻
（刘敦桢《河南省北部古建筑调查记》）

殿阁鸟兽，十分精美。东边的前金柱上刻有宋代题记："奉佛弟子刘善恭仅施此柱一条，……大宋宣和七年佛成道日焚香书。"结合此殿现存结构特点和主体构件的遗存情况，都可以确切说明大殿建于宣和七年（1125年），虽经几次修理，仍保留了原建时的主要构件和当时的结构特征。明显的有以下几点：

（1）平面中四周檐柱十二根，殿内金柱四根，除墙内四根檐柱为小八角形外，其余各柱都是等边八角形，柱径48厘米，明间檐柱高353厘米，柱高与柱径比约为7∶1，是已知早期木构建筑中较粗壮的实例之一。角柱比檐柱高7厘米，柱侧脚正侧两面都是9厘米，约为柱高的2.5%。

柱子的排列基本上纵横成行，唯两后金柱向后移动124厘米，这种做法习惯上称为"移柱造"（图一二）。《营造法式》中没有记载此种制度，现存实物中柱子的排列，在唐和辽初的重要木构建筑中都是纵横成行，整齐有序，辽中叶以后由于使用上的要求，平面中柱子的排列出现了一些变化，大体上有两种做法，分别被称为"减柱造"和"移柱造"。

李明仲编著的《营造法式》（也简称为《法式》），完成于宋元符三年（1100年），比初祖庵大殿的建筑年代仅早25年，登封距当时的政治中心（今开封市）较近，因而这座建筑物在许多方面受到《法式》影响较深，早已被认为是研究该书的重要参考例证，通过我们测量的结果，证明这座建筑物中许多构件的尺度，式样大多与《法式》规定一致，有的则完全相同。以大殿的斗栱为例最为明显。

（2）外檐斗栱为五铺作单抄单下昂，重栱计心造，分为柱头、补间、转角三种。

柱头斗栱：栌斗为圆形，昂为插昂，昂嘴做琴面昂，后尾压在乳栿出头所砍成的耍头底面，华头子后尾即为里出第

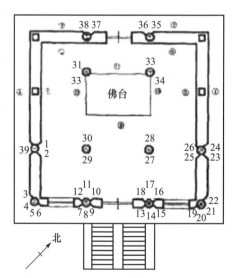

图一二　初祖庵大殿平面图
（祁英涛《对少林寺初祖庵大殿的初步分析》）

二跳华拱，要头与令拱相交，正中置齐心斗承托撩檐枋。

补间斗栱：栌斗四角抹圆，即为《法式》所称的讹角斗，昂为真昂，后尾斜挑压在下平槫之下。

转角斗栱：栌斗为圆形斗，令拱刻鸳鸯交首拱，角昂上用由昂。

（3）内檐金柱柱头上各用斗栱一朵，五铺作重抄，方形栌斗，四角凹入成梅花瓣形，二跳华拱前端砍成翼形楂头。

（4）大殿的梁架为彻上明造（图一三、图一四），与《法式》所绘"六架椽屋前后乳栿用四柱"的图样相似，全部梁架由周围檐柱及内柱四根承托。檐柱头施阑额，至角柱出头砍成楂头形，柱头上不施普拍枋，按《法式》卷四"平座"条内记载，普拍枋仅是在楼阁的平座中使用，"凡平座铺作下用普拍枋，厚随材广，或加一栔。其广尽所用方木"。现存实物中，辽代建筑的蓟县独乐寺观音阁与此规定一致，平座斗栱下用普拍枋、阑额，上下檐柱头间仅用阑额无普拍枋。除此以外，在现存唐、五代及宋代早期的建筑中，如五台山南禅寺大殿（唐）、佛光寺东大殿（唐），蓟县独乐寺山门（辽），平遥镇国寺大殿（五代），福州华林寺大殿（五代），敦煌几座宋初建筑的窟檐以及宁波保国寺大殿（宋）等都不用普拍枋。檐柱柱头用普拍枋的最早实例为五代晋天福五年（940年）建筑的平顺大云院大殿，直到北宋中叶以后几乎普遍应用。但《法式》规定仍然仅限于平座斗栱下使用。因为柱头的普拍枋对增加整体构架的强度是有益的，故各地工匠多不按《法式》规定施行，在北宋中叶以后普遍应用此种构件的情况下，初祖庵大殿的情况就显得比较特殊，这是大殿与《法式》规定相符的又一明显例证。

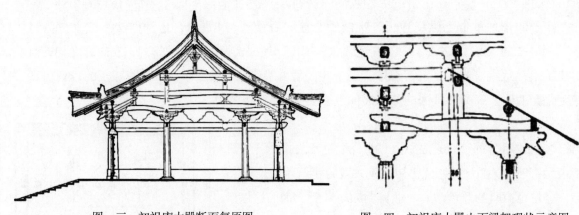

图一三　初祖庵大殿断面复原图　　　　　图一四　初祖庵大殿山面梁架现状示意图
（祁英涛《对少林寺初祖庵大殿的初步分析》）　　（祁英涛《对少林寺初祖庵大殿的初步分析》）

祁英涛先生还将该大殿梁架结构细部做法与《营造法式》有关规定，通过列表对比研究，进一步证明二者相同或相近之处。

初祖庵大殿不仅在结构上保留了与《法式》中许多一致的手法，成为研究这部著作的重要实物例证，它的全部石雕纹样，包括檐柱、金柱、墙下肩及佛台束腰的雕刻，也是研究《法式》中所绘雕刻、彩画等纹样的重要参考例证。

通过对初祖庵大殿现存结构的勘查，说明《营造法式》的颁布，不仅对宋代宫殿建筑起着"法规"的作用，同时对地方建筑也具有广泛的影响，初祖庵大殿的斗栱、梁架中许多细部做法与《营造法式》规定一致的事实，充分证实了这一点。

但是，大殿的某些做法并不完全恪守《营造法式》的规定。在几项大的方面，如彻上明造的梁架中全部使用草栿的做法，就是结合地方的具体情况，考虑经济条件而做的，因为草栿比明栿刻月梁的做法既省工又省料。又如就地取材，使用石柱的做法，也体现了地方建筑的特点。

《营造法式》将主要建筑物的结构形式分为殿堂与厅堂两种式样，除了式样的区别外，当然也包含一定的等级制度在内，但后一点对一些地方建筑的约束力是有限的。具体设计人员是可以根据当时当地的具体条件，比较灵活运用的。这一点在大殿的现存结构中也有所体现。如大殿的结构基本式样、材分等级以及主要构件梁栿的断面尺寸，都应属于厅堂式，但其屋顶举高、石柱上所用雕饰纹样又是属于殿堂式的规制，前金柱中使用了楼阁建筑中的叉柱造的方法，更是不多见的灵活运用的例证。

初祖庵大殿，对研究《营造法式》的某些规制及成书后对地方建筑的影响都有很好的借鉴作用，虽然在历代修理过程中有些改动，但其痕迹尚清晰可辨，其原状是可以研究清楚的。仅就其现存结构而论，也不愧为一座优秀的古代建筑。

清华大学郭黛姮教授主编的《中国古代建筑史》（第三卷）"宋辽金西夏"对初祖庵大殿的建筑结构与建筑手法记述后，研究提出"少林寺初祖庵大殿虽是一座规模不大的殿堂（图一五、图一六），但却有很高的文物价值，它的建造年代几乎与《营造法式》一书的成书年代相同，因此它的技术造作和装饰手法，可以算是对《法式》规定制度的注解。尽管工匠就地取材，使用天然木料做成梁栿（图一七、图一八），但在诸多结构处理手法上却均按《法式》要求完成。首先看斗栱（图一九～图二一），《法式》有'如柱头用圆斗，补间铺作用讹角斗'之规定，初祖庵为遵守此项规定的唯一孤例。又如斗栱的分布规律，也是按《法式》要求'当心间用补间铺作两朵，次间及梢间各用一朵'作的。再有补间铺作斗栱后尾交待，采用了'若屋内彻上明造……挑一材两栔（谓一栱上下皆有斗也）'的做法，更是完全忠实于《法式》的制度。斗栱中出跳尺寸及栱、昂单件尺寸也与《法式》规定基本相同，如华栱第一跳出 30 分°，第二跳出 28.5 分°，《法式》两者皆为 30 分°。又如泥道栱长 62.6 分°，瓜子栱长 62 分°；《法式》两者均为 62 分°。慢栱长 93 分°，比《法式》规定长 1 分°。令栱长 73.3 分°，比《法式》规定长 1.3 分°。华栱长 71.1 分°，比《法式》规定短 0.9

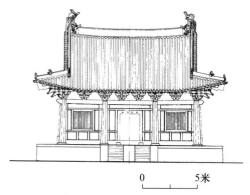

图一五　初祖庵大殿正立面测绘图
（郭黛姮主编《中国古代建筑史》第三卷）

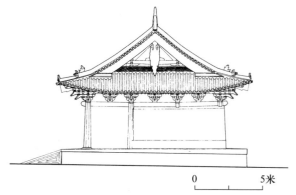

图一六　初祖庵大殿侧立面测绘图
（郭黛姮主编《中国古代建筑史》第三卷）

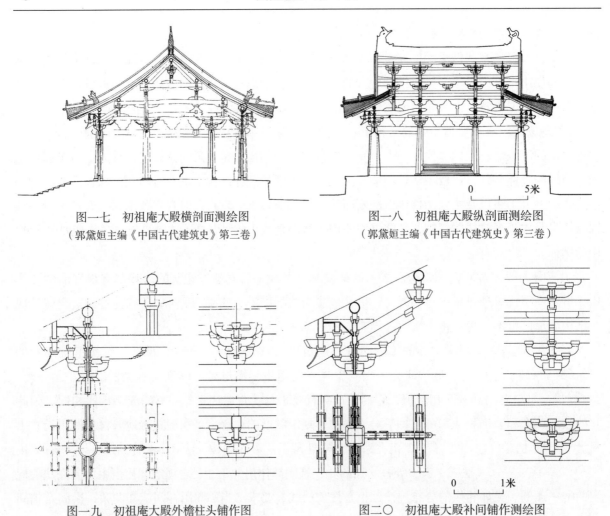

图一七 初祖庵大殿横剖面测绘图
（郭黛姮主编《中国古代建筑史》第三卷）

图一八 初祖庵大殿纵剖面测绘图
（郭黛姮主编《中国古代建筑史》第三卷）

图一九 初祖庵大殿外檐柱头铺作图
（郭黛姮主编《中国古代建筑史》第三卷）

图二〇 初祖庵大殿补间铺作测绘图
（郭黛姮主编《中国古代建筑史》第三卷）

图二一 初祖庵大殿转角铺作测绘图
（郭黛姮主编《中国古代建筑史》第三卷）

分°。在手工操作的施工条件下能达到这样的程度应认为是基本符合《法式》规定的。构架的做法和构架尺寸，也有诸多与《法式》规定相同之处，如：丁栿后尾搭在三椽栿或前内柱上的做法；襻间隔间上下相闪的做法；角柱生起做法；平梁、叉手、蜀柱、丁华抹颏拱的做法；以及柱径、檐出、椽径、撩檐枋尺寸等也都按《法式》规定做出。当然，也有明显与《法式》不符之处，如梁用自然材，断面小于《法式》规定，阑额尺寸也小，这可能是受财力限制，不得已而为之的结果。

另外，在雕饰方面，初祖庵大殿也可称得上是忠实于《法式》的重要实例，从题材选择上看，如花纹品类；花纹间以动物、人物；雕刻形制等方面，均与《法式》记载相同。而且雕刻的技艺也达到了相当高的水平（具体分析内容从略）。"

　　通过上述著名古建筑专家对初祖庵大殿的记述评价和与《营造法式》比较研究，我们既认识到该大殿非常重要的建筑史研究价值，又进一步认识到它与《营造法式》的时空关系，特别是与《营造法式》规定相符合的建筑结构和营造手法及其成因，并明确了它与《营造法式》规定不相符的地方及其成因。通过学习几位大家的研究成果，可以学到很多知识，但尚感到还有一些如草栿造自然材梁架等问题还有很多的研究空间，有待进一步深入研究。

（三）五十年前编制初祖庵大殿维修方案专家研讨意见记略

　　1963 年，河南省发生数十年不遇的洪灾，一天降雨量达 500～1000 毫米，有的地方 4 小时降雨量达 600 毫米，文物建筑遭到非常严重的破坏。河南省文化局根据省文化局文物工作队和地市文化、文物部门所报文物建筑受灾情况和救灾经费申请报告，迅速行文上报文化部文物局，救灾专款得到及时拨付，省文物工作队绝大多数专业人员分赴各地蹲点维修文物建筑。鉴于初祖庵大殿的特殊重要性，只进行了加固性抢救维护养护工程。随后于 1965 年 8 月，文化部文物局派著名古建筑专家杜仙洲老师和律鸿年先生编制初祖庵大殿全面维修方案。文化部文物局派驻中岳庙指导维修峻极门工程的井庆升先生也参与了此项工作。笔者有幸参加现场勘查。经过近一个月时间，搜集了大量资料，包括测绘图纸、照片等。杜仙洲、律鸿年、井庆升先生针对该大殿的残损情况和文物价值等，提出了编制维修方案的指导思想、维修原则及具体做法的分析意见。不但对初祖庵大殿的保护维修针对性很强，而且至今仍有指导保护维修古建筑的普遍意义。因"文化大革命"的干扰，该大殿维修方案编制和施工被搁浅了。现根据笔者当时所做的笔记和记忆整理如下：

　　杜仙洲老师说维修古建筑的目的是传承，使其延年益寿，而不是返老还童，使其焕然一新。苏州虎丘塔维修的效果不理想，业界不满意，当时用水泥修补残破处，造成不可挽回的损失，原因是没有听取刘敦桢先生的指导意见。河北赵州桥维修后对文物安全起到了作用，但也有不足之处，如把桥面上隋、唐、宋时期的石刻原构件换下来了，把复制石刻件换上去。所以有人说，维修后看上去像是 1∶1 的原大模型，不应该把桥上栏板等石构件换下来，只需要进行些修补就行了。1951 年，维修山西大同普贤阁也不够好；开封铁塔，维修得也不尽如人意，专家有不同意见。特别是复原工程应压缩到最小的范围内，不要轻易搞复原工程，对于时代早、文物价值高的古建筑，更不要在维修时随便复原。因为所谓的复原，也只能是复原到一定的时代和一定的程度，不可能做到绝对的复原，甚至是为了复原，而把具有重要文物价值、体现传承的东西给换掉，失去了宝贵的历史信息，造成保护性破坏。所以复原时一定要注意三条，一是要有理论根据，二是要有实物根据，三是要做到有利于保留历史信息。

　　杜仙洲老师说：解放后我们测绘了很多古建筑，可以说没有一座宋、辽建筑和《营造法式》是完全一样的。而现存的初祖庵大殿，大家都知道是北宋宣和七年（1125 年）建造的，但也不是该殿的创建年代。因为初祖庵始建年代不详，现存大殿山墙上所嵌宋大观元年石刻铭记"达摩旧庵堙废日久……"，可知在宋大观元年以前原初祖庵（达摩庵）已"堙废日久"。所以在编制维修方案时，一定要充分研究该殿的建筑结构和时代特征，正确判定文物价值。因为现存大殿的建筑年代和距北宋东京城的地域关系，都说明它与《营造法式》的密切关系。虽然在结构上它与《营造法式》也不完全一样，但总体上应该说是研究《营造法式》的现存实物标本。因此在维修初祖庵大殿时，要慎之又慎，要研究编制好维修方案，要经专家充分评审论证，报经批准后方可施工。我的意见是基本上保持现状，局部可以有根据地复原。现在的檐头短了，是民国二十年重修时锯短了，所以檐水滴在台明上，这次编制维修方案时，就要把这个问题解决了。还有个问题要引起大家重视，就是保养维护。也就是房顶除草局部勾糊，保持殿顶流水畅通，使其不塌不漏。别小看这岁修"小工程"，它确有着重大作用，为什么日本的古代木构建筑保存多，保存好，就是因为注意保养维护工程，这点是值得我们学习的。要不然等到局部塌漏再维修，不但花钱多，更使文物遭到大的损失。在维修时我建议要做到两保，一是保证工程质量，二是保证法式质量，一般说首先应该是以保证工程质量为主，但在某些特殊情况下要以保持法式质量为主。维修时还要做好档案工作，编制维修方案本身就是研究，研究好了方案才能编制好，研究不好，方案是编制不好的。施工也要研究，因为施工不但要按照方案设计进行，而且施工中会遇到意想不到的种种情况，特别是古建筑的隐蔽部位，在施工拆卸过程中会发现许多新情况、新问题，一定要及时拍照、绘图并做好文字记录等工作，并进行研究，甚至有时还需要变更设计，所以施工研究，施工档案也是很重要的工作。

在初祖庵大殿搭架测绘和拍照及文字记录过程中，富有实践经验的井庆升先生经过详细勘查后，针对残损情况，提出了"初祖庵大殿维修意见"。他首先介绍了四种工程类型，一是保养工程，二是抢救工程，三是修缮工程，四是复原工程。初祖庵大殿应以修缮工程为主，兼顾复原工程，即以"加固为主，复原为辅"进行修葺比较合适。具体意见是大殿前后檐下平槫位置不合理，可能是明代大修改动的。山面明间的下平槫与前后檐下平槫没在同一水平线上，因之山面丁栿上加立双柱，形成山面下平槫与前后檐下平槫互相交错。两山面斗栱真昂后尾加令栱替木承托槫枋，前后檐后人为了改动步架，真昂后尾不够长了，采取在真昂后尾接一木件的做法，应引起注意。山面斗栱真昂后尾有曲楞，前后檐真昂后尾中发现西南角有一昂之后尾存在原有痕迹，证明经过后人改动了。西缝三椽栿后檐伸出的椽头没有了，有后人截去的痕迹，东缝三椽栿存有椽头。上边三椽栿对搭牵，搭牵的出头有栱眼痕迹，东西缝梁架均有旧料改装的现象，西缝上椽栿后出头也被截锯过，可能是改动步架时被锯截的。该殿的举折也是后人改动后举高了。平梁上也有卯眼的痕迹，不过平梁改动无过多根据，故可暂时不动。天花板是后加的，放置天花板应该有结构交点，而现存的天花板是直接放在三椽栿上。另外，两次间找不到放置天花板的痕迹。前金柱之上童柱上的襻间枋以下的枋木是后加的，前檐东缝乳栿与斗栱后尾相交处出一个不规格的大楔子，是其改动的证明。关于角梁的早晚问题，大殿西北角的角梁比较早，其出头雕刻成三瓣形状，是不是原来的角梁，现在还下不了最后的结论，因为它后尾平齐，而早期角梁后尾是六分头，其他角梁出头基本上为霸王拳的形状，是晚期的做法。斗栱绝大多数保留着宋代宣和七年时的原构，这是非常难得的，也是初祖庵大殿文物价值重要的方面之一。但也有少部分斗栱经后人改动，最明显的是西北角转角铺作的昂嘴是后接的，后檐东柱头铺作的栌斗是后人抽换的。另外，东北角的转角铺作残损严重，维修时应予注意。在编制维修方案和施工中，建议要尽量保护好原构斗栱，最大限度地保留原构件，注重"法式质量"。东北角和西南角转角铺作，糟朽严重危及安全的少部分构件可在慎重研究后予以更换。其他部位斗栱的散斗若真不能修补再用的可以复制更换，杪栱（即华栱）头不是严重糟朽的不应更换，而是应予保留的。前后檐下平槫应回归原位，后改动的部分也应作相应的调整。天花板是否拆除，他的意见是慎重研究后可以拆除。童柱下后加柱子，角梁后尾后加的楔子，在其相应构件调整归位后可以去掉。角梁的梁头和后尾的做法可以参照西北角梁头和东南角梁尾制作。殿顶脊瓦件是古建筑中改动较大的部分，该大殿的脊瓦件后人也多次改动更换，故建议将现有的琉璃瓦顶恢复成灰色筒板瓦殿顶，脊可做成瓦条脊（叠瓦脊）。前檐的砖墙及遮挡阑额的部分，可以作适当调整，特别是前檐的砖墙可以换成土坯墙，并刷饰成土红色。后墙原来有无门，可以研究，也可能原来无门，或原来有窗。前檐飞椽可以加长 10 厘米左右，以恢复原来的长度。

少林寺初祖庵除大殿和面壁亭、圣公圣母亭外，千佛阁属于该庵现存的四座古建筑之一，面阔三间，原名千佛殿，建于明代中叶，清康熙十三年（1674 年）改建为重檐楼阁式建筑，更名为千佛阁，后改建为单檐硬山式建筑。民国年间该阁被焚后，仅存残墙。在这次编制初祖庵大殿维修方案时，根据文物保护的需要和县文物部门的建议，专家组现场勘查后，经申报批准，拨款重修千佛阁，由少林寺老僧行夏和尚住进千佛阁，看护初祖庵和进行佛事活动，结束了初祖庵长期无人现场管护的历史。

以上为我参与编制初祖庵大殿维修方案时的笔记和根据记忆整理的材料，时间已过去半个多世纪，但可以看出文化部文物局三位专家不辞辛劳，爬梁架、登殿顶现场勘查的认真细致的工作作风和严谨的治学态度。他们发表的意见，不仅对初祖庵大殿的维修保护有针对性，而且对古建筑保护维修也有普遍的指导意义，特别是对该大殿的专题研究具有重要的参考价值。

（四）初祖庵大殿"北构南相"研究简述

东南大学张十庆教授在《纪念宋〈营造法式〉刊行 900 周年暨宁波保国寺大殿建成 990 周年学术研讨会（国际）论文集》发表《北构南相——初祖庵大殿现象探析》，通过分析初祖庵大殿结构和样式的现象，论述宋元时期中国建筑发展的地域特色、源流关系及其意义。提出初祖庵大殿的"北构南相"论点，在样式做法上远北而近南：以宋代建筑南北样式特征为参照并做比较，表现为样式的孤立性；与同期南方建筑比较，显示出样式的相似性。也即初祖庵大殿在样式上，与同期北方建筑多有差异，然却与南方建筑相近一致。综合分析和比较表明，初祖庵大殿上的许多做法，在同时期的北方都是十分孤立的现象，却与江南的做法十分相似。

张十庆先生另一论文《〈营造法式〉的技术源流及其与江南建筑的关联探讨》及该研究课题团队的王辉先生，在《古建园林技术》发表的《试从初祖庵大殿分析江南技术对〈营造法式〉的影响》一文，与张十庆先生《北构南相——初祖庵大殿现象探析》的研究结论基本相同。故后两篇文章内容不再单列叙述。拜读《北构南相》等文章后，深知文章作者通过初祖庵大殿的建筑构架形制和样式做法与《营造法式》的比较研究得出初祖庵大殿的建筑现象实质是南北技术的交流和融合，很有意义。但通过该大殿的建筑构架和建筑样式做法研究，提出大殿"样式做法远北而近南"的"北构南相"的结论，是否需要进一步研究和商榷？因为北宋是统一大江南北的王朝，李诫奉命编撰的《营造法式》是由皇家颁发，海行全国的一部建筑法规性质的专书。王安石变法成为编制《营造法式》的契机，自秦汉历隋唐五代，建筑技术水平的不断提高和日臻完善则成为编制《法式》的物质基础。李诫"参阅旧章，稽参众智"，查阅古典文献中有关土木建筑方面的史料 283 条；向营造业工匠调查世代相传的口诀、经验等，并将其整理、总结出营造技术制度和管理制度 3272 条。可见李诫既重视文献史料，又广泛搜集营造工匠实践经验，故《法式》成书，是集当时全国营造业技术和管理制度及匠师智慧的结晶，其实施带有普遍性，不是某地方行业技术和管理法规。再者文章所列的"北构南相"的"近南远北"的论据，从现存的早期建筑实体看，北方的现存实物数量远大于南方，且文章所列"近南远北"的建筑特征，在北方也不乏实物例证，却未见主导全国主流的南方特征。由于南方早期木构建筑太少，也形不成规律性的论据支撑。特别是文章中提出"当心间补间铺作两朵，次间一朵……是江南的典型特征"，更显得论据的片面性。当心间双铺作非南方早期建筑所独有，北方建筑当心间（明间）双铺作，次间单铺作不但早期建筑有实例可寻，而且晚期建筑也一直在使用。特别是明清时期因袭古制的河南等中原地区的建筑手法更是绝大多数明间平身科（补间铺作）两攒（朵）次间平身科一攒（朵），其数量约占同时期同类型建筑 85% 以上。所以不能以地域建筑的某些差异就得出初祖庵大殿所谓"近南远北"的"北构南相"结论。初祖庵大殿为北宋京畿之地建筑，其建筑时、空与《营造法式》关系密切，是研究《法式》最重要的实物例证之一。更是研究宋代宗教建筑的实物资料。有关初祖庵大殿的建筑构架和建筑样式做法等建筑现象，可继续进行更全面深入研究，以期就此问题取得更加使人信服的丰硕研究成果。

　　通过对以上诸位专家学者有关初祖庵大殿研究成果的简汇综述，意在厘清该大殿与《营造法式》时、空关系，及其构架做法和建筑样式的地域关系；与被誉为"伟大创造时代的宋代""（宋代）在学术文化上超过汉唐""华夏建筑之演进造极于赵宋之时"的社会生产力、生产关系大背景内在联系；与中国封建社会营造发展第三个高潮大环境的建筑法式的对应关系。为什么嵩山史传七十二寺众多寺院中该建筑年代仅晚于《营造法式》成书时间 25 年，却异于《法式》规定的明栿造梁架，不遵宋代梁栿最符合力学原理断面 2/3 规定，而采用草栿造自然弯曲材梁架（图二二），显然不符合常理。若说是"由于经济条件限制所致"，那么为什么殿之檐柱和金柱全部采用石柱造，且全部采用工艺复杂的精美石雕图案，石柱要比木柱的建筑工料造价更高。这可能是由于我国古代维修营造实物时，只注意按当时的建筑法式和建筑手法进行施工，不考虑原建筑物的原建筑法式和建筑手法的时代特征，所以改变了原建筑物局部结构和建筑手法，造成与原物不符，这也是初祖庵大殿需要认真研究的方面。总而言之，该大殿需要深入研究的内容尚多，现在研究的成果也仅是局部的、阶段性的，且现在研究的某些结论也存有争议。故期待有更多的专业人员参与其中，进行多角度多学科更全面的深入研究，使其诸多疑难问题逐步得到解决，为宋代建筑史，乃至中国建筑史研究，做出贡献。

图二二　初祖庵大殿草栿梁架
（王辉《试从初祖庵大殿分析江南技术对
〈营造法式〉的影响》）

参 考 书 目

［1］梁思成：《中国建筑史》，百花文艺出版社，2005 年。

［2］梁思成：《营造法式注释》，中国建筑工业出版社，1983 年。

［3］刘敦桢：《河南省北部古建筑调查记》，《中国营造学社汇刊》1937 年第 4 期。

［4］郭黛姮：《中国古代建筑史》（第三卷），中国建筑工业出版社，2003 年。

［5］　祁英涛：《对少林寺初祖庵大殿的初步分析》,《科技史文集》第 2 辑，上海科技出版社，1979 年。

［6］　张十庆：《北构南相——初祖庵大殿现象探析》,《建筑史》, 清华大学出版社，2006 年。

［7］　王辉：《试从初祖庵大殿分析江南技术对〈营造法式〉的影响》,《古建园林技术》2004 年第 4 期。

Study on the Chuzu Temple of Shaolin Temple

YANG Huancheng

(Henan Provincial Administration of Cultural Heritage, Zhengzhou, 450002)

Abstract: The main hall of the Chuzu Temple was built in AD 1125, the seventh year of Xuanhe of the Song Dynasty, which was 25 years later than *Treatise on Architectural Methods* (*Yingzao Fashi*); it was close to Dongjing (Kaifeng City), the capital of Song Dynasty where *Treatise on Architectural Methods* (*Yingzao Fashi*) was published. Therefore, the architectural structure and methods of the main hall are mostly the same or similar to the provisions of the *Treatise on Architectural Methods* (*Yingzao Fashi*), which becomes the most important living example to study this architectural masterpiece. This paper summarizes the research of main hall of the Chuzu Temple from different perspectives and different specialties before carrying out comprehensive and in-depth research work, for promoting more professionals to participate in its study and achieve more fruitful scientific research results.

Key words: the main hall of the Chuzu Temple, architectural structure and methods, literature review

宋金仿木结构砖室墓斗栱形制辨析

贾 洪 波

（南开大学历史学院，天津，300350）

摘　要：宋金时期有大量的仿木结构砖室墓，其仿木结构的主要标志之一就是砖砌斗栱，斗栱形式主要是把头绞项作、斗口跳、四铺作，最繁者为五铺作。由于受砖作的材料限制，与地面木构建筑的斗栱形式并不完全一致，使得今天的发掘者和研究者对它们的认识和称名时有一些错误发生，几种斗栱形式常相混淆。本文从《营造法式》的标准出发，对常见于考古发掘报告和简报中的有关宋金仿木结构砖室墓斗栱形制的错误说明进行了辨析。

关键词：宋金时期；砖室墓；仿木结构；斗栱

在魏晋时期的甘肃、晋南和长江中下游地区已有个别仿木结构砖室墓葬出现[①]。唐五代时期，这种砖室墓葬数量增多，主要集中于北方地区，使用者多为具有一定官职身份的权贵阶层。宿白先生谓"自唐宋以来地上用砖仿木建筑之佛塔，在技术上逐渐达到一定的熟巧程度，因之刺激了与其建筑方式大略相同之地下墓室的进一步演变，于是北宋以来，大量出现几乎完全仿木建筑之砖室墓"[②]。宋金时期仿木结构砖室墓葬大量涌现，发展至鼎盛，其仍主要集中于北方地区，南方江苏、安徽、福建、湖北、重庆、四川等地也有少量发现，使用者推广至平民阶层，当然由于这种仿木砖室墓葬结构复杂、营造技术和财力要求较高，一般也是具有一定财富的地主商人方有能力建造。这种砖室墓葬的仿木结构形式，除了门窗等装饰外，最突出的标志就是斗栱（铺作）的使用。宋金砖室墓葬斗栱，所见以较简单的把头绞项作、斗口跳和四铺作为多，最繁者不过五铺作。这虽然可能有等级上的限制[③]，但更主要的是由于砖石材料在墓葬中的表达局限，不易表现出跳较多、挑出较远的斗栱，一些构件只是示意而为，并不可以完全以地面建筑的形式衡之，其中有不少似是而非、像与不像之处，以至于今天的考古发掘者和研究者时常会有一些对它们的错误表述。笔者不揣简陋，对此加略辨析，正于学界。

一、宋式斗栱四铺作、五铺作、把头绞项作、斗口跳

宋金砖室墓葬中的斗栱，出跳以四铺作、五铺作为限。虽然学者间对"铺作"的含义以及计铺原则由来还存有不同的认识，但对"铺作数＝出跳数＋常数3"这一计数方法是没有异议的，即李诫《营造法式》所谓"出一跳谓之四铺作，出两跳谓之五铺作，出三跳谓之六铺作，出四跳谓之七

[①] 秦大树：《宋元明考古》，文物出版社，2004年，第142页。
[②] 宿白：《白沙宋墓》，文物出版社，2002年再版，第111页。
[③] 《唐六典》和《唐会要》中都记载有"王公以下舍屋不得用重栱藻井"的规定，笔者以为这里的"重栱"应理解为出跳之抄栱，规定是说王公以下人等住宅虽然可以用斗栱，但只能以出一跳四铺作为限。这个限制可能延续至宋，但不同于地面建筑，墓葬隐于地下，不易为人所见，故在一些细节上的等级规制出现僭越现象的可能性是很大的。

铺作，出五跳谓之八铺作"者①。四铺作，为出单抄或者单昂（图一，1）；五铺作为出单抄单昂或者出双抄（只出抄栱者也称为卷头造）的形式（图一，2）。

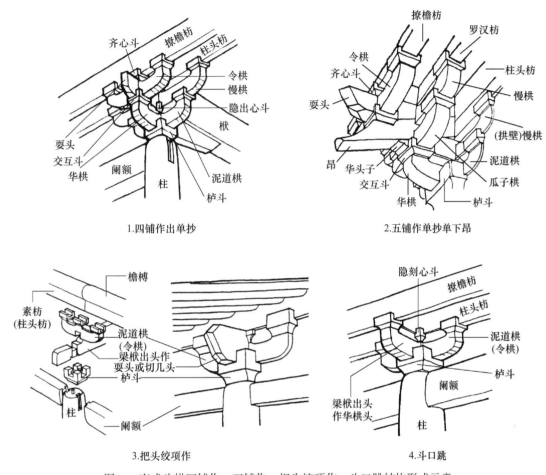

1.四铺作出单抄　　　　　　　　　　　　　2.五铺作单抄单下昂

3.把头绞项作　　　　　　　　　　　　　4.斗口跳

图一　宋式斗栱四铺作、五铺作、把头绞项作、斗口跳结构形式示意

　　把头绞项作和斗口跳在《营造法式》大木作制度中未载，在卷十七"大木作功限一"中有述。据此可知，把头绞项作的形式为：自柱头上栌斗内左右出泥道栱一只，前后出要头一只，二者相交，栱两端各用散斗一只，中心用齐心斗一只，上施素枋（柱头枋），实例所见枋下斗上有加施替木的。由于此泥道栱为单栱造，规格也与令栱相同，因此或也称其为令栱。其要头是梁栿出头砍为要头的形式，实例所见也有作批竹昂头、切几头以及方头的。"绞"有相交、纽结之意，此指纵横构件十字相交，或认为"把头绞项"的意思就是将要头（梁头）同横栱纽结在一起好似颈项相交，故名。其上下的结合方式，《法式》未作说明。《法式》载有绞昂、绞栿做法，即横栱在昂或栿下、栱背开卯口以承昂或栿，亦即昂或栿骑栱的形式，其栱谓之"绞昂栱""绞栿栱"，如将主词前置于动词"绞"之前，就是"栱绞昂（栿）"。如果是栱骑昂、栿，则谓之骑昂栱、骑栿栱。那么，能不能将"把头绞项作"理解为也是栿骑栱呢？回答是否定的，"把头绞项"的主语是"把头"（即梁栿

　　① （宋）李诫：《营造法式》卷四"大木作制度一·总铺作次序"。本文引用《营造法式》版本为邹其昌点校文渊阁《钦定四库全书》本，人民出版社，2006年。下文简称《法式》，不再出注。

之出头），是动词"绞"的实行者，项指梁栿与栱相交处，衡之以绞栿栱、绞昂栱之例，则此应是栱骑栿的形式，即栱位于栿上、栱底开盖口以扣合于栿[①]。兹将把头绞项作斗栱构造示意如图一之3，实例所见多用于内檐，用于外檐的较早形象见于一些隋唐时期的砖石建筑以及石窟壁画中，如麦积山石窟第五窟（隋）窟檐、西安兴教寺玄奘塔（中唐）、登封会善寺净藏塔（早唐）（图二）。

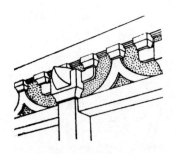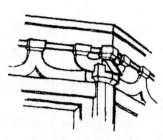

1.麦积山第五窟（隋）窟檐石刻　　2.登封会善寺净藏塔（早唐）　　3.西安兴教寺玄奘塔（中唐）砖刻
柱头铺作把头绞项作　　　　砖刻转角铺作把头绞项作　　　柱头、转角铺作把头绞项作

图二　隋唐砖石建筑所见把头绞项作

斗口跳的构造：自栌斗上伸出泥道栱（令栱）一只，栱头设散斗二只，上承柱头枋；梁栿与泥道栱十字相交，出头砍为华栱头，栱头设交互斗一只，上承撩檐枋。《法式》于斗口跳的用栱、斗等数中没有提到用齐心斗，实例所见有用有不用的，用者常作隐刻形式。而梁栿与泥道栱的相交方式，与把头绞项作相同，即是栱骑栿[②]。斗口跳实际等于是把头绞项作的梁头伸出后不砍作耍头而作华栱形式，因其上挑出横枋，也略可算作是出一跳的铺作，但并不能称其为四铺作，与四铺作不同在于后者在华栱（或昂）之跳头上还要承挑一道令栱，令栱上承撩檐枋。实例如山西平顺天台庵大殿（五代后唐）、平顺龙门寺配殿（五代末宋初）、大同华严寺海会殿（辽），河北易县开元寺观音殿（辽末）等，后三者做法和《法式》所载稍有不同，在华栱和泥道栱下加垫一层十字相交的小替木。据刘敦桢先生早年考察，辽代砖塔中，如热河宁城县（今属内蒙古赤峰市）大名城小塔、辽宁省朝阳县凤凰山小塔、塔子山塔等，都在栌斗上浮雕替木一层，他认为此系当时简单建筑惯用的方法[③]。开元寺观音殿柱头铺作并在华栱跳头交互斗内加垫一道替木（实拍栱）以承撩檐枋，山西清徐狐突庙大殿（北宋）转角铺作和柱头铺作并为斗口跳，也在华栱和角华栱跳头交互斗内加垫一道替木。它们也都属于斗口跳[④]。有些建筑上把头绞项作和斗口跳并用，如山西临猗妙应寺西塔（北宋）、陵川二仙庙梳妆楼（金），前者为底层上平座铺作斗口跳、上层铺作把头绞项作，后者则是柱头铺作把头绞项作、转角铺作斗口跳。临猗妙应寺西塔底层上平座，补间铺作亦作斗口跳形式（左右泥道栱连做交隐），完全是模仿柱头铺作而来，当然也应名之为把头绞项作，如欲与真正的柱头把

---

① 对把头绞项作，拙作《中国古代建筑》一书（南开大学出版社，2010 年）第 189 页注释 2 曾言："如果以'绞栿栱'是栿骑栱的含义来衡量，似应当叫'把头骑项作'更宜。"今重新检视，此言未妥。

② 王效青主编《中国古建筑术语辞典》（山西人民出版社，1996 年）第 77 页"斗口跳"条下言泥道栱与梁栿首（华栱头）的搭接方式为梁栿首开下口、泥道栱开上口，这是错误的，这样就成了栱骑栿了。

③ 刘敦桢：《河北省西部古建筑调查纪略》，载《刘敦桢文集》（二），中国建筑工业出版社，1984 年。

④ 有学者把在栱下加垫替木的形式称为"替华叠栱"（见李百进编著：《唐风建筑营造》，中国建筑工业出版社，2007 年，第 356 页）。

绞项作相区别，似也可以名为"把头作"，这种补间铺作形式在仿木砖室墓中多见。陵川二仙庙梳妆楼转角铺作华栱跳头上不承与华栱垂直的素枋，泥道栱位置则是一道通间枋木而隐刻泥道栱，只在转角两侧出头作为半栱，柱头铺作梁栿出头作方头。以上这些都属于《法式》所载斗口跳"标准"式样的变体（图三）。实际中常有将斗口跳误称为四铺作者。如山西平顺天台庵大殿，柱头铺作和转角铺作皆为斗口跳形式，这大概是所见最早的斗口跳建筑实例[1]，而《唐风建筑营造》一书称其柱头斗栱为四铺作、转角斗栱为四铺作单抄，误[2]。

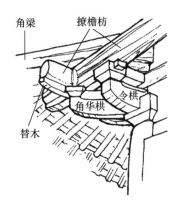

1.山西平顺天台庵大殿（五代后唐）
转角铺作斗口跳

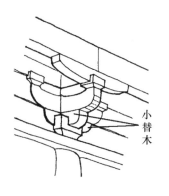

2.河北易县开元寺观音殿
（辽末）柱头铺作斗口跳

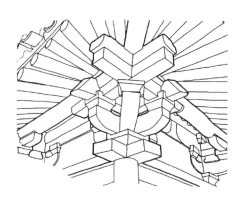

3.山西清徐狐突庙大殿（北宋）
斗口跳（转角铺作、柱头铺作）

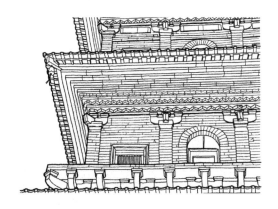

4.山西临猗妙应寺西塔（北宋）铺作（底层
上平座斗口跳，二、三层把头绞项作）

5.山西陵川二仙庙梳妆楼（金）（转角铺作斗口跳，柱头铺
作把头绞项作）

图三　五代辽宋金建筑斗口跳、把头绞项作实例
（图2引自《〈营造法式〉解读》[3]，图3、4、5引自《〈营造法式〉辞解》[4]）

---

① 平顺天台庵大殿（弥陀殿）的年代，以往多认为是唐代晚期，2014年底文物部门对其进行大修时，在飞子上发现"大唐四年创立"题记，明确了其始建年代为五代后唐天成四年（929年）。参见微信公众号"中式营造"（Chinese-Construction）2020年2月18日发布之《平顺天台庵的维修与年代问题》（2019中国文物建筑预防性保护技术交流会公开PPT，作者贺大龙）。不过，该殿屋顶经后世大修已有不少改易。该殿檐柱柱头铺作隐出慢栱。
② 见李百进编著：《唐风建筑营造》，中国建筑工业出版社，2007年，第50页。按该书称天台庵大殿转角铺作为慢栱与华栱相列，亦误，应为泥道栱（令栱）与华栱相列。
③ 潘谷西、何建中：《〈营造法式〉解读》，东南人学出版社，2005年。
④ 陈明达：《〈营造法式〉辞解》，天津大学出版社，2010年。

二、砖室墓斗栱形制说明之正例——以《白沙宋墓》为例

宿白先生于 1951 年主持的河南禹县白沙镇三座北宋砖雕壁画墓的发掘，是 20 世纪下半叶之初中国最受关注的考古活动之一，其所编著的发掘报告《白沙宋墓》被誉为中国历史田野考古学的经典之作[①]。其中关于斗栱形制结构的说明极尽详细准确，可为参考范式。兹举例说明如下（以下关于白沙宋墓铺作形制结构的说明文字皆摘取自《白沙宋墓》）。

白沙一号宋墓所见砖砌斗栱有四铺作、五铺作两种。以墓门和前室为例。墓门砌砖普拍枋上柱头铺作二朵、补间铺作一朵，皆单抄单昂重栱五铺作。因叠砖不便外伸，所以全部铺作都出跳甚短。因此本为偷心造的第一跳华栱，除了上受第二跳昂外，还承托了柱头枋。柱头枋雕作连隐慢栱，第二跳昂之上出要头和令栱以承替木，替木上砌断面作四方抹角的撩风槫（图四）；前室四壁有转角铺作和补间铺作，补间铺作南壁二朵，东、西壁各一朵，转角、补间皆单昂四铺作计心造，昂下斫出华头子（图五）。

白沙二号宋墓，墓门有东、西砖砌柱头铺作各半朵，补间铺作一朵，皆单抄单昂五铺作。其组织，下砌栌斗，补间铺作作圜栌斗。栌斗口衔砖砌的泥道栱和华栱，华栱出跳甚短促，泥道栱上砌柱头枋，华栱上砌瓜子栱和昂。瓜子栱外出也很短，后部与柱头枋相重。瓜子栱上砌罗汉枋，昂上砌令栱和要头。令栱外出也极短，后部与罗汉枋相重。要头上砌撩檐枋和断面作四方抹角的撩风槫；墓室有砖砌单抄四铺作式转角铺作，其组织除去没有瓜子栱、琴面昂和在令栱上加一层替木外，其余与墓门铺作略同（图六）。

白沙三号宋墓斗栱有墓门柱头、补间铺作和墓室转角铺作。墓门，普拍枋上砖砌铺作，两侧柱

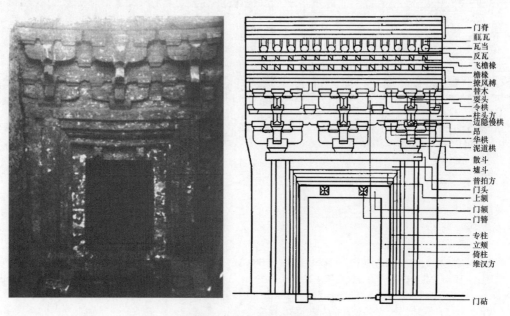

图四 白沙宋墓一号墓墓门
（引自《白沙宋墓》图版拾捌、插图四）

---

① 《白沙宋墓》，文物出版社，2002 年，再版说明。

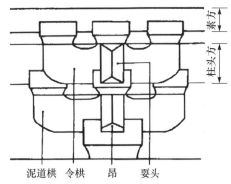

图五　白沙宋墓一号墓前室西壁补间铺作
（引自《白沙宋墓》图版贰壹Ⅱ、插图七）

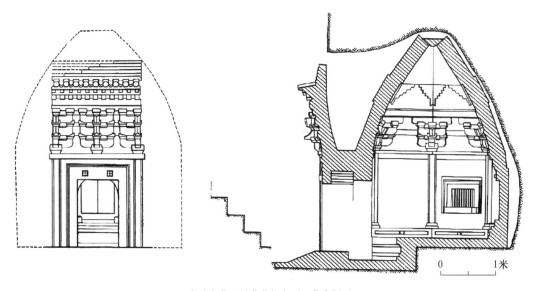

1.白沙宋墓二号墓墓门立面、墓室剖面

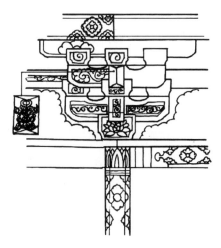

2.白沙宋墓二号墓墓室南、西南壁转角铺作　　　3.白沙宋墓二号墓墓室东南隅转角铺作

图六　白沙宋墓二号墓墓门、墓室斗栱
（引自《白沙宋墓》图版叁柒、肆拾，插图六一）

头铺作只砌半朵，其组织为栌斗口砌华栱和泥道栱，华栱上面的交互斗未砌在跳头而与泥道栱东、西两侧的散斗砌在同一立面上，并与该散斗共同承慢栱，慢栱正中出要头，其上砌撩檐枋和断面作四方抹角形的撩风槫。两柱头间砌补间铺作，其组织除为一整朵和倚柱头①的华栱为琴面昂外与柱头铺作相同。墓室砖角铺作，普拍枋上砌皿板、栌斗，栌斗口彻琴面昂和泥道栱，昂上砌要头和慢栱，昂上交互斗未出跳与墓门补间铺作同（图七）。

这里《白沙宋墓》没有明言三号墓铺作的计铺形式。墓门铺作应是四铺作出单抄形式，因为叠砖跳短的缘故，泥道栱上的慢栱与华栱上的令栱实际是合二为一的。墓室转角铺作则为四铺作出单昂，《白沙宋墓》所言"昂上砌慢栱"，实际是泥道栱上的慢栱和昂上令栱合二为一的形式。这种墓葬砖砌铺作，因出跳甚短而外侧横栱后部与其内侧邻排（包括扶壁栱）的横向构件（栱或素枋）相重乃至合二为一或略作隐刻示意的做法，是不见于地面木构建筑的。正如《白沙宋墓》第90页注121谓："此种作法当为第二号墓墓门瓜子栱外出极短，后部与柱头相重的再度简单化。这样不出跳的处理，是适合于砖建筑的性能的。"

三座白沙宋墓中没有把头绞项作。《白沙宋墓》在综论"与三墓有关的几个问题·三墓的室内构造与布置"时，谓："地下墓室是地上居室之反映。我国居室以木建筑为主，自汉以后，木建筑中之铺作和栱、方逐渐复杂，地下墓室亦渐随而演变。惟墓室用砖，既不能如木材之出跳太长，亦不能如木材之横跨太远，即此，即发展了木建筑之影作及极为简单之铺作如一斗三升、把头绞项造之类。"②在"把头绞项造"下有注："此种把头绞项造在墓葬中以砖砌的形式出现，以白沙沙东第一七一号墓为最早。"③白沙沙东第一七一号墓为唐代晚期墓葬（该墓出土会昌开元通宝钱，年代当在唐会昌五年即845年之后），资料发表于《考古通讯》1955年创刊号上陈公柔所撰《白沙唐墓简报》。按《白沙唐墓简报》言沙东第一七一号墓墓室砖砌斗栱，只是说"墓室内四角，在离墓底1米高的地方，均有一斗三升斗栱。这种斗栱和同地北宋初叶的砖室墓内的斗栱是不同的"，此外并未提供其他信息。观《考古通讯》1955年创刊号所附图版捌之1"沙东171号墓斗栱、浮雕及墓底的一部分"（图八），其转角铺作除了以立砖砌雕出泥道栱外，其余栌斗、散斗、齐心斗皆是以未加任何雕刻的条砖平置砌出，柱身以条砖立置砌出，梁栿出头似也是将两块条砖窄面向外并排立置示意，只是将出头斜切为近于平出批竹昂形的要头形。在栌斗顶、要头底的分位上，两柱之间有三块砖向外伸出，略似斗的表现，其上似为蜀柱补间的形式。砖室墓中的把头绞项作，因为只是以砖摆砌示意，难以明了其真正的结构是栱骑栿还是栿骑栱。前举把头绞项作最早的实例麦积山第五窟窟檐，柱头栌斗上泥道栱与桃尖形要头（外伸梁栿头）十字相交处之上，有齐心斗的表现，说明其是栱骑栿的构造。唐武周前期万岁登封元年（696年）的山西太原赵澄墓④，砖砌单墓室周壁以红黄黑三色画出柱头（转角）把头绞项作和人字形补间，其泥道栱作一斗三升，可以明显看出是栱骑栿的形式，而梁栿出斗作方头式（图九）。所以，砖石砌柱头把头绞项作，只要有齐心斗的表现，就可以认定是"栱骑栿"。

---

① 《白沙宋墓》原文此处写为"易柱头"，"易"字当为"倚"字之误。见《白沙宋墓》第88页。
② 宿白：《白沙宋墓》，文物出版社，2002年再版，第111页。
③ 宿白：《白沙宋墓》，文物出版社，2002年再版，第116页注202。
④ 《太原市西南郊新董茹村唐墓》，载山西省文物管理委员会编《山西文物介绍15》，山西人民出版社，1954年。

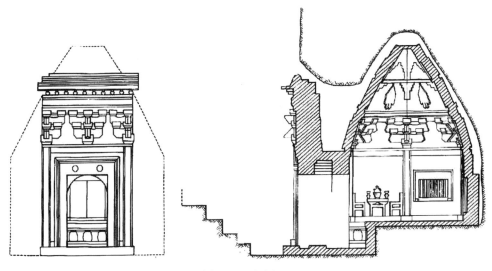

1.墓门立面、墓室剖面图

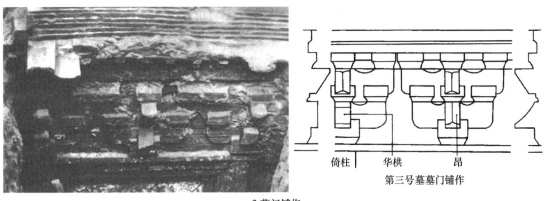

2.墓门铺作

倚柱　华栱　昂

第三号墓墓门铺作

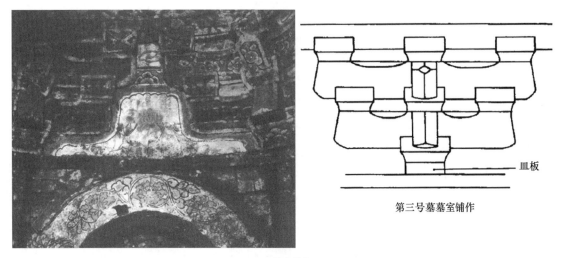

3.墓室铺作

皿板

第三号墓墓室铺作

图七　白沙宋墓三号墓铺作

（引自《白沙宋墓》图版拾壹、肆伍、肆陆，插图六八、六九）

图八 沙东171号墓斗栱、浮雕及墓底的一部分
（引自《考古通讯》1955年创刊号图版捌，1）

图九 山西太原赵澄墓壁画铺作
（引自《山西文物介绍15·太原市西南郊新董茹村唐墓》图版二，图四）

三、砖室墓斗栱形制说明之误例

（一）《郑州宋金壁画墓》中的误例

郑州市文物考古研究所编著的《郑州宋金壁画墓》，为河南地区宋金墓葬田野发掘报告的又一经典之作。该报告介绍了郑州地区十二座宋代和两座金代砖室壁画墓的发掘情况。宋墓基本都有砖砌仿木构铺作，金墓一座无铺作，而另一座虽然有但因先已遭彻底毁坏而只是对墓葬残底进行了清理，墓室结构已不能确知。报告对墓葬铺作形制的说明，大多数是正确的，但也有一些错误之例，主要发生在把头绞项作、斗口跳以及四铺作斗栱上。兹辨析于下。

郑州二里岗宋墓。墓门，原报告描述为："墓门发券……墓顶上部用砖砌成似木构建筑形式。最上层现有三个砖雕覆瓦，覆瓦下有四个砖雕仰瓦，仰瓦下有檐檩，檩下有椽六根，椽下是一朵斗栱（一斗三升），斗栱下设枋。"[①]仔细观察所附图三墓门照片，两倚壁柱上模糊不清，中间补间铺

---

① 郑州市文物考古研究所编著：《郑州宋金壁画墓》，科学出版社，2005年，第9页。但原书此处注释1对墓门铺作的描述与正文并不一致，注释述墓门"铺作结构：栌斗上置泥道栱、华栱，华栱之斗处于泥道栱心斗位置，与泥道栱之散斗共承替木"。若依注释，这种铺作形式仍然为把头绞项作，只是其向前的出头部分不作要头形而作华栱头形。不过，观附图墓门照片，似注释说有误。

作，有左右两个散斗和中间一个齐心斗，齐心斗上有批竹昂形耍头伸出。此种补间铺作的耍头虽然并不是梁栿的出头，但其形式无疑是模仿柱头把头绞项作而来，如前所述也应名之为"把头绞项作"或简名为"把头作"。宋式把头绞项作与清式一斗三升柱头科有所区别，前者是栱骑栿，后者是梁（栿）骑栱，梁头常连做出翘头形式。该墓室斗栱，原报告无述，观所附图一二墓室北壁西窗照片，转角柱头栌斗有较粗大之昂形耍头伸出，所以也应该是把头绞项作（图一〇）。

1.墓门   2.墓室北壁西窗

图一〇   郑州二里岗宋墓铺作
（引自《郑州宋金壁画墓》图三、一二）

郑州南关外北宋砖室墓。墓门，原报告描述为："门上全系用小砖筑成的仿木结构……门楣之上有砖砌的普拍枋，其上有砖砌的三组斗栱。靠边的两组仅有一半，中间的一组为一斗三升，斗栱上有替木，再上为挑檐枋，枋上排列有八个方头的檐椽伸出于枋 0.03 米。"[①] 观墓门照片，靠边的两朵柱头铺作不清晰，中间的一朵补间铺作，其栌斗上外出前伸部分实作耍头形而非昂或者华栱，其上也没有跳头及隐作与泥道栱相重的令栱形式（方椽头仅伸出于枋外 3 厘米，根本无法隐示令栱）。另外，一般而言四铺作斗栱的扶壁栱形式应是重栱（泥道栱上承慢栱），而此墓门铺作的扶壁栱显然是单栱做法，不具备向外挑出令栱的条件，不能仅因为出跳短而视为四铺作华栱令栱的简化形式。所以，此既非正文所谓的"一斗三升"，也非注释所说的单抄四铺作，而是把头（绞项）作。其墓室，"四角都有三砖竖立砌成的砖柱……柱头顶上砌有枋木结构的一斗三升斗栱。每壁中间也有一斗三升的斗栱，柱头铺作与补间铺作所不同的是柱头铺作有昂。斗栱上也有替木，也有方头的檐椽排列一行"[②]。其与墓门铺作相同，也应名为"把头绞项作"，只是转角铺作的梁栿出头（"把头"）作昂形而已（就如登封会善寺净藏塔砖刻把头绞项作，参见图二、2）。与一般把头绞项作略有不同，此墓铺作在枋下散斗下置有替木，但如前所述此种形式亦见于辽宋金时期的地面建筑实例（图一一）。

---

① 《郑州宋金壁画墓》第 12、13 页。按原书此处有注 2，所述与正文不同："墓门上额上有普拍枋，普拍枋上设三朵单抄偷心造四铺作，两侧各为半朵。由于出跳短，华栱之斗处于泥道栱斗心位置，泥道栱上承替木，替木上有撩檐枋、檐椽。"

② 《郑州宋金壁画墓》第 13 页。按原书此处有注 3，所述与正文不同："墓室四角设抹角倚柱，上为四朵单下昂偷心造四铺作，泥道栱上有替木，檐椽。补间铺作同墓门铺作。"

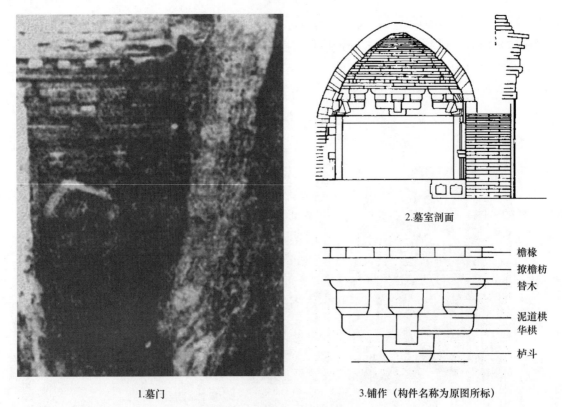

1.墓门　　　　　　　　　　　3.铺作（构件名称为原图所标）

图一一　郑州南关外宋墓铺作
（引自《郑州宋金壁画墓》图一五、一四；图二五二，1）

　　登封刘碑宋代壁画墓。墓门普拍枋以上失。墓室，原报告谓："中部转角处柱头上设六朵转角铺作，均为四铺作单抄偷心造，泥道栱上承柱头枋，柱头枋上砌抹角撩檐枋。华栱实际上没能承托住柱头枋、撩檐枋，处于托空状态。撩檐枋以上被毁。"[①]（图一二）正心一道泥道栱，交出华栱上不承令栱而承撩檐枋（托空），所以这个铺作形式应该是斗口跳。还需要指出的是，偷心造做法是指某一跳或几跳竖栱上不施横栱的做法，即相当于是将某一跳头上的横栱抽去，抽去的横栱并不包括最末即最上一跳上的令栱这一道，亦即无论是何种偷心做法，其最末一跳上令栱必然存在。所以，

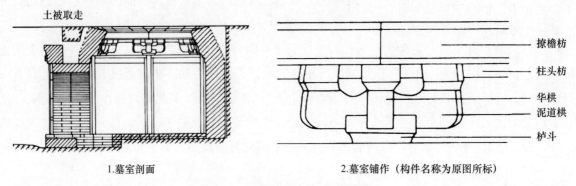

1.墓室剖面　　　　　　　　　2.墓室铺作（构件名称为原图所标）

图一二　登封刘碑宋代壁画墓铺作
（引自《郑州宋金壁画墓》图七二；图二五二，2）

①《郑州宋金壁画墓》第 57 页。

偷心造铺作以出二跳五铺作为出跳的最低限度，其可于头跳偷心，若出一跳四铺作者，头跳即是末跳，将于何处偷心？若将四铺作之令拱抽去而以华拱承素枋，那正是斗口跳的形式。《郑州宋金壁画墓》在第三章"相关问题"之第三节"铺作"的讨论中，将第一期铺作总结为偷心造四铺作是错误的，而第二期第三种总结为"单抄计心造四铺作"同样也不确，因为四铺作既不存在偷心，也就无所谓计心了。

　　登封箭沟宋代壁画墓。原报告对墓室铺作的描述是正确的，为五铺作单抄单昂重拱计心造[①]，但对墓门铺作的描述是错误的，其谓门楼"普拍枋上置一偷心造四铺作，栌斗上伸出华拱、泥道拱，泥道拱与华拱共同承托素枋，以上为撩檐枋、檐椽"[②]，实际应为斗口跳，其错误与上述登封刘碑宋墓是一样的（图一三）。

1.墓门铺作

2.墓室铺作

图一三　登封箭沟宋代壁画墓铺作

（引自《郑州宋金壁画墓》图一七四、一九九）

　　巩义涉村宋代壁画墓。墓室设八朵转角铺作，原报告在第160页该墓的具体介绍中谓"栌斗陷于普拍枋中，栌斗上伸出一乳栿头、一泥道拱，泥道拱心斗上置一批竹昂并一慢拱，慢拱之上未见素枋、撩檐枋。铺作之栌斗、散斗、心斗均用二砖砌成，上层砖内收，以配合墓壁收进"。在第176页该墓结语中谓："此墓铺作同豫西有较大的不同，如栌斗陷于普拍枋内，栌斗左右为泥道拱，正方向伸出一乳栿头。单就这一层来说，可称之为把头绞项造，但把头绞项造乳栿头常雕作蚂蚱头，泥道拱上承柱头枋，此铺作又与之不同。它的乳栿头为长方形，泥道拱心斗上设一昂、一拱，由于出跳短，此拱落于泥道拱上，成了慢拱。将此铺作暂称为把头绞项作，可能不确。"首先，铺作形制类型与出头为何种形式没有太大关系，关键是看其结构组织方式，把头绞项作梁栿出头作方头式在地面建筑实例也有见，如前举山西陵川二仙庙梳妆楼柱头铺作（图三，5）。其次，泥道拱心

　　① 观箭沟壁画墓墓室铺作照片图，其要头与华拱头的立面形式是完全一样的，可能是方头式，但报告第214页图二五三：2箭沟壁画墓铺中将要头与华拱头画为了不同形式。

　　② 《郑州宋金壁画墓》第137页。

斗上所设本来就应该是慢栱，只是由于跳短，梁栿头上之交互斗后部与泥道栱心斗重，之上的昂实际是要头层，即批竹昂形要头（昂形要头实例多见），其交出的横栱应视为令栱，只是由于跳短其后部与泥道栱上的慢栱重，观所附墓室铺作照片图，令栱特意以红色涂绘示之，与其后的慢栱颜色判然有别，显示二栱无疑。所以，此墓铺作应是出一跳四铺作，只是其以梁栿出头来充作华栱或昂的出跳以及栌斗落于普拍枋内，确实比较特殊，也多少有把头绞项作的意味。观其补间铺作，与柱头铺作并无二致，说明其方头也有可能并非是梁栿出头的示意，而是方头形的杪栱而已。观上举登封箭沟墓墓室铺作照片，其要头与华栱头形式相同，很可能都是方头式（图一三，2）。砖室墓以砖砌筑示意，卷杀有所不便，往往不会全如木构之制。当然，这里的补间铺作可能也是完全模仿柱头铺作的形式。总之，扶壁栱既为重栱之制（泥道栱＋慢栱），就不宜再视为把头绞项作，而是出跳的斗栱了。至于称名，可以四铺作单抄（梁栿出头为抄）称之（图一四）。

1.墓室西壁补间铺作　　　2.墓室西壁右侧柱头铺作

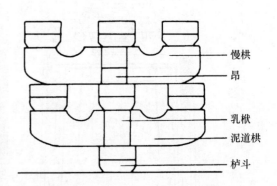

——慢栱

——昂

——乳栿

——泥道栱

——栌斗

3.墓室铺作线图(构件名称为原图所标)

图一四　巩义涉村宋代壁画墓铺作
（引自《郑州宋金壁画墓》图二二一，1、2；图二五五）

新密下河庄宋代壁画墓。墓室斗栱，原报告谓："中部转角处柱头上设八个转角铺作，均为五铺作单抄单昂偷心造。栌斗上置泥道栱、昂，昂之交互斗上承瓜子栱、华栱。由于出跳短，瓜子栱与慢栱重合，慢栱、华栱共同承托素枋，素枋上有撩檐枋。"[①]（图一五）历代斗栱杪昂组合，都是若有一昂，则抄必在下、昂必在上，若有两昂则两昂必相续在上。安西榆林第16窟（五代）有一组出五跳八铺作的柱头斗栱，形式为出双抄单下昂后再继出单抄单下昂。类似这种两昂中间夹一抄的例子在福建莆田广化寺石塔（南宋）上也见到，都属个别例子，然而如报告所言本墓昂上出抄的形式，实例中根本就没有见到。铺作中的竖向构件只有传跳时才可称为华栱即抄，本铺作中昂上的这一竖向构件并没有传跳亦即没有再挑出横栱，所以它不可能是华栱。那么，此不传跳可否视为偷心做法呢？如前所述，任何偷心做法中都没有偷去最外令栱的。又按《法式》中的规定，瓜子栱与泥道栱的长度最短同为62分，慢栱最长为92分，令栱次长为72分。虽然砖室墓砖作之斗栱，尺度

①《郑州宋金壁画墓》第32页。

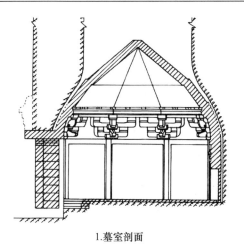 

1.墓室剖面   2.墓室铺作

图一五　新密下河庄宋代壁画墓铺作
（引自《郑州宋金壁画墓》图三七；图五〇，1）

不能以完全以木作衡之，但观本墓铺作所谓瓜子栱，长出泥道栱太多，已大失其权衡。如以其为慢栱则是没问题的，但如果说因出跳短而其前跳的横栱与之相重，那么其前相重的这一道横栱应为令栱，与其交出的并没有传跳的竖向构件就应视为是耍头层而非华栱（虽然它有可能作为栱头的形式，不过这在本墓所附铺作照片图中是看不出来的。观上揭图一三之2登封箭沟墓墓室铺作照片，无论是方头式还是栱头式，其华栱头与耍头的形式是相同的）。以令栱承撩檐枋，这才是出跳铺作规范合理的结构方式。所以，此墓的铺作形式应为四铺作单昂，当然也不存在什么偷心造了。荥阳司村宋代壁画墓室铺作，原报告描述为："中部转角处柱头上设六朵转角铺作，均为五铺作单抄单昂偷心造。栌斗上伸出一批竹昂并泥道栱，昂上置瓜子栱、华栱，由于出跳短，瓜子栱和慢栱重合，慢栱、华栱共同承托素枋，素枋上有撩檐枋。"[1] 其与新密下河庄宋墓铺作构造形式完全一样，也应为四铺作单昂，此不再详论。

登封黑山沟宋代壁画墓。墓室铺作，报告谓："中部柱头上设八个转角铺作，均为五铺作单抄单昂重栱计心造。栌斗上有华栱、泥道栱，泥道栱上承慢栱，做成鸳鸯交手栱形式，但其上没有散斗。华栱上置瓜子栱、昂，由于出跳短，瓜子栱和慢栱大部重合，其上有罗汉枋，昂上置耍头、令栱，令栱上有替木，上承撩檐枋。"[2] 在第三章"相关问题"之第三节"铺作"的讨论中，第二期以黑山沟墓铺作为例，描述为："栌斗上设华栱、泥道栱，泥道栱做成鸳鸯交手栱形式，其上散斗省去。华栱上置瓜子栱、昂，瓜子栱上承罗汉枋，昂下皮呈水平状态，昂之交互斗上置耍头、令栱，令栱上有替木、撩檐枋。"[3] 应该说报告名之为五铺作单抄单昂计心造以及对铺作构件层次的描述基本正确，不过其前文墓例述文和后文第三章对铺作的讨论似乎不尽一致，前文谓"泥道栱上承慢栱，做成鸳鸯交手栱形式"，顺文意，似是指慢栱做成鸳鸯交手栱形式，后文则直谓"泥道栱做成鸳鸯交手栱形式"，应以前者为是，即慢栱为鸳鸯交手栱形式。另外，文字描述中并没有提到瓜子

① 《郑州宋金壁画墓》第19页。
② 《郑州宋金壁画墓》第89页。
③ 《郑州宋金壁画墓》第212页。

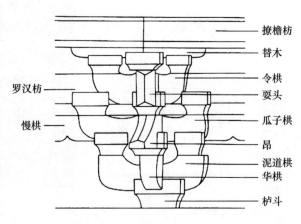

图一六　登封黑山沟宋代壁画墓墓室铺作
（引自《郑州宋金壁画墓》图一四三，1；图二五三，3。构件名称为原图所标）

棋上有慢棋，即是单棋形式，只有扶壁棋是重棋，观图亦是，所以此铺作应是单棋造而非重棋造，即五铺作单抄单昂单棋计心造（图一六）。

（二）其他

其他散刊的宋金砖室墓葬的发掘简报，也有一些对铺作形制描述错误的，兹略举以下数例辨之（不备举）。

河北武邑龙店宋墓[①]。1984 年河北武邑龙店村曾发现数座砖室墓，河北省文物研究所清理了其中保存较好的宋代墓葬三座，编号为 M1、M2、M3。三墓的建造方法和结构基本相同，砖砌墓室柱头铺作及墓室北壁假门柱头铺作形式也都相同。以一号墓为例，发掘简报言其墓室“每条倚柱之上有柱头铺作一朵，影作泥道棋与华棋相交上托散斗，散斗与替木之上为撩檐枋”，这里并没有说明其铺作形式。墓门，简报言“门柱之上各置四铺作单抄斗棋一朵，两侧斗棋组织为栌斗口出华棋，棋端托齐心斗。散斗以上部分已被破坏”。虽然墓门散斗以上部分已被破坏，但对照简报所附墓门和墓室图，可知二者铺作形式是一致的，依图及文述内容，知华棋并未上承令棋，所以它们是斗口跳而并非四铺作单抄。另，墓室北壁所砌歇山顶仿木结构假门的柱头铺作为一斗三升式（图一七）。

山西长治故县村宋代壁画墓[②]。一号墓和二号墓，为仿木结构砖室墓，墓室结构基本相同，铺作形式也相同。简报说是四铺作，均不出昂和耍头，做法为在普拍枋上砌出栌斗，栌斗口出华棋一跳，上承令棋，令棋部砌有替木。现以照片较为完整清晰的 M2 北壁铺作为例，辨其形式。其泥道棋不用砖砌出，而是彩绘出轮廓，并为鸳鸯交手棋形式。华棋端的交互斗横出瓜子棋，同样是彩绘出轮廓，并为鸳鸯交手棋形式，与之相交竖出应是第二跳华棋，此华棋端交互斗衔小替木一道充作

① 河北省文物研究所：《河北武邑龙店宋墓发掘报告》，《河北省考古文集》，东方出版社，1998 年。
② 朱晓芳、王进先：《山西长治故县村宋代壁画墓》，《文物》2005 年第 4 期。

1.墓门

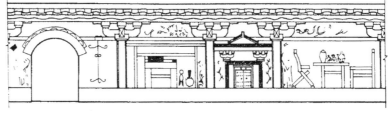
2.墓室墓壁展开图

图一七　河北武邑龙店一号宋墓铺作
（引自《河北武邑龙店宋墓发掘报告》图二、三）

令拱（其上散斗省去，单此一层的话实近于斗口跳形式），上承撩檐枋。瓜子拱上似无慢拱的表现。所以，此斗拱实是五铺作双抄单拱计心造，而非简报所说的四铺作（图一八）。

山西屯留宋村金代壁画墓[①]。墓室为砖砌仿木结构，关于铺作的结构形式，发掘简报的描述比较简略且不甚清楚，其谓："在南壁和东、西壁相接处均砌出方形柱子，柱上砌转角铺作……东、西墓壁上砌出柱头铺作，只露出柱头部分，柱头之上砌'把头绞项作'斗拱。斗拱为单抄单昂四铺作，令拱及散斗、齐心斗用红色、土黄色勾出

图一八　山西长治故县村宋代壁画墓 M2 北壁
（引自《文物》2005 年第 4 期）

轮廓。栌斗两侧砌泥道拱。四壁斗拱之上承以檐枋，上铺板瓦。"这段描述前后矛盾，让人不明所以，既是"把头绞项作"，又何来"单抄单昂四铺作"？且单抄单昂应是五铺作而不是四铺作。观所附墓室照片图，柱头铺作看不到有抄、昂以及令拱的表现，"把头"作耍头形，它就是"把头绞项作"（图一九，2、3）。简报所谓"单抄单昂四铺作"大概是指转角铺作而言的。细审墓室剖面图（图一九，1），其东北隅转角铺作实际由檐枋界分为上下两部分，下部与柱头铺作结构一样，也应为把头绞项作，只是栌斗口45度角斜出昂形耍头，前后左右以泥道拱相列（作为半面），上以散斗承托檐枋（按：原文如此，依图示，散斗所承托的可能是素枋上叠檐槫）；昂形耍头以上为上部的耍头和泥道拱，和檐枋处于同一层次，上泥道拱上的散斗并没有承托檐枋，甚至也没有承托檐头板瓦，而是直接承托墓顶砖，实际相当于是一层藻井铺作，它们各自承托的构件不同，所起"作用"不同，因而不能把它们视为是一朵铺作整体，它们都应是把头绞项作，只是"把头"部分一作昂形一作耍头形而已。由于简报并未附转角铺作的照片，只此墓室剖面线图，其结构表现并不直观清晰，是否如此还有待考察。但即便勉强把它们视为一朵铺作整体，那也应该是四铺作单昂（插昂），而非四铺作单抄单昂（单抄单昂者为五铺作）。墓室东南隅的转角铺作应是相同的结构形式，从墓室剖面图上看其从檐枋以上部分似已残掉，仅余檐枋以下部分。

① 山西省考古研究所、长治市博物馆：《山西屯留宋村金代壁画墓》，《文物》2008 年第 8 期。

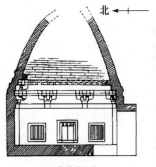

1.墓室剖面

2.墓室东壁

3.墓室西壁

图一九 山西屯留宋村金代壁画墓铺作

（引自《文物》2008 年第 8 期）

四、结 语

对宋金仿木建筑砖室墓葬中斗栱形式叙述有误或不准确的例子，还有不少，限于篇幅，不烦一一赘举。这些错误的发生，有些在于没有搞清宋式铺作中把头绞项作、斗口跳和四铺作的结构区别以及铺作计铺的原则，更多则是因为砖室墓葬中的铺作只是象征示意而为，不追求也难以求得与地面建筑尺度权衡以及卷杀形制等完全一致，其出跳距离往往甚短，常有横向的前排栱斗与后排栱斗以及后排栱斗与扶壁栱斗（包括枋件）部分或全部相重而只隐出的情况，给形制结构的辨识带来一定困难。通过以上例子的辨析，我们体会到，铺作的出跳层次是判断铺作形式的最关键因素。出一跳就是四铺作，出两跳就是五铺作，所见砖室墓葬铺作以出两跳五铺作为限。出跳数，以其向外挑出的横栱排数来判定，挑出一排横栱就是出一跳，两排横栱就是出两跳。把头绞项作只有柱头心一排横栱（扶壁栱），是不出跳的铺作；斗口跳也没有向外挑出横栱，但竖栱端头上承素枋（撩檐枋），虽略可视为出跳，但并不能称它为四铺作，也不是什么偷心造；四铺作出一跳，其竖栱端头上承令栱，再承素枋（撩檐枋）。至于竖向构件作什么出头形式，并不重要。在地面建筑，不出跳的耍头之作昂头、切几头、方头者也都有见，砖室墓中则更多，往往因砖石雕作不便而从简示意。出跳的华栱、昂，于地面木构建筑是不作耍头以及方头之类的，因为出跳构件较长，不做卷杀如栱头及昂嘴之类，是很不美观的。但若砖室墓葬，其出跳甚短，甚至前后相重，在实际不足一跳的距离内因雕刻有所不便，而与包括华栱在内的竖向构件做耍头、切几头乃至方头式也都是有可能的。所以砖室墓葬铺作形式，不能仅以竖向构件的出头样式来判断。准确判断这些铺作形式，并非没有意义。如《郑州宋金壁画墓》中所述的铺作形式既然有误，则其后文对铺作形式发展变化的分期就有重新讨论的必要，还可以就铺作形式的繁简与墓葬规模等级的关系做一番梳理等。

Discrimination and Analysis of *Dougong* in Brick-Chambered Tombs with Imitation Wood Structures During the Song and Jin Dynasties

JIA Hongbo

(Faculty of History, Nankai University, Tianjin 300350)

Abstract: Many brick-chambered tombs of the Song and Jin Dynasties have brick *dougong* as one of the main signs of their imitation wood structures. The brick *dougong* are mainly in the form of *batoujiaoxiangzuo*, *doukoutiao*, *sipuzuo* and *wupuzuo*, which is the most complex form. Due to material constraints, brick *dougong* are not the same as those in timber structure buildings, which led to some mistakes in their recognition and nomenclature by archeologists and other researchers, as well as confusion of several *dougong* forms. This paper discriminates and analyzes, based on the standards of *Treatise on Architectural Methods* (*Yingzao Fashi*), the misrepresentations of *dougong* form that are commonly found in archaeological excavation reports involving Song and Jin Dynasties brick-chambered tombs with imitation wood structures.

Key words: Song and Jin Dynasties, brick-chambered tomb, imitation wood structure, *dougong*

兰州地区翼角营造做法研究[*]

卢　萌¹　孟祥武²　叶明晖²

（1. 浙江广厦建设职业技术大学建筑工程学院，金华，322100　2. 兰州理工大学设计艺术学院，兰州，730050）

摘　要：目下，兰州地区留有大量明清以来的传统建筑，其地域特色鲜明，其中翼角起翘的陡峻程度明显高于明清北方典型官式建筑，根本在于地方营造做法沿袭自组织、自演化的发展模式，形成了不同于官式营造体系的地方营造体系。现选取兰州地区典型建筑为研究对象，从翼角的营造做法出发，探索翼角类型以及翼角结构的内在逻辑关系，从而揭示兰州地区翼角起翘地域特色的根本原因，为进一步建立兰州地区传统建筑营造体系奠定基础。

关键词：兰州地区；翼角起翘；营造做法；地域性

一、引　言

翼角起翘是中国传统木构建筑体系屹立于世界之林的显著特征，这缘于翼角做法体现了中国传统木构建筑在时代性和地域性上的差异：唐宋至明清翼角构造做法明显不同，南北方建筑的角翘^①也最为显著[1][2][3]。翼角构造做法的关键点在于角梁及角椽等相关构件所形成的角翘，角梁结构形制决定了角翘的大小，角翘的剧烈程度是明晰翼角特征的重要因子[4][5][6]。在北方传统建筑的地域背景中，兰州地区角翘的陡峻程度明显高于明清北方官式典型建筑（图一），兰州地区的角翘在构造做法和形式上与明清北方官式建筑存在着诸多差异。结合地方匠师手稿、口述内容、实地测绘结果分析兰州地区翼角营造做法，明晰角翘陡峻的根源所在，进一步构建地方营造体系。

1.故宫保和殿翼角^②　　　　2.白塔山八角亭　　　　3.五泉山金刚殿翼角

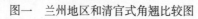

图一　兰州地区和清官式角翘比较图

---

* 本文得到国家自然科学基金支持：丝绸之路甘肃段明清古建筑大木营造研究（51868043）。

① 翼角起翘的简称，在后文中均用此叫法。

② 本图来源于故宫博物院 https://www.dpm.org.cn/explore/building/236434.html。

二、翼角结构演变历程

根据现有的研究成果可知，角翘发端于东汉，普及于宋元，成熟于明清。起初角翘并没有结构上的因素，仅以瓦垄向上微微起翘。随后出现了老角梁、仔角梁、隐角梁等结构性构件[①]。老角梁作为主要的承重构件，存在斜置和平置两种情况。斜置的老角梁常见于唐代以及明清北方官式建筑中，结构特征主要表现为大角梁前端搭在檐檩上，后尾早期搭在下平榑上，后期多托在下平榑底部，后尾安装位置的变化使角翘陡峻程度产生变化，但仅利用老角梁斜置的角翘整体较为平缓。平置的老角梁出现在宋元期间的地方建筑中，同时，需增设隐角梁用于起翘。仔角梁冲出和上翘使角翘更为陡峻，仔角梁出现较晚，且均为平直前端不上翘。约在元代，仔角梁前端出现上翘的做法，后尾插入金柱或置于老角梁内。其中流行于江南地区的嫩戗发戗属于仔角梁的变异情况。

纵观翼角的发展历程，角翘的结构因素主要有两点，一是老角梁的截面高度大于檐椽截面高度，为保证二者上皮保持相平，遂逐步抬高角椽，设置枕头木，从而形成角翘；二是老角梁后尾的处理方法，斜置的角梁后尾主要有压金、扣金和插金三种做法，起翘也随着角梁的斜置自然而然发生。平置的老角梁后尾在下金檩下，隐角梁的设置促使角翘的形成。仔角梁的上折处理则有效提高了角翘的陡峻程度。总之，角翘的发展是结构和营造做法上的进步，其形成与发展绝不是单一的审美追求和偶然发生，与斗栱的发展，布椽的形式以及由昂等构件的内在有机联系，是传统木建筑结构体系发展的必然产物[7]。其中，地方建筑角翘更是在翼角结构演变历程中逐步形成了地域特色，主要由于当地的营造体系自组织、自演化的发展模式，形成了独具特色地方营造做法（图二）。

三、兰州地区翼角组合

兰州地区将角翘称之为"扎格"，翼角构件从下至上分别由斜云头梁、底角梁、大角梁、楷头、大飞头及扶椽等相关构件。斜云头梁位于角彩[②]和鸡爪子栱[③]最上层，置于转角斜向45°位置，安装在斜向的托彩栱子[④]、斜云头或直接搭置角柱之上，前端梁头刻云纹雕饰，后尾插入交金垂柱、金柱内或作悬挑处理。底角梁[⑤]置于斜云头梁之上，前端梁头出头，并刻以龙头、象头等纹样雕饰，后尾插入交金垂柱内或作悬挑设置。大角梁[⑥]平置搭在正桁上，后尾插入交金垂柱或金柱内，梁头作云纹雕饰，冲出梁身下作暗卯口，用于安装桨桩子[⑦]，桨桩子上刻以雕饰，位于底角梁梁头前端。同时，大角梁和

---

① 为明晰行文逻辑，在论述翼角结构演变历程中，翼角构件名称均采用《清式营造则例》中的叫法，但是在后文论述兰州地区翼角形制中，均采用当地营造体系名称叫法。并加以相应的注释。

② 角彩：彩，兰州地区斗栱叫法，类似于清官式中偷心造的做法，转角位置的彩称为角彩。

③ 鸡爪子栱：栱子，兰州地区一种简易的斗栱形式，仅保留竖向类翘构件，两侧横栱位置使用花板代替。建筑转角处的栱子称为鸡爪子栱。

④ 托彩栱子：彩上的特色构件，位于云头之上。

⑤ 底角梁：兰州地区翼角上特色构件，置于斜云头梁之上。

⑥ 大角梁：翼角部分主要的承重构件，在功能作用上类似于清官式的老角梁。

⑦ 桨桩子：位于大角梁下，在底角梁梁头前的一种垂头。

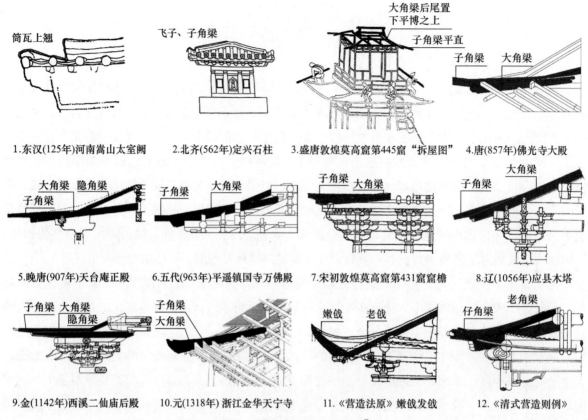

1. 东汉(125年)河南嵩山太室阙　　2. 北齐(562年)定兴石柱　　3. 盛唐敦煌莫高窟第445窟 "拆屋图"　　4. 唐(857年)佛光寺大殿

5. 晚唐(907年)天台庵正殿　　6. 五代(963年)平遥镇国寺万佛殿　　7. 宋初敦煌莫高窟第431窟窟檐　　8. 辽(1056年)应县木塔

9. 金(1142年)西溪二仙庙后殿　　10. 元(1318年)浙江金华天宁寺　　11.《营造法原》嫩戗发戗　　12.《清式营造则例》

图二　翼角结构历史演变图①

大飞头②之间常设楂头，楂头为一个三角形木块，前高后低的形式，前端与大角梁平齐，并补充完成整个冲出的大角梁梁头，尾部在大角梁内部，长边紧贴大角梁安装，斜边则是与大飞头相连接。兰州匠人在施工过程中存在将楂头和大角梁连做的情况，增加了构件间的角缝承载力，提高翼角的结构刚度。大飞头，前端为直线型，后尾紧贴楂头设置，二者利用暗销连接。扶椽③前端作鹅掌压在大飞头后尾上，尾端搭在下平槫上，插入椽花内。斜云头梁、底角梁及楂头等特色构件旨在抬高大角梁和大飞头的竖向高度，从而达到增加起翘高度的意图，使得整个角翘较为陡峻（图三）。

① 图 1、2 源自刘敦桢主编. 中国古代建筑史. 中国建筑工业出版社. 1980.
　　图 3、7 源自萧默. 敦煌建筑研究. 中国建筑工业出版社. 2014.
　　图 4 源自张荣，刘畅，臧春雨. 佛光寺东大殿实测数据解读. 故宫博物院院刊. 2007（02）.
　　图 5 源自张十庆. 略论山西地区角翘之做法及其特点 [J]. 古建园林技术，1992（04）: 47-50+22.
　　图 6 源自刘畅，刘梦雨，王雪莹. 平遥镇国寺万佛殿大木结构测量数据解读. 中国建筑史论刊，2012（01）: 101-148.
　　图 8、9 源自李会智. 古建筑角梁构造与翼角生起略述 [J]. 文物季刊，1999（03）: 48-51.
　　图 10 源自丁绍恒. 金华天宁寺大殿木构造研究. 东南大学，2014.
　　图 11 源自姚承祖著，张至刚增编. 营造法原. 建筑工程出版社. 1959.
　　图 12 源自马炳坚. 中国古建筑木作营造技术（第 2 版）. 科学出版社. 2003.
　　其余均为作者自绘、自摄。
② 大飞头：仔角梁的地方叫法。
③ 扶椽：隐角梁的地方叫法。

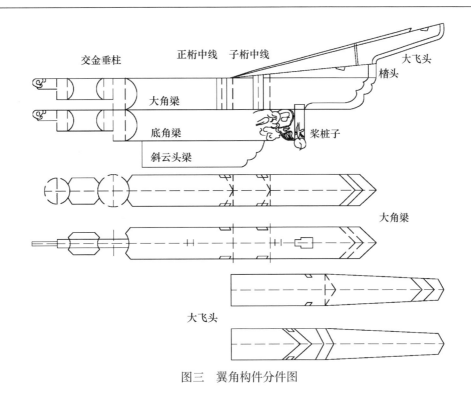

图三 翼角构件分件图

四、兰州地区翼角营造特征

（一）翼角类型特征

兰州地区的翼角形制特征主要体现在构件自身的形制以及构件间的搭接关系。斜云头梁主要承托来自山面和檐面的子桁[①]，为保持梁身的完整性，斜云头梁身仅作子桁所拉结条枋的通口，安装牙子[②]处刻浅槽口，主要用于承托底角梁和防止斗栱发生倾覆现象。兰州地区传统建筑翼角中大多设有底角梁，底角梁在承托大角梁的同时，主要承托正桁[③]以及拉结正桁牙子。大角梁水平设置，前端搭置在底角梁上，以底角梁为支撑点，形成杠杆，后尾不同于明、清北方官式建筑中仔、老角梁合抱金檩的安装方式，而是插入交金垂柱或金柱内，属于"插金型"，大角梁和底角梁共同承托正桁。

云头梁、底角梁和大角梁三者均为平行设置，垒叠安装，共同构成或分解清官式中老角梁的作用。根据角梁构造间的技术要素进行分析，又可分为四种类型：

大角梁型：三者之间仅大角梁后尾从插入金柱内，云头梁和底角梁悬挑处理，不具备结构意义，大角梁起到主要的承重作用。现构建于明洪武时期的浚源寺金刚殿，大角梁主要承重的基础上，转角处的平身科斗栱里跳上的挑斡插入金柱内，平衡翼角处的荷载，使整体受力均匀。

类老角梁型：三者后尾均插入交金垂柱或金柱内，三者将清官式中老角梁的结构功能分解，共

---

① 子桁：挑檐檩的地方叫法。
② 牙子：雀替和条枋拉结的花板均称作牙子。
③ 正桁：正心檩的地方叫法。

同承担翼角部分的荷载。翼角的整体结构稳定性较强，但一定程度上，限制了转角空间的纵、横向的冲出范围。同时，整体建筑用材的尺度要求较高，但和其他两种类型相比，大角梁的用材可适当减小。典型的建筑实例有始建于明成化十二年的庄严寺大雄宝殿，其中斜云头梁用材很少。后期的建筑实例此种类型应用较少（图四）。

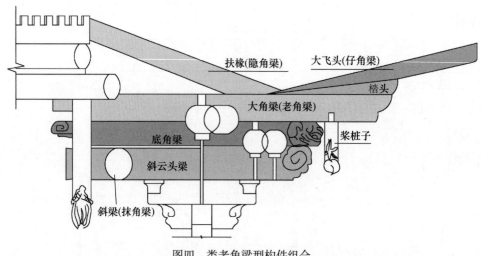

图四　类老角梁型构件组合

里拽内伸型：斜云头梁和大角梁后尾均插入交金垂柱或金柱内，底角梁后尾悬挑在大角梁梁底。此时，斜云头梁在结构功能上类似于清官式建筑的递角梁，和大角梁共同形成翼角部分的主要承重系统。底角梁作为大角梁和斜云头梁之间的连接构件，辅助支撑大角梁前端的同时，有效地传导大角梁自身的集中荷载。既增加翼角竖向高度又保证翼角整体结构受力均衡稳定。此种类型在清中晚期的建筑实例中应用最多，如嘛尼寺大殿[①]、清虚府岳王殿[②]和榆中三圣庙[③]（图五）。

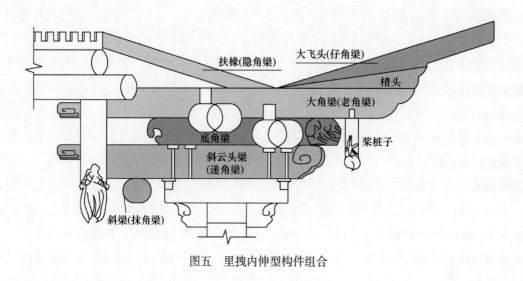

图五　里拽内伸型构件组合

---

① 嘛尼寺大殿现构建于清同治十二年。
② 清虚府岳王殿始建于明建文元年。
③ 榆中三圣庙始建于清光绪二年。

类递角梁型：斜云头梁后尾不插入交金垂柱内，根据角檐柱为中心点相互对称。此时斜云头梁主要用于防止自身发生倾覆现象，在翼角整体结构中起辅助支撑作用。此时，斜云头梁在翼角整体的结构性相对弱化，但扩大了翼角部分的斜向空间。斜云头梁后尾在底角梁之下，起杠杆作用，前端梁头在檐口处重量得以平衡，位置类似于清官式建筑角科中的由昂。底角梁则是接近于清官式建筑中的递角梁。大角梁和底角梁共同集中承担翼角处的荷载，并将之传至斗栱层和柱网层，增加翼角处的结构刚度（图六）。

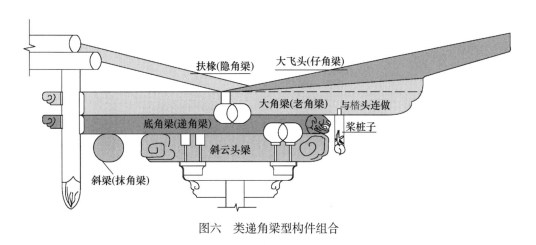

图六　类递角梁型构件组合

四种类型相较而言（图七），大角梁型和类老角梁型的整体结构稳定性最好，但限制了转角处的空间，对建筑用材要求较高。里拽内伸型和类递角梁型在实际应用中适应性较强，里拽内伸型避免了出现集中荷载的情况，类递角梁型在翼角结构稳定的情况下，降低了大角梁的用材要求。由角梁构造类型多样性可知：角梁构造在垒叠关系中的变化，既丰富了角梁形制类型，又为翼角竖向空间提供差异性。但角梁形制的多样性是在满足翼角结构稳定性和美观性的前提下完成的，体现了地方营造体系在实践中的智慧性和灵活性。

（二）翼角结构特征

翼角结构的稳定性是形成中国传统建筑中凹曲屋顶重要因素，林徽因先生在谈及中国传统建筑的凹曲屋顶时说道："历来被视为极特异、极神秘之中的中国屋顶曲线，其实只是结构上直率自然的结果，并没有甚为超出力学原则以外和矫揉造作之处，同时在实用及美观上皆异常的成功。"[8]

兰州地区多在转角处设斜梁①支撑翼角部分，斜梁具有适应性强、稳定性好的特点。斜梁和檐下构件形成的三角形空间，增加了翼角处的整体刚度，斜梁的应力集中于中部，两端施加的支座反力大小相同，从而均衡翼角处结构受力体系[9]。斜梁的安装位置一般有三种情况：一是斜梁置于里拽条枋之上，破间彩②未随斜梁出斜向的横栱辅助承托斜梁，此种做法在兰州地区应用最多（图八，1）；二是斜梁插在平枋之上，多见于施栱子的建筑中，绝大多数插在栱子内部中，栱子自身的力学结构功能减弱，但整体檐下结构稳定性不变（图八，2）；三是斜梁搭在大担之上，表现为斜梁插入

① 兰州地区将抹角梁称为斜梁，主要有两种形式，斜向45°设置时称作斜梁，30°设置时为身分斜梁。
② 破间彩：兰州地区匠人将处于平身位置的斗栱，称为破间彩。

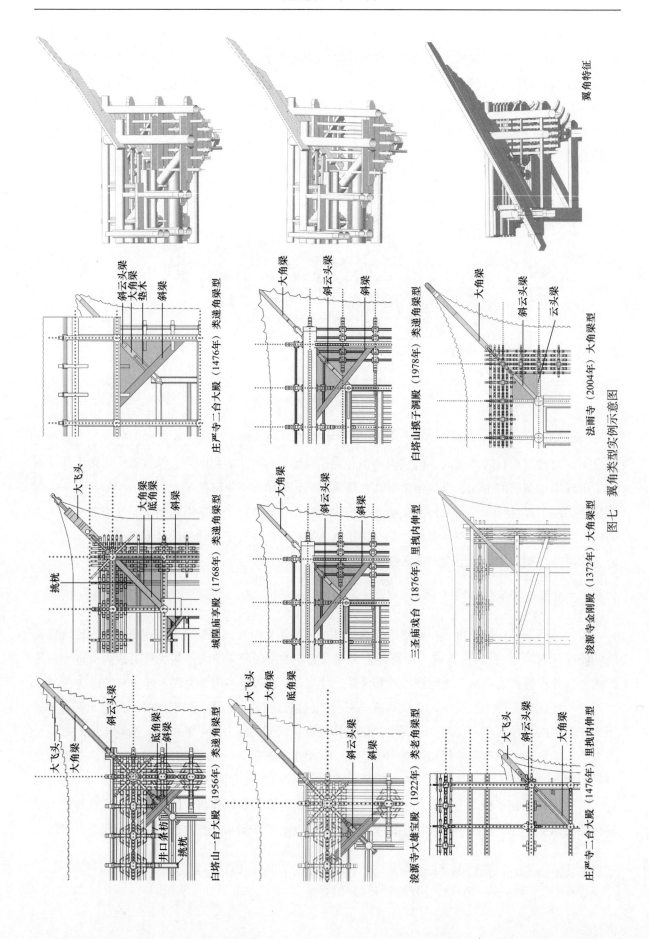

图七　翼角类型实例示意图

1. A型斜梁置于里拽条枋之上　　2. B型斜梁置于平枋上　　3. C型斜梁置于大担上

图八　斜梁类型图

在坐斗内部，斜梁的竖向位置降低，与挑桄①、云头梁和斜云梁未发生搭接关系。由于设置斜梁，为翼角处形成稳定三角形结构提供空间，为翼角构件间形成杠杆提供着力点。斜梁除斜45°方向设置外，还设有其他角度的斜梁，当地匠人称为身分斜梁，多用于建筑进深较小的建筑转角处，斜梁的形式的变化是对于转角狭小空间的灵活应对（图八，3）。此外，在转角的处理中存在大角梁和相邻山面和檐面的云头梁归于一柱的做法，当地匠人称之为"三大靠"结构，此种结构形式稳定性极佳，但对于建筑整体用材的要求较高（图九）。

（三）翼角冲、翘规律

纵观翼角结构的演变历程，可知结构变化是导

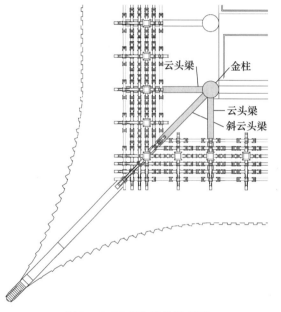

图九　"三大靠"结构示意图

致角翘分异的主要原因，地区建筑在实际应用中更是融入了当地工匠的营造智慧。兰州地区角翘在营造上分别有平面和立面两种做法：立面做法中流传着"冲三翘三"的营造口诀，所谓"冲三"则是指大飞头冲出距离的平面投影距离为三倍的正身飞椽露明长，也就是自大角梁前端位置至大飞头前端位置的垂直距离为三倍的正身飞椽露明长。同时，扶椽有效地延长了翼角的斜向冲出量；"翘三"则是指大飞头上皮与正身飞椽上皮的高差通常为三倍的正身飞椽露明长。但"翘三"仅是定律性法则，在施工过程中，匠人往往会根据设计有所调整，其中园林建筑尤为明显。此外，翼角中使用的楮头，高度在80～150毫米之间，有效地提高了大飞头的起翘值，从而进一步增加了角翘的陡峻程度（图一〇）。而其平面做法：主要是根据檐椽和正身飞椽来确定，正身飞椽露明长为檐椽头的三分之一，后尾压在檐椽上，长度为檐椽露明的二分之一，早期长为檐椽露明的三分之二。平面投影上将檐面和山面两侧的正身飞椽头延长相交于一点，其交点就是翼角檐椽的顶点，从而确定翼角檐椽的冲出曲线。再根据正身飞椽露明头长的2～3倍确定大飞头的斜出的距离，最终确定翼角

---

①　挑桄：设置在破间斗栱最上一层，前端承托正桁，尾部向内挑起檩条。

翘飞椽①的冲出曲线（图一一；表一）。角翘平面和立面的两种营造做法中，"冲三翘三"是继承清官式做法②的同时融入了地方做法，平面做法则是完全脱胎于地方营造体系。无论立面做法还是平面做法，均被建筑"上出"所控制，建筑"上出"决定了建筑出檐的深远的程度。底角梁的设置、斜梁高度的增加则是提高翼角檐下竖向空间的关键所在。

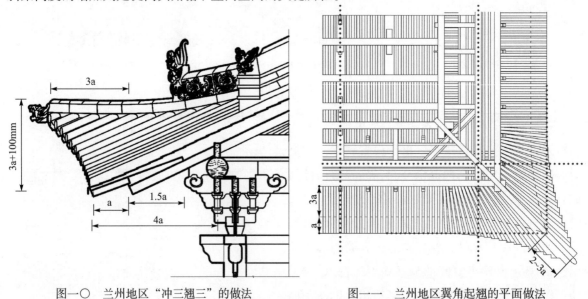

图一〇 兰州地区"冲三翘三"的做法　　　图一一 兰州地区翼角起翘的平面做法

表一　翼角冲翘数值统计表　　　　　　　　　单位：mm

建筑名称	建造年代	翼角类型	正身飞椽露明长 =a	子角梁冲出距离 /a	子角梁起翘高度 /a
白塔山一台大殿	1956	类递角梁	a=300	1013=3.14a	914=3.04a
白塔山二台大殿	1956	里拽内伸	a=300	875=2.91a	1076=3.58a
白塔山三台玉皇阁	1958	类递角梁	a=324	845=2.68a	1097=3.38a
法雨寺大雄宝殿	2004	大角梁	a=271	1233=4.55a	821=3.02a
庄严寺一台大殿	1476	类老角梁	a=200	463=2.63a	587=2.93a
庄严寺大雄宝殿	1476	里拽内伸	a=397	1241=3.12a	1125=283a
浚源寺金刚殿	1372	大角梁	a=380	972=2.56a	1019=2.68a
浚源寺大雄宝殿	1922	类老角梁	a=300	798=2.66a	922=3.07a
玛尼寺大殿	1873	类递角梁	a=434	1239=2.85a	1025=2.36a
太昊宫伏羲殿	1919	类递角梁	a=295	1124=3.81a	745=2.52a
三圣庙献殿	1876	里拽内伸	a=583	1202=2.06a	1355=2.32a

此外，值得注意的是兰州地区翼角布椽为扇形，其正身飞椽和翼角翘飞椽均为直线形，所以角翘的核心点在于角梁竖向结构制式特征和翼角檐椽的相互协作关系上（图一二）。角梁构件均为平直放置，底角梁和斜云头梁主要承托子桁，二者和正身檐椽之间存在高度差，正身檐椽头上皮的最高位置略高于斜云头梁或底角梁上皮。所以，大角梁上皮和正身檐椽上皮之间的高度差几乎是整个

① 翼角翘飞椽：翼角翘椽的地方叫法。
② 根据《清式营造则例》中所记载：翼角起翘的做法为"冲三翘四"，主要指飞椽椽头部至挑檐桁中心线的水平距离为三椽径，仔角梁最高点自至正身飞椽上皮的垂直距离为四椽径。

大角梁的高度，甚至更高。遂为了保持以翼角檐椽和大角梁上皮相平，需在有限空间内尽可能提高翼角的冲、翘幅度，翼角檐椽下设蝴蝶垫板①。同时，角梁构件均为平置，大角梁和檐椽之间夹角增大，翼角冲出就更为深远。竖向位置的高度差和翼角冲出的增大均造成了角翘陡峻程度的增加（图一三）。

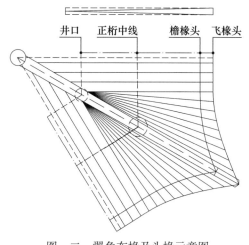

图一二　翼角布椽及头椽示意图

图一三　正身檐椽和大角梁高差示意图

五、结　语

兰州地区角翘较为陡峻的缘由是多元的，其营造做法主要归纳为以下三点：首先，角梁构造做法有别于北方地区的一般官式做法，斜云头梁、底角梁、楂头等特色构件的使用，促成角梁形制类型的多样性，同时彰显出地方营造技术的灵活性。其次，基于地区转角构件的灵活使用，促使角梁构造和转角构件达成归一，从而满足翼角结构在稳定性上的要求。再者，地方匠人对寻常构件的地方化处理，进而衍生出地方营造做法。建筑翼角部分的显性表征在于角翘的陡峻程度，而其隐性内因则是基于构件组合的结构变化，二者相辅相成，互为表里，从而赋予建筑的地域性特征。要而言之，兰州地区的角翘是建立在北方传统建筑技术的基础上，在区域内耦合出独具匠心的技术方法，是经转角构件与角梁构造归一生成的结构形制，进一步映射出地方传统建筑营造技艺研究的价值所在，冀以此拓宽大木营造的研究视野，从而完善我国传统木作营造体系的建构。

参 考 文 献

［1］ 保国寺古建筑博物馆编. 保国寺古建筑博物馆. 见：东方建筑遗产（2014年卷）［M］. 北京：文物出版社. 2014：29-42.

［2］ 张十庆. 略论山西地区角翘之做法及其特点［J］. 古建园林技术，1992（04）：47-50+22.

［3］ 萧默. 屋角起翘缘起及其流布［A］. 见：建筑历史与理论（第二辑）［C］. 南京：江苏人民出版社，1981：16.

［4］ 梁思成. 清式营造则例［M］. 北京：清华大学出版社，2006：29.

［5］ 李会智. 古建筑角梁构造与翼角生起略述［J］. 文物季刊，1999（03）：48-51.

---

① 蝴蝶垫板：兰州地区枕头木的叫法。

［6］ 岳青，赵晓梅，徐怡涛. 中国建筑翼角起翘形制源流考［J］. 中国历史文物，2009（01）：71-79+88.

［7］ 萧默. 屋角起翘缘起及其流布［A］. 见：建筑历史与理论（第二辑）［C］. 南京：江苏人民出版社，1981：16.

［8］ 梁思成. 清式营造则例［M］. 清华大学出版社，2006：13.

［9］ 李江，杨菁. 敦煌莫高窟九层楼屋顶结构探析［J］. 敦煌研究，2016（03）：124-131.

Study on Upturned Roof-ridge Construction in Lanzhou Area

LU Meng[1], MENG Xiangwu[2], YE Minghui[2]

(1. Architectural Engineering Institute，Zhejiang Guangsha Vocational and Technical University of Construction, Jinhua, 322100; 2. School of Design Art，Lanzhou University of Technology, Lanzhou, 730050)

Abstract: There are many traditional buildings with distinctive regional characteristics since the Ming and Qing Dynasties in Lanzhou. The steepness of upturned roof-ridge is obviously higher than that of the typical official buildings in the north of the Ming and Qing Dynasties, forming a local construction system that is different from the official construction system. The typical buildings in Lanzhou area are selected, starting with the construction of upturned roof-ridge to explore the internal logical relationship of upturned roof-ridge types and structures, to reveal the root cause of the regional characteristics of upturned roof-ridge in Lanzhou area, and to lay the foundation for the study of traditional building construction system of the Lanzhou area.

Key words: Lanzhou area, warped upturned roof-ridge, construction practices, regionalism

明清雄安地区州县衙署建筑营建布局探讨

段智钧[1、2] 李丹彤[1] 张瑞田[1]

（1. 北京工业大学城建学部，北京，100021；2. 北京市历史建筑保护工程技术研究中心，北京，100000）

摘 要：通过梳理考察明清时期雄县城、容城县城、安州城和新安县城这四座城市的治署建筑营建演变历程，探讨有关州、县治署建筑布局的发展特征及其相互关联，进一步认识总结雄安地区有关历史建筑活动的一定特点和规律性。

关键词：明清；雄安地区；治署；布局特点；演变规律

衙署是中国古代城市中等级最高、秩序最森严的建筑之一。对于衙署的关注不仅是因为其建筑本身所能反映出的严格的建筑规制和等级特征，更是因为通过建筑本身，能看到城市建设的整体面貌和某些特征。从城市整体布局来说，衙署建筑代表着城市中的核心区域，其建筑的建设和变化情况可以反映出城市核心区域在城中的基本形态和扩展方式；若仅从建筑来看，衙署建筑在修建、更新时也必然与周围的其他建筑发生着关系，这些城市局部区域的更替变化也反映出建筑与城市间此消彼长、相互制约的密切发展关系（图一）。而明清时期的地方衙署建筑作为所在城市内的最重要行政建筑之一，不仅反映了当地建筑的较高等级和营建水平，而且也呈现了其所在遍及全国建制城市内有关类型建筑的地域和时代特点。关于明清府州县衙署建筑有诸如府州县治、抚按察院（行台）、太仆寺（行台）、都司等机构划分，而府州县治一般最为典型且重要，往往被重点研究关注。

明清雄安地区共建有州、县治衙署（州县治）四座，分布在四座城池之内，分别为雄县（今雄县）县治、容城（今容城县）县治、新安（今安新县）县治和安州（今安新县安州镇）州治，本文尝试分别对有关布局演变和特征进行一定讨论。

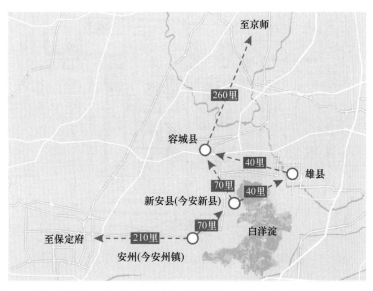

图一 明清时期雄安地区主要城池关系示意图（自绘，底图来源：百度地图）

一、雄　县

雄县宋代以来便有州县级行政建制，明太祖洪武七年（1374 年）降雄州为雄县，改州治为县治，雄县治位于城内东南侧（今雄县雄州路东），其建筑布局在明清时期不断增改完善，历经若干大小修葺，大致可分为三阶段演变历程。

1. 元末至明初——改建成型时期

不晚于元代，雄县治署就已位于此处，布局情况记载不详。明初洪武七年至八年间有大规模兴造，总体形成前、中、后三进院落。居中院落正中建筑为大堂，也称"明新堂"，为县令治事理政之所。大堂东厢为吏户礼房及架阁库、承发司，西厢为兵刑工房及马政科。此院落南端为仪门，进入仪门有大甬道，称为墀，甬道经戒石坊直达大堂，前设大露台，形成院落基本序列。大堂左右两侧还有幕厅（东）和马政科（西）。兵刑工西南角还有一所监狱，该狱自后周代创立起，经"洪武间重建，天顺、成化间增修，弘治、正德、嘉靖间咸加修葺"①，一直沿用下来。至此，正中的核心院落已初具规模。

此居中院落正北，是以"子来堂"（也称二堂）居中的后一进院落，院落南端入口有门区分内外，二堂后为知县宅。二堂院落以东，当时还有一座小型园林，核心建筑有座雪舫斋和一座轩，其中的轩与雪舫斋在明代中期时已坍。出居中院落经仪门，向南正对为县治署大门。由大门、仪门、大堂、二堂、知县宅形成一条完整的中轴线。此时的大门（也称"县门"）所在院落较为空旷。

至此，雄县治署以元代少量既有建筑为基础，在保证基本使用功能的前提下形成中轴线贯穿前、中、后三进院落的基本布局（图二）。

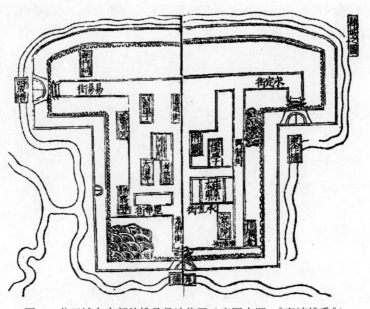

图二　位于城东南部的雄县县治位置（底图来源：《嘉靖雄乘》）

---

① 《嘉靖雄乘》上卷：建置第五，县治。

2. 明代中期——增修定型时期

随着明代中期经济与社会发展，自嘉靖初年（约 1522 年）开始，雄县治署又有较大规模增建扩展。首先，在原来居中院落的基础上又充实兴建了一批建筑，如在大堂东侧又建有崇积库（楼房一座），西侧马政科前新建銮驾库一所。銮驾库与大堂间开小门，可通向北侧二堂院落和马房（厩），使得马房与马政科相连。在大堂以南戒石坊以北新建碑亭一座，名为"御箴碑亭"，亭左右辟有庄田，这也使得居中院落得到极大的充实，基本形成了较为完备的"前堂后寝"的常见衙署布局形式。

其次，为了方便通行，在庄田以南的仪门两侧新建两座角门。东侧角门以东又新建土地祠，祠东建吏廨，祠南建养廉仓，以"岁储县粮"①（后圮）。到万历初年（约 1573 年），在仪门南侧又新建衙神祠和寅宾馆。同时，还增建鼓楼于大门（县门）左上，建榜房于大门外，此处榜房或为一照壁，因又有记载，"仪门外为大门，大门南为照壁"②。以榜房为中心，在其南侧和西侧分别还兴建旌善亭与申明亭，以表彰善举和监督官员。万历三十八年（1610 年），还悬匾、联于大堂之上，"匾曰：民之父母；联曰：爱民若子，治邑如家"③。结合此前分别命名"大堂为忠爱、二堂为无倦"，使得"前堂后寝"的县治署颇具行政文化气息。

如图三所示，治署院落在原有中轴线院落基础上，又实现了向东、向西左、中、右三路院落的扩展。

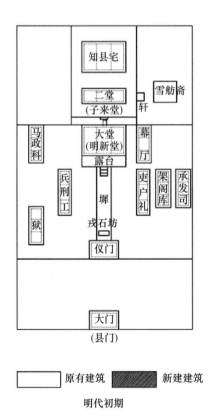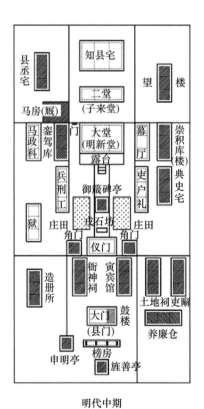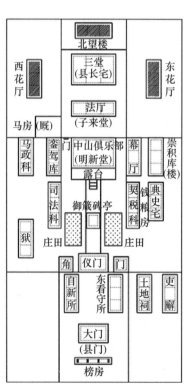

□ 原有建筑	▨ 新建建筑

明代初期　　　　　　　　　明代中期　　　　　　　　清代至民国初

图三　雄县县治演变示意图（自绘）

---

① 《嘉靖雄乘》上卷：建置第五，仓库。
② 民国《雄县新志》建置篇：县署表。
③ 民国《雄县新志》建置篇：县署表。

3. 清代至民国初——改建修整时期

清代时雄县治署的整体布局无明显变化，建筑活动多为对损毁建筑的新建与重修。康熙七年（约 1668 年），在知县宅以北夹道旁建北望楼一座，增强后部安保。此后，县衙建筑多次遭到破坏和重修。至民国初，县署历经损毁改建，及改为他用，院落布局已有极大变化。

二、容城县

关于容城县的记载最早可至五帝时，汉代起置县，属涿郡，初名"桑丘"或"宜家"，汉景帝中元三年（前 147 年）设容城侯国，宋建隆四年（963 年）划入雄州境内。元代时，容城县原地属雄州，明初撤雄州后，县治署倾圮荒废。明洪武十四年（1381 年），在原县治署基础上"因旧"而修城①。明清时县治位于今容城县金台东路北侧，今已不存（图四）。

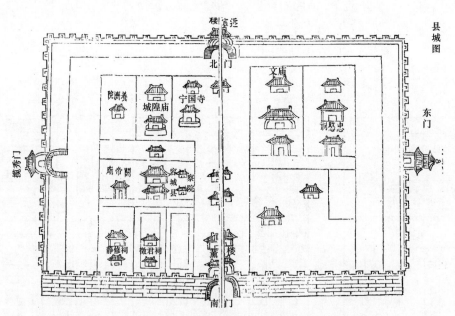

图四 位于城西部的容城县治位置（底图来源：民国容城县志）

1. 明代初期——创制成型时期

明代以前容城因地近雄州，其县治所几经存废，而县治署多兴替不常。在洪武中期时容城县才独立稳定设县，故其早年间县治署建筑形制布局均与雄县有相似之处。主体也形成了前、中、后三进院落，并以大门、仪门、正厅（大堂）、后堂为中轴线上主要建筑，"前堂后寝"布局明晰。另有轩堂一座，大致在正厅东北相对僻静之处，也可能有仿照雄县的园林之所。

明代早期的容城县，因刚独立设县等缘故，处于百废待兴的状态，首先集中营建了主要功能，确立了基本院落布局（图五）。

---

① 光绪《容城县志》卷二：公署。

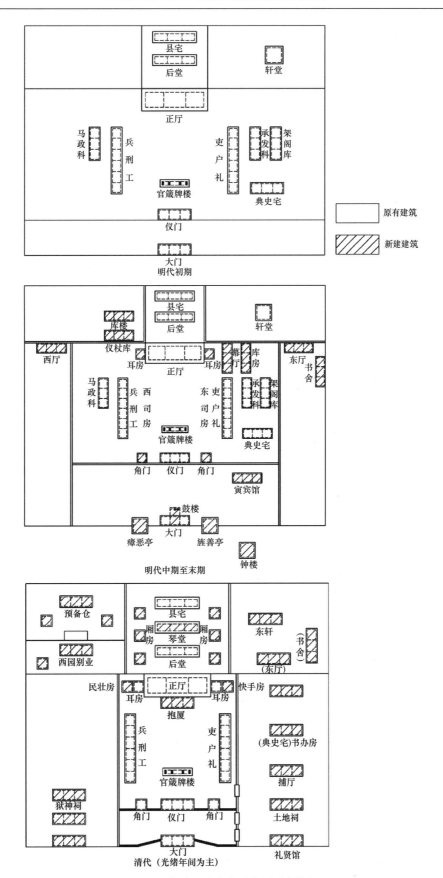

图五 容城县治演变示意图（自绘）

2. 明代中后期——增修完善时期

容城县治署的又一次大规模建筑活动主要发生在明代中期。整体向东西两侧扩展，建筑功能配置也日趋完善。

正德七年（1512 年），容城县治署大部分建筑被流贼焚毁后一年，重建主要建筑的同时在主要建筑周围加筑围墙分隔，以起到防卫作用，也促成了左、中、右三路院落雏形架构的形成。嘉靖九年（1530 年），在正厅旁东西两侧增建耳房各一间，正厅东侧邻近又新建幕厅三间，与此前建于正厅之东的库房贴邻。后堂之西又建有库楼一座，其后又有关于仪仗库的记述，大致位于正厅西北，应与此处库楼位置邻近。

在嘉靖、隆庆年间（1522～1572 年）仪门内东又建有典史宅，大门东侧建旌善亭，西侧建瘅恶亭。前部大门内院落又有寅宾馆建于大门内东北侧，其南侧院墙外又建了一座钟楼，而鼓楼建于大门上，这可能与此前加强防卫的措施有关。万历十二年（1584 年），在东、西路院落居中位置又新建东西厅各三间，东厅附近另建有书舍三间。至此，容城县治署前、中、后三进院落，东、中、西三路轴线的布局基本形成。

3. 清代——改建变动时期

清代中前期，容城县治署的整体布局关系没有发生变化，部分原有建筑被废弃，同时也新建了一些别的附属建筑。大堂正前方增设抱厦三间，其两侧再增建民壮房和快手房。捕厅位于县治布局中的东路院落前部，过仪门向东经一道小门即可到达，其附近建办公用书办房数间。同期兴建的后厅琴堂、厢房、望楼均位于县治后部中路院落，其中相当多数在光绪年间（1781～1908 年）被废弃。

清光绪年间的县治布局在东西两路上改变较大。东厅和书舍位置略向北移，位于东路北侧的东轩附近。明万历年间所建寅宾馆更名为礼贤馆，位置略向南移，过大门向东经小门即可到达。此外，还新建了土地祠于礼贤馆北侧，这时的东路院落空间已较完善，自南向北依次为礼贤馆、土地祠、捕厅及书办房建筑，还形成一定前后对位关系。

西路南端院落为狱神祠及监狱，用围墙与中路空间隔开，且墙上不设门。西路北端为两个独立院落，分别以预备仓和西园别业为主要院落建筑，后者可能是由原西厅改建而来。

三、安　州

明洪武七年（1374 年），改安州为安县，洪武十四年复改为州，因地理位置重要，其州县行政建置一直被重视，因此安州治署在明清时期建筑等级较高（图六）。

1. 明代初期——形制确立时期

安州治署建于安州城中部（今已不存，大致位置在安州镇安州小学附近），洪武七年（1374 年），修建州堂五间、后堂五间和幕所三间，还有瓦房十八间在州堂东西厢。与前述雄县和容城的县治相比，州治署的大堂和后堂的规模明显更大。以州堂所在中部院落为中心来看，后堂自成院落

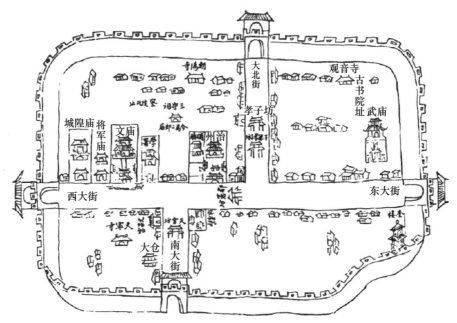

图六　位于城正中位置的安州州治及捕厅（底图来源：道光安州志）

居于北侧，幕所在大堂东侧，仪门三间，位于州堂所在中部院落最南端。

知州居后堂院落之正北，是整个院落布局的最北端，也是"前堂后寝"的布局方式。出仪门正南为州治大门，门外偏西侧还建有申明亭和旌善亭。此时期，安州治署中轴线院落布局关系清晰（图七）。

2. 明代中期至末期——增修扩建时期

到明代中期，安州州治布局已基本稳定，以建筑的增修和扩建活动为主。

中部大堂院落有嘉靖初年建广积库于州堂东的记载，该建筑共三层，高五丈（约 16 米），主要用来存储烟硝、熟硫黄，火药等物品。州堂北侧的院落空间不断充实。嘉靖年间，还建穿堂连接前后院落，因州治大堂建筑功能较复杂，基本功能空间的扩充就是通过穿堂连接大堂与后堂来实现的，也可理解为大堂院落与后堂院落相组合。万历年间重建知州宅，完善了院落，例如，宅西建有读书亭一座，名为"惜阴轩"。

州治大堂院落以南的大门与仪门间前导空间也实现院落化。其中，土地祠与狱神祠分列仪门东西两侧，寅宾馆建于土地祠前，位于大门内东南方向。除此之外，明弘治年间（1488～1505 年），还重建大门上的谯楼，并"置钟鼓于其上"①。

明代末期，安州治署建筑院落布局基本明确，中轴线三进院落空间较完善，东西两侧的建筑空间也逐渐丰富。

3. 清代——充实完备时期

清代安州州治布局大致沿袭前代。至清道光年间，州治整体向东西扩展，原州治大堂院落西侧

① 《道光安州志》卷之三，城池：公署。

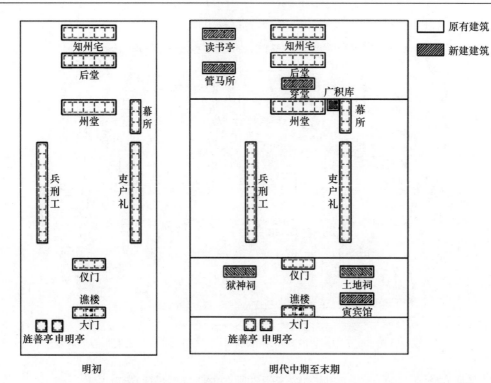

图七 安州州治演变示意图（自绘）

兴建捕厅和小规模的捕厅二堂，从而形成了新的捕厅院落。中路中部核心院落中州堂东侧广积库规模扩大为三间并改为库房，其北加建读务库，州堂南部庭院中增设碑亭和左右两侧班房，再南侧仪门旁加建东西两座角门。由仪门向南，大门内原有建筑仅土地祠留存下来，其余均被废弃，大门外立屏墙，规模较前述两县县治宏大，墙左右建小型牌坊。北侧知州内宅院落空间更加丰富，近似形成了内部的东、中、西三路小院落。新建北书房、北花厅，院落南端西侧重建西花所（新花厅），应是由知州宅西侧原管马所之地改建而来，东路院落空间中建有账房、厨房、厩神祠等重要附属建筑。除此之外，管马所变化较大，由大的西路院落后部迁至大的东路院落前部，马棚附近新建马院房和马神祠，并挖小井在空地中，过大门向东经一道小门即可到达，小门与监狱位置相对。嘉庆庚辰年（1820年），重修治署大门和后堂，并于大门上建文昌阁，又立钟楼于文昌阁旁，此为安州州治之独创。此外，这一时期图示中所反映出的周边民居数量增多，且与州治所在地紧密相连。

四、新　安　县

新安县治署位于今安新县（1914年改县名）东大街中段北侧，为洪武十四年（1381年）新置新建。从明清时期的有关文献记载来看，大致经历了以下两个布局建设时期（图八）。

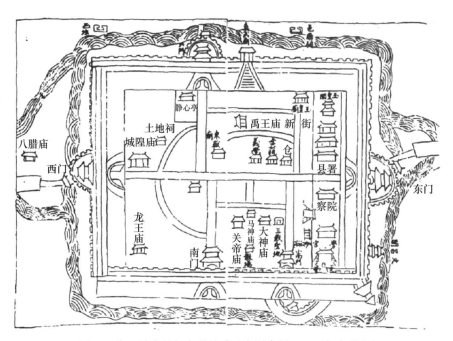

图八　位于城东的新安县县治（底图来源：民国新安县志）

1. 明代——主要建设时期

新安县县治位于城内偏东处，明代确立的整体院落布局呈现出"五横三纵"的布局。即自南向北主要排列五进院落，辅以东、中、西三路轴线。建筑的整体格局同前述三所州、县治署类似，也符合"前堂后寝"的规律。

中路中部为县治大堂所在院落，其大堂称牧爱堂，五楹。牧爱堂前有露台，台前建甬道，一直延伸至仪门，道中立戒石坊，坊上刻宋太祖论孟昶之语："尔俸尔禄，民膏民脂，下民易虐上天难欺"[1]，内容与雄县治署后坊文相同，用以警示官员。牧爱堂东原建有库房，库南为仪仗库，堂西建

---
[1]《乾隆新安县治》卷之二，建置志：公署。

翊政亭。戒石坊左右两侧建六吏坊，左为吏、户、礼、马科和架阁库；右为兵、刑、工、招房和承发科，与前述三治署均无异。牧爱堂北侧有小门，经其向北过东西向夹道即为县宅院落，其主体建筑名为"槐荫"，其北侧院落分左右，各建书房数间。该院落最北端为五楹的知县宅，东西两侧建翼楼。最北端有园林建筑一区，自成院落，曾建有玩月楼三楹，此为新安县所独有的中轴线最北端的园林空间。

过戒石坊向南即到达仪门，也称二门，左右两侧设翼门，向东出可达迎宾馆，馆后为土地祠，与安州州治布局类似，位于院落整体的最东路。西路院落中前部建典史宅，宅南侧设监狱。中轴线最南端为县治大门，门外建有两亭，左名劝善，右名瘅恶。亭后"引水为池，池中栽莲，中跨一桥，桥北建小亭，曰'君子与居'"①（图九）。

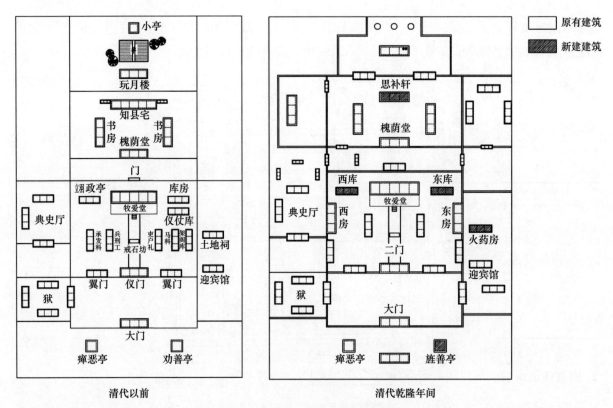

图九 新安县治演变示意图（自绘）

2. 清代——修葺改造时期

清代新安县治署原有格局基本不变。重修槐荫堂时，曾将其北侧原知县宅所在地改建为思补轩。移中路中部院落中牧爱堂东库房于堂西，原承发科、架阁库等建筑被撤去，仅留东西两库分列其左右。南部土地祠改建为火药房。大门外右侧瘅恶亭被保留下来，左侧建筑更名为旌善亭。此外，在东西路和各院落内都增加了不少附属小建筑，使院落整体建筑密度显著增大，功能空间不断增强。

---

① 《乾隆新安县志》卷之二，建置志：公署。

五、明清雄安地区治署建筑布局特点

参照前述四处明清时期雄安地区州、县治署建筑实例，可知基本兴建历程的相似性，即明代前期为定型创建关键时期，基本形成中轴线院落布局关系；至明中期前后，有关州、县治署多为改建扩展，尤以向东西路新拓院落为注目，而中路院落功能性建筑不断充实。而清代多以沿袭明代为主，也有增改之建筑活动。

1. 州、县治署的一般平面布局

治署的基本布局主要沿正中的中轴线展开，并在此基础上向东西两侧拓展，最终形成南北多进院落，东、中、西三路轴线发展，"前堂后寝"的布局形式。中路（中轴线）院落往往最为完整。布局的最南端通常为大门与仪门所组成的前导空间，过仪门向北即为最核心的治署大堂所在院落，过大堂往北则到达州、县令的内宅区。在安州县治署的布局中，大堂与县宅之间出现了一条东西横向夹道，作为"堂"与"寝"的过渡空间。此种做法在新安县治署中也有类似空间（表一）。此外，州治署院落空间与建筑规模较之县治署有很大的提升。

表一 明清雄安地区州、县治署常见平面布局形式

自北向南平面分布	西路	中路	东路
固定功能建筑或院落空间（非固定功能）	马政科（马房、管马所）监狱等	县宅 二堂 大堂与幕厅（东侧） 东西六房与库房 （戒石坊、碑亭、官箴牌楼） 仪门 大门（钟/鼓楼、牌坊、照壁） （旌善亭、申明亭）	（望楼、景观园林） 库房 典史宅（吏廨） 土地祠 寅宾馆

2. 治署建筑鲜明的年代性

除上述固定的院落与建筑空间布局外，明清时期雄安地区州、县治署的建筑活动也具有很强的年代性。在明代初创建阶段，大多具备了基本的公署建筑形制，此时由明太祖朱元璋兴起，普遍建造有旌善亭和申明亭。而到了明代中期以后，随着社会的稳定和经济的发展，建筑的增修扩建活动增多，其功能更加突出和完备，常见兴修用于迎接州、县宾客的寅宾馆建筑。

以上对明清时期雄安地区州、县的治署建筑布局演变情况的一点认识，盼与同好师长文字交流。

参 考 文 献

［1］ 石凤，吕贵一. 明代地方公廨研究［D］. 开封：河南大学，2020.

［2］ 栗晓文. 等级制度下的明清衙署建筑［J］. 安徽建筑，2012，（04）：19.

［3］ 牛淑杰. 明清时期衙署建筑制度研究［D］. 西安：西安建筑科技大学，2003.

［4］ 张笑轩. 明清直隶地区省府衙署建筑布局与形制研究［D］. 北京：北京建筑大学，2017.

［5］ 蒋博光.明清衙署建筑特色［J］，中国紫禁城协会论文集（第二辑）.北京：紫禁城出版社，2002.

［6］ 张海英.明清时期山西地方衙署建筑的形制与布局规律初探［D］.太原：太原理工大学，2006.

［7］ 段智钧，李丹彤.明清雄安地区文庙建筑营建史略［J］.文物建筑（第 13 辑），科学出版社，2020.

［8］ 李丹彤，段智钧.明清雄安地区城池营建考略［J］.2019 年中国建筑学会建筑史学分会年会暨学术研讨会论文集（上），2019.

Discussion on the Government Offices Layout of Prefectures and County in Xiong'an Area During Ming and Qing Dynasties

DUAN Zhijun[1, 2], LI Dantong[1], ZHANG Ruitian[1]

(1. Beijing Historical Building Conservation Technology Research Center, Beijing, 100021; 2. Faculty of Architecture, Civil and Transportation Engineering, Beijing University of Technology, Beijing, 100000)

Abstract: By combing and investigating the evolution of administration buildings construction in Xiongxian County, Rongcheng County, Anzhou City and Xin'an County during the Ming and Qing dynasties, this paper discusses the development characteristics and interrelations of the layout of administration buildings of these counties, moreover, analyses and summarizes certain characteristics and regularities of historical architectural activities in Xiong'an area.

Key words: Ming and Qing Dynasties, Xiong'an Region, administrative department, layout characteristics, evolution law

云南巍山东莲花清真寺建筑艺术研究*

黄跃昊　　肖世文

（兰州交通大学建筑与城市规划学院，兰州，730070）

摘　要：云南大理巍山东莲花清真寺为东西向主轴线、传统合院式布局，单体建筑结构结合了抬梁式和穿斗式做法，檐下斗栱的横拱用花板代替，在布局、建筑做法、装饰等方面均受到当地白族民居的影响，木雕、楹联、牌匾、吻兽等建筑装饰具有鲜明的地域特色。

关键词：巍山；东莲花清真寺；建筑艺术

东莲花清真寺位于云南省大理白族自治州巍山彝族回族自治县永建镇东莲花村，是一座具有殿堂式建筑风格的清真寺。清真寺始建于清朝，后毁于战火，重建于民国三十二年（1943 年），占地较小，礼拜殿仅能容下百余人，随后扩大了礼拜殿建筑，增加了宣礼楼，规模在原来基础上扩大了约三倍，可容纳近千人[①]。现存清真寺占地约 6000 平方米，清真寺功能齐全，内有宣礼楼、礼拜殿、经堂、宿舍、食堂等，是东莲花村居民进行礼拜活动的重要场所。2019 年，东莲花村传统建筑群被列为第八批省级文物保护单位，包括清真寺和马如骥大院两处。

东莲花清真寺坐落在村庄中心，与周边古民居融为一体，共同组成了东莲花村的古建筑群。东莲花清真寺是研究巍山历史文化的宝贵资料，具有较高的历史价值、科学价值和艺术价值。

一、东莲花村概况

东莲花村位于素有"红河源头第一镇"美誉的永建镇最南端，初建于明代，是巍山境内典型的特色村落，村内地势低洼，以种莲藕为生，莲花遍地，所以叫东莲花村。整个村落呈方形，三面环水，民居围绕清真寺所建，形成向心性的聚落形态（图一）。东莲花村 2008 年被列为第四批国家级历史文化名村，2012 年被列为首批国家级传统村落。

东莲花村内现存大量古碉楼、古民居，多建于清朝和民国时期，为当时大马锅头（马帮首领）所建，建筑基本延续材料本身的颜色，木结构，青砖灰瓦白墙，格扇门窗，保存较好。众多古建筑风格独特，历经多年的风雨，今天依然能令人感受到当年的气魄和独有的魅力。

茶马古道兴盛时期，东莲花村得到了前所未有的发展，物资贸易、文化交融大兴，东莲花村一度成为大理地区经济最富庶的村寨，不少富商在此兴建住宅，安居乐业。民国时期，东莲花村马帮运输空前强大，成为最具代表性的一支马帮队伍，主要运输茶叶、烟草、红糖等通往东南亚、泰

＊　本文为国家社科基金重大项目"中华传统伊斯兰建筑遗产文化档案建设与本土化发展研究"（项目编号：20&ZD209）阶段性研究成果。

① 马国盛主编、大理白族自治州回族学会编：《大理回族史》，云南民族出版社，2009 年，第 150、151 页。

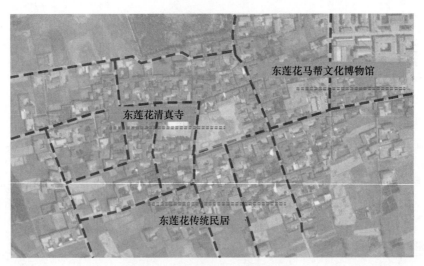

图一 东莲花清真寺位置示意图

国、缅甸等地区，为巍山乃至滇西的发展做出了突出的贡献[①]。现已成为东莲花村内马帮文化博物馆的马如骥大院具有鲜明的地方建筑特点，不仅见证了马帮的兴旺繁荣，还是研究东莲花村历史文化的重要载体。

二、东莲花清真寺选址与布局

东莲花清真寺坐落于东莲花村几何中心，在漫长的历史进程中形成了"围寺而居"的村落形态，村内遗留古建筑主要分布在清真寺周围，清真寺为合院式布局，以木结构体系为主，以礼拜殿所在院落为核心空间，引导整个建筑群布局。由于在清真寺布局中礼拜殿坐西朝东，寺院大门位于东侧，整个清真寺采用一条东西向的轴线来引导寺内建筑分布，形成多层次的空间序列，从清真寺山门进入后，依次有宣礼楼、礼拜殿等建筑，南北方向为辅助用房。

东莲花清真寺主入口朝东，没有正对礼拜殿，而是沿袭了当地白族传统，转角后再进入院内主轴线，院落之中只有一条东西向主轴线，两进院落（图二）。由于最后一次扩建时清真寺周边民居和道路都已成形，所以主轴线上只有宣礼楼、礼拜殿建筑，其他建筑都与周边民居、道路相结合而建，布局灵活。整个一进院呈不规则平面，由大门、南北厢房、礼拜殿围合而成，宣礼楼位于院落之中，将院落分为前院和后院，避免了院内一览无遗，取得移步易景的效果。第二进院落在礼拜殿南侧漏角（天井）处，由礼拜殿南侧山墙、宿舍、食堂围合而成，院落较小，主要作为辅助空间。清真寺内礼拜殿是规模最大的建筑，宣礼楼是最高的建筑，其他经堂、食堂等建筑形体和高度与周边民居相适应的同时，围绕宣礼楼和礼拜殿分布，与其融为一体，整个清真寺布局借鉴了当地民居布局风格，建筑高低错落，空间富于变化。

---

① 马志明、张会君：《茶马古道上的伊斯兰教中国化明珠——记云南省巍山彝族回族自治县东莲花清真寺》，《中国宗教》2020 年第 10 期，第 94、95 页。

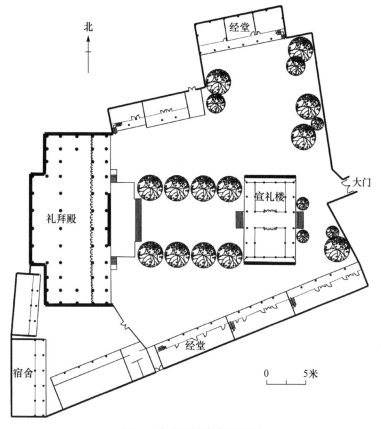

图二 东莲花清真寺平面图

三、东莲花村清真寺单体建筑特征

东莲花清真寺的单体建筑主要有大门、宣礼楼、礼拜殿、经堂、净房等，功能齐全（图三）。所有建筑均采用传统木结构，飞檐翘角，明亮通透，用不同的屋顶形式来展示建筑的功能和等级。

清真寺大门采用的是当地白族民居"三滴水"门楼，当地称之为"龙头"[①]，歇山顶，飞檐翘角，大门属于有厦门楼。屋脊是当地常见的"空花屋檐"做法，即用瓦片在脊上拼成各种镂空图案。正脊置莲花宝瓶，两侧有吻兽，屋顶上铺筒瓦，端部圆形几何纹样。檐下施六攒七踩斗栱，两攒柱头科和四攒平身科均计心造，但是两者之间形式差异较大，平身科出挑横栱为变形的曲线花板，拱两端是动物图案，柱头斗栱硕大，角部斜拱做大处理，层层叠加，出挑屋檐起翘。坐斗坐于平板枋之上，下部为额枋。门两侧有木柱，柱下石基础，柱旁墙体青砖砌筑，上部有仿木结构的屋顶，与中间屋顶一起形成了一大二小、一高两低的门楼形式（图四）。

宣礼楼是清真寺内最高的建筑，站在顶层可俯瞰整个东莲花村。宣礼楼通面阔约 12 米，通进深约 12.5 米，高度接近 15 米。建筑位于礼拜殿正东侧，与大门成一定夹角，中轴对称，属于传统中式风格建筑。整个宣礼楼位于 1.5 米月台之上，歇山顶，四重檐，层层递进，飞檐翘角。

宣礼楼建筑一层平面呈长方形，面阔五间，进深六间，明间为通道，可至礼拜殿。宣礼楼南北

---

① 鹿杉、叶喜：《白族民居"三滴水"大门特色分析》，《家具与室内装饰》2007 年第 12 期，第 72～76 页。

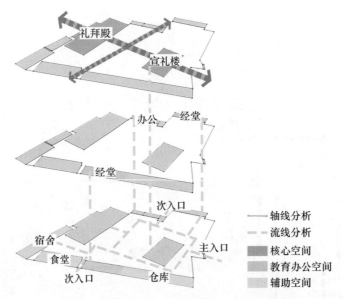

图三　东莲花清真寺功能空间及流线分析图

图四　东莲花清真寺大门

两次间房间的房门均开向通道内侧，外侧均仅开窗不开门。两次间均采用六抹格扇门，门上刻有植物纹样和动物图案。南北两侧山墙为夯土墙，墙体按照当地民居"见尺收分"，即墙体每增高一尺往内侧收进一分，墙壁上开砖砌方窗。宣礼楼一层东西两侧出檐廊，进深 2 米，檐柱石质柱础，柱间额枋之间有垫板，雕刻成花草纹样。檐柱上有平板枋，上托三踩斗栱，与传统汉式斗栱不同，当地进行了变革，省去了坐斗、拱、升等构件，仅用檐檩下花板代替拱的作用，这些当地特色斗栱用料更加纤细，结构精巧，雕刻工艺精湛，主要以装饰作用为主。首层除柱头斗栱外，每间再置四攒平身科，前檐内穿插枋端部雕刻成龙首或花草纹样，檐廊尽端两根角柱被砖石包裹，与南北两侧墙壁融为一体，当地叫作"尺头墙"，承托出檐起翘。

宣礼楼明间通道入口东侧出"抱厦"，另作门楼，属于宣礼楼的附属建筑。屋顶空花屋脊，垂脊上莲花浮雕，檐下置五踩如意斗栱，将横拱转角 45°，朝向外侧，相邻两个平身科之间横拱相连，坐斗下有额枋，连接两根檐柱，檐柱之间有雀替。檐下檐柱外侧另增加 2 根立柱承托屋檐起翘。

宣礼楼每开间约 4 米，与当地民居开间"一丈二"相近。建筑一层共 38 根柱子，为使屋内空间更加开敞，使用了"减柱造"和"移柱造"做法，除山墙外，取消了所有中柱，明间南北两侧 4 根金柱向中柱方向移动了 1 米。三跑木楼梯位于北侧梢间檐廊处，可进入二层。二层面阔五间，进深四间，支撑出檐的二层檐柱在一层抱头梁上，檐下不施斗栱，四角再增加 4 根柱子支撑屋檐起翘，其余建筑做法与一层相同，二层内部有 26 根柱子，内部空间通透，北侧次间有双跑木楼梯可进入三层。三层面阔三间，进深一间，檐下施五踩斗栱，每间四攒平身科，形式与首层一致。四角另增加 4 根柱子支撑屋檐起翘，内部 8 根柱子，4 根明柱，明间有双跑木楼梯可进入四层。四层面阔一间，进深一间，内部 4 根柱子，这四根柱子使用"通柱造"，由一层直通上来，支撑屋顶荷载。整个宣礼楼只有首层南北两侧是夯土墙，其余三层四周都用格扇窗围合，建筑更显轻盈、通透（图五）。

图五　东莲花清真寺宣礼楼

礼拜殿是清真寺内的主体建筑，也是最有特色的建筑，比如屋顶形式由于后窑殿的凸出做了出厦变形，整个建筑采用抬梁式和穿斗式相结合的建造手法，檐廊以及后窑殿采用穿斗式，使用穿枋、斗枋连接各柱，形成屋架，保证礼拜空间的同时又增加了建筑的稳定性。

礼拜殿面阔十一间，进深五间，南北接近 40 米，东西大约 12 米，高 9 米，整体位于 1.2 米月台之上，主要用于当地群众做礼拜。礼拜殿外观两层内部一层，建筑坐西朝东，整个平面呈凸字形，重檐歇山顶，上铺青瓦，歇山山面做收山处理，位于最外侧次间和梢间之间。屋顶空花屋脊，正脊中央置莲花宝瓶，两侧雕刻莲花浮雕。礼拜殿东侧出檐廊，进深 3 米，南北与礼拜殿同宽，由大殿山墙围合，地面方砖铺地，是进入大殿的过渡性空间，若门全部开启，可与大殿形成完整的礼拜空间。檐廊两根角柱被砖石包裹，上部仿木结构屋顶，是当地常见的"三顶"造型。礼拜殿檐下采用当地特色斗栱，与宣礼楼一层斗栱做法一致。檐柱石质柱础，斗栱在檐柱外侧，与檐柱、金柱通过穿枋相连，除柱头斗栱外每间再置四攒斗栱。各构件在榫卯连接的基础上部分位置使用了"穿销"做法，即构件与柱子相连并延伸出柱子，增加建筑整体性。檐柱外侧有垂花柱，与檐柱通过穿枋连接。梢间、尽间檐柱底部之间设有联排座椅。礼拜殿内有 12 根明柱。抬梁式屋架，彻上明造，建筑进深跨度较大。正脊下面使用了当地常见的叠梁做法，梁之间用"垛子坊"（驼峰）代替立柱层层撑起，垛子坊根据屋面起坡变化而灵活调整高度，上部雕刻花草纹样，承托屋架。礼拜殿明间、次间均采用六抹格扇门，梢间采用五抹格扇门。大殿西侧是后窑殿部分，进深较窄，与大殿相连，五开间，进深一间，矩形平面。后窑殿与前殿用拱形门洞隔开，两侧挂对联（图六）。整个礼拜殿屋顶梁架结合了抬梁式与穿斗式的特征，抬梁式结构利于取得礼拜所需的大空间（图七）。

图六 东莲花清真寺礼拜殿梁架结构示意图

图七 东莲花清真寺礼拜殿外观

南北厢房沿周边道路所建，以当地民居"坊"为组合单元，二层木结构，悬山顶，首层出檐廊，廊下均有木楼梯直通二层。院落南侧有三座厢房，都是面阔五间，进深两间，室内没有明柱，所有柱子直通二层，承担屋顶荷载。屋顶出檐较小，不施斗栱，依靠连接檐柱和金柱的穿枋出挑屋檐，西侧梢间有木楼梯可至二层，二层檐下有雀替和木制栏杆，主要用作经堂使用（图八）。北侧厢房建筑形制与南侧厢房类似，檐下花板承托在穿枋之上，承托屋檐起翘，建筑采用六抹格扇门，木制窗，窗下墙体青砖砌筑。

院落东北角还有一栋二层建筑，与北侧厢房相比，又向北延伸了数十米，留出了一块空地。建筑悬山顶，上铺筒瓦，瓦当为圆形几何纹样，整个建筑作为经堂使用。建筑面阔六间，进深三间，形制与其他厢房类似，檐柱石基础，檐下无斗栱，木制门窗，墙体青砖砌筑，东侧梢间有双跑木楼梯可进入二层，二层整体开格扇窗，木制栏杆，明亮通透。

礼拜殿南侧漏角处有后院，属白族民居的"天井"布局。后院与前院用一堵连接礼拜殿东南角

图八　东莲花清真寺南侧经堂

和南侧经堂的砖墙分割，青砖白墙，砖墙上开有拱形门，门上刻有"继往开来"字样。进入后院可看见三座建筑，均为两层木结构，形制与南北厢房相似，悬山顶，无斗栱、不施彩绘，用作食堂、宿舍、净房等。

四、东莲花清真寺建筑装饰艺术

大理巍山建筑的装饰基于当地的文化土壤，是其民族艺术最直观的表达。清真寺内装饰主要有木雕、楹联、吻兽等，木雕集中体现在斗栱、额枋、雀替、穿枋、门窗等构件上。清真寺内门窗基本采用剑川木雕门板，属白族工匠雕刻，所以雕刻图案都是按照白族的传统，夹杂部分龙凤、椒图、鹿、仙鹤等图案。

木雕在清真寺建筑装饰中普遍存在，且不施彩绘。木雕图案多样，内容丰富，包含多民族文化元素，主要有植物纹样、几何纹样、动物纹样。

植物纹样主要出现在大门、宣礼楼和礼拜殿上。大门正脊、垂脊的实体砖上绘有水墨画，题材主要是植物花卉。宣礼楼、礼拜殿的穿枋、垂花柱、雀替、山墙上，均是花草纹样。除此之外宣礼楼门楼檐下斗栱除坐斗外，其他栱、翘、昂等构件均雕刻成卷草纹（图九），歇山山面上图案丰富，正中有莲花图案，山墙以白色为基调，在白色墙体上画水墨画，花卉图案等，体现了白族地方建筑特色。礼拜殿格扇门上花草纹样丰富多样，格扇门均为六抹格扇，装饰图案由明间向两侧逐渐简化，明间、次间等格心、裙板、绦环板上花草纹样主要以莲花、梅花为主，其次有绽放的荷花、蒲扇等；梢间隔心以及裙板上也装饰有卷草纹，上下两块绦环板上无图案装饰，中间饰以莲花纹；南北两侧尽间只有一圆形镂空窗户，格扇门两侧边梃和抹头上无装饰（图一〇）。

几何纹样主要出现在宣礼楼、礼拜殿和厢房的格扇门、窗和墙壁上。宣礼楼尺头墙上绘有矩形几何图案，内部饰以山水，山墙周边辅以云纹样、如意纹样等。宣礼楼和礼拜殿格扇门上都出现了博古器皿以及装满荷花的花篮等图案，大多呈矩形、椭圆形。北厢房格扇门、窗上饰以矩形几何图案。

图九　东莲花清真寺宣礼楼木雕

图一〇　东莲花清真寺礼拜殿次间格扇门

动物纹样主要有龙凤纹样、椒图、鹿、仙鹤、兔子等，在整个清真寺建筑中分布广泛。龙凤纹样主要在建筑檐下斗栱、穿枋上。椒图主要出现在宣礼楼首层格扇门裙板位置，《菽园杂记》中有载："椒图，其形似螺蛳，性好闭口，故立于门上。"[①]仙鹤、鸽子出现在格扇门隔心位置，鹿、兔子出现在格扇门裙板位置。动物纹样并不是单独存在，都是与植物纹样、几何纹样相辅相成，共同出现。

楹联、牌匾是清真寺装饰的重要组成部分，体现了浓厚的历史和文化氛围。东莲花清真寺内的大门、宣礼楼、礼拜殿等建筑都有楹联和牌匾，颜色以蓝、绿、白为主。大门额枋前面悬挂题有"东莲花清真寺"字样的牌匾，绿底黄字，牌匾四边有几何形图案，两侧有对联。宣礼楼门楼下部悬挂题有"古道名邨"字样的牌匾，黑底红字，是云南茶马古道研究会所题，顾名思义，是茶马古道上的重要村镇，是东莲花村历史的真实写照。礼拜殿明间、次间檐下悬挂题有"诚一不二""德才育人"字样的牌匾，明间黑底蓝字，次间黑底黄字，其中大殿北侧次间檐下有一块题有"诚一不二"的牌匾，是民国时期陆军少将杨盛奇所赠，一直保存至今。清真寺内还有很多楹联，主要在入口大门柱子上，宣礼楼首层檐柱上以及礼拜殿明间的金柱和檐柱上。

云南大理巍山受地域影响，各民族文化在此交融，其屋脊神兽装饰丰富多样。清真寺内屋脊神兽主要有鳌鱼、狮子、鸽子、鱼尾等（图一一）。大门以及宣礼楼正脊两侧有"鳌鱼"吻兽，《菽园杂记》中有载："鳌鱼，其形似龙好吞火，故立于屋脊上。"[②]鳌鱼吻兽在当地龙头鱼尾，与传统鳌鱼相比，大理地区的鳌鱼还有蝙蝠翅膀、蜘蛛大腿，正脊上的鳌鱼分布在正脊两侧，曲折向上，好似张口吞脊，有灭火消灾之意。狮子主要出现在宣礼楼垂脊上，外形似猫，所以又有"瓦猫"和"镇脊虎"之称。鸽子、鱼尾主要出现在戗脊上，当地民居中也有使用。

① （明）陆容撰、李健莉校点：《菽园杂记》，上海古籍出版社，2012 年，第 13 页。
② （明）陆容撰、李健莉校点：《菽园杂记》，上海古籍出版社，2012 年，第 13 页。

图一一 东莲花清真寺宣礼楼屋脊

五、结 语

东莲花清真寺采用传统合院式布局和传统殿堂式建筑风格，整个建筑群在满足其实用功能的情况下充分兼顾了建筑审美功能和文化交流功能，院落空间序列明确、主次分明，实现了自然环境、人文环境、建筑实体的和谐统一，与周边古碉楼、古民居融为一体。

作为地域性人文景观，东莲花清真寺是多元文化交融互鉴，共同发展的成果。其院落选址布局在满足自身需求的基础上充分融合了当地民居院落布局理念，建筑营造充分聚焦了木构建筑的特色优势，将抬梁式和穿斗式相结合，斗栱以及部分细部构造的做法是多民族建筑技艺的结合，为当地所独有。建筑装饰则融合了花草纹样、几何图案以及龙凤、鳌鱼、仙鹤等动物图案，融合多民族文化元素，形成鲜明的地域特色。

Study on the Architectural Art of the East Lotus Mosque in Weishan, Dali, Yunnan Province

HUANG Yuehao, XIAO Shiwen

（School of Architecture and Urban Planning, Lanzhou Jiaotong University, Lanzhou, 730070）

Abstract: The East Lotus Mosque in Weishan, Dali, Yunnan Province has a traditional courtyard layout with the east-west main axis. The single building structure combines the beam lifting style and the bucket wearing style. The horizontal arch of the arch of wooden architecture under the eaves is replaced by a flower board, which is influenced by the local Bai people's houses in terms of layout, architectural practices, decoration, etc. The architectural decoration has distinctive regional characteristics in terms of wood carvings, couplets, plaques, kissing animals, etc.

Key words: Weishan, East Lotus Mosque, architectural art

避暑山庄石子地面现状调查与分析研究[*]

何 川 王俪颖

（故宫博物院，北京，100009）

摘 要：本文以避暑山庄石子地面为研究对象，对避暑山庄石子地面的做法与图案进行现状调查，结合清代历史档案与遗址勘查，梳理避暑山庄石子地面的营建修缮历史沿革。对避暑山庄石子地面的做法和图案进行分类论述，总结其做法特点和图案构成特征，并提出清代皇家园林石子地面广泛性应用的几点重要原因。

关键词：避暑山庄；做法；方砖；卵石子；石子地面

一、引 言

避暑山庄，又名热河行宫，始建于清康熙四十二年（1703 年），建成于清乾隆五十七年（1792 年），营建历时 89 年。山庄按中国地理形貌特征选址和总体设计布局，南部为宫殿区，北部为湖州区，再北为平原区，西北部为山岳区。山庄造园融合南北方风格为一体，名胜集仿全国各地为一园，形貌汇合中华成一统，兼具南秀北雄之美^①。但自咸丰十年（1860 年）起，避暑山庄内岁修保养几乎停止^②，同光时期仅以园内生息钱两维持紧要亟须修茸之处^③。光绪二十六年（1900 年）以后，避暑山庄遭遇数次劫难，八国联军洗劫、民国军阀拆毁^④、日本侵略军焚烧^⑤、军政民单位占用^{⑥⑦} 以及特殊时期^⑧ 等各方原因，致使山庄内建筑仅遗存 10 余处。1975～2005 年，避暑山庄实施三个《避暑山庄及外八庙十年整修规划》，对文物建筑进行抢险维修与保护修缮，但限于文化遗产保护理

---

* 本文为 2022 年北京市东城区优秀人才培养资助项目"清代北方皇家园林石子地面工艺做法与图案艺术研究"阶段性研究成果，项目编号：2022-dchrcpyzz-29。

① 陈宝森：《承德避暑山庄外八庙》，台海出版社，2012 年，第 26、27 页。

② "谕内阁：热河避暑山庄停止巡幸已四十余年，所有殿亭各工，日久未修，多就倾圮。上年我皇考大行皇帝举行秋狝，驻跸山庄，不得已于各处紧要工程稍加修葺。现在梓宫已恭奉回京，朕奉两宫皇太后亦已旋跸，所有热河一切未竟工程，著即停工。"华文书局编：《清穆宗实录（卷一）》，华文书局，1985 年，第 146、147 页。

③ "园内库存生息银两近年以来均系逐年按款动用并无余存，而热河道库杂税项下因藩库拨款不至，跌经垫发，各项亦无存款，是此项工需银两，本处实属无从拨发，应由何处筹拨之处伏候"，奏为履勘热河应修工程谨将会商酌办缘由恭摺奏折，同治七年六月；另"园庭殿宇房间等工每年应需银四千五百两，截自光绪十九年起在于直隶藩库历年结存报部各项杂款余两内，按年照数拨给，以济工需"，第一历史档案馆藏：《奏为粘修热河园庭殿宇房间各要工用过银两数目照例报销恭折奏》，档案号 05-0243-032-011。

④ 1912～1913 年，热河都统熊希龄密运 156 箱文物；1913～1921 年，热河都统姜桂题任期，山庄内戒得堂、汇万总春之庙、镜水云岑殿、芳洲亭、香远益清殿、萍香沜、永佑寺、食蔗居、有真意轩、绮望楼、云容水态等建筑被拆毁，外八庙走廊回廊 99 间、佛殿 160 间、僧房 235 间被拆毁，砍伐古树 2800 棵。1921～1928 年，1946 年，珠源寺、广元宫、碧峰寺、碧静舍被拆毁，外八庙僧房、钟鼓楼、宫殿的门窗被拆。

⑤ 1933 年，日军烧毁普阿胜境殿、勤政殿，填平内湖；1933～1945 年，劫运文物无数，可查的有：珠源寺宗境阁、金银铜佛像 143 尊、经卷 13 部、殿堂装饰品 120 件；1945 年，东宫全部烧毁。

⑥ 20 世纪 50 年代，承德军区进驻万树园，占地 210 亩；北京军区 266 野战医院进驻万树园。60 年代，承德领导干部家属院占据正宫西部。70 年代，市革委会占据试马埭和西部山区一带。1978 年起，10 余家军政单位及四百余户居民迁出山庄。2011 年，仍有省市级单位占据山庄重要景点。

⑦ 李晓东：《记谷牧考察避暑山庄的重要谈话》，《中国文物科学研究》2014 年第 1 期，第 44～47 页。

⑧ "文革"期间，山庄寺庙区修建军代营房，宫殿、寺庙遭到毁坏。

念与保护修缮技术措施的落后，山庄的保护修缮倾向于行政性施工行为[①]，假山、泊岸、道路、建筑、植被、山体等因修缮而有损其原真性[②]。2010 年起，山庄以专项资金进行文物建筑保护项目，石子地面作为《避暑山庄清代道路保护修缮项目》的子项项目进行保护修缮[③]。

关于避暑山庄石子地面的既往研究，主要集中在遗址考古、修缮做法及调查研究等三个方面。在遗址考古方面，考古人员在澄观斋[④]、清舒山馆[⑤]两处遗址发现清代遗存石子甬路及石子散水，但在有真意轩、山近轩、清溪远流、食蔗居、碧静堂、梨花伴月、秀起堂、新所、清音阁等遗址均未发现卵石子铺墁遗存。刘慧轩等对春好轩[⑥]、绮望楼[⑦]、环碧及无暑清凉等[⑧]处石子甬路及石子散水修缮做法及图案特征进行了论述分析，张羽新等[⑨-⑫]对避暑山庄石子地面进行简要介绍，分析现状问题并提出了整修意见。另外，在避暑山庄相关书籍中也提及石子甬路、散水或方砖石子路，但都未有进一步分析讨论。

二、营缮沿革

至乾隆五十七年（1792 年）继德堂建成，避暑山庄营建全部完成，山庄内地面铺墁也随建筑同步建成（图一）。根据清宫热河档案记载以及清末民初照片[⑬⑭]（图二～图五），可以大致梳理出清代山庄内石子地面情况。避暑山庄石子地面多用于独立建筑院落甬路及散水，或用于相邻建筑院落的连接甬路。宫殿区正宫东西所、东宫勤政殿前西角门外及前宫东西朝房并万壑松风的甬路、散水均为石子地面，宫殿区的中轴线殿宇均为砖石地面，石子地面仅在配房等次要位置出现。湖州区大量使用了石子地面，清舒山馆、文园狮子林、月色江声、戒得堂、汇万总春之庙、金山、烟雨楼、如意洲、文津阁、曲水荷香、芳园居、环碧、临芳墅、长虹饮练等处的甬路、散水均有石子地面，但石子地面多在各组建筑院落内分布，各组建筑院落间的甬路仍以砖石土地面为主。平原区石子地面主要分布于澄观斋和春好轩，山岳区石子地面主要分布于风泉清听、水月庵、秀起堂、宜照斋、旷观、四面云山等处[⑮]。

① 孙继新编：《避暑山庄纪念馆建馆六十周年文集》，辽宁出版社，2009 年，第 98～111 页。
② 石子地面多以现代水泥砂浆替代传统灰土进行拆墁、翻修。
③ 承德市文物局编：《承德避暑山庄清代道路保护修缮方案（内部资料）》，2010 年，第 10～19 页。
④ 李楠等：《从避暑山庄暖流暄波区块遗址清理看其历史环境景观设置》，《避暑山庄研究（2015～2016）》，辽宁民族出版社，2016 年，第 242～250 页。
⑤ 申明：《景曰清哉莫如静，兴于舒矣更宜收——避暑山庄清舒山馆研究及初步复原设计》，中央美术学院，2016 年，第 57～60 页。
⑥ 刘慧轩：《避暑山庄春好轩保护修缮工程研究》，《旅游纵览》2017 年第 16 期，第 21 页。
⑦ 韦宇欣：《皇家园林中铺地的空间表现与特征—以避暑山庄绮望楼为例》，《装饰》2018 年第 12 期，第 132、133 页。
⑧ 张爱民，钧郎编：《古建筑修缮记录（承德卷）》，文物出版社，2019 年，第 417～426 页。
⑨ 穆焱：《关于避暑山庄道路整修的几点构想》，《古建园林技术》2002 年第 2 期，第 28～30 页。
⑩ 张羽新：《避暑山庄的园林道路》，《古建园林技术》1988 年第 3 期，第 45～49 页。
⑪ 陈建春．避暑山庄园林道路调查，《河北旅游职业学院学报》2008 年第 3 期，第 149、150 页。
⑫ 谢群：《避暑山庄的清代道路》，《河北旅游职业学院学报》2017 年第 2 期，第 98、99 页。
⑬ 恩斯特·柏石曼于 1906 年、威廉·珀道姆于 1909 年、薛桐轩于 1900～1915 年、德国人海达·莫里森于 1933～1946 年、志波杨村于 1940～1944 年拍摄了承德避暑山庄照片。
⑭ Mary Gaunt. A woman in China, T. Werner Laurie Ltd., 1914, 290-300.
⑮ 清宫档案中关于平原区与山岳区的石子地面记载相对较少，遗址勘查中也未发现有其他石子地面清代遗存。

图一 避暑山庄平面图（陈东供图）

图二 由月色江声望水心榭
（引自 *A Woman in China*）

图三 由金山望濠濮间想
（引自 *A Woman in China*）

图四 汇总万春之庙入口（陈东供图）　　　　图五 乐寿堂（陈东供图）

　　自咸丰时期起，避暑山庄石子地面再未有修缮记载，且随着山庄内建筑的失修损毁，石子地面亦不得修缮而消失殆尽。民国时期，熊希龄于1913年主导了对宫殿区和如意洲的修缮工程，共估银一万八百五十两①，但仍未有石子地面修缮记载。1949~1972年期间，山庄一度辟为人民公园，湖州区和平原区的园林道路被改造，修建了与历史景观不协调的现代柏油、混凝土道路。1976~2005年，避暑山庄及外八庙实施了三个十年整修规划，其间采用水泥、仿古砖等现代材料对湖州区如意洲、月色江声、环碧、金山、烟雨楼、文园狮子林、戒得堂等道路进行了修缮性破坏，采用花岗岩或豆渣石对双湖夹镜至旷观段的道路进行了不恰当修缮，水心榭至热河泉石子地面被改建为水泥路面②。在此期间，山庄内石子地面大部分被改为水泥铺墁，且有部分路段未保持原有路宽。山岳区石子地面没有经过维修，依然保留原有状态，但大部分被淤土覆盖，局部裸露路面，破损严重。

三、现状调查

　　经勘查，避暑山庄石子地面有石子甬路、石子散水以及山石四周石子海墁等三类铺墁形式，其中石子甬路包含两种斜方砖石子甬路形式、四种方砖石子甬路形式及一种石子海墁甬路形式（图六）。方砖石子甬路中间有一、三、五、七列方砖的铺墁形式，两侧各铺墁一列卵石子。斜方砖石子甬路中间角对角铺墁一列方砖，方砖与牙子砖间铺墁卵石子，另一种在斜方砖两侧加墁牙子砖，形成与一列方砖石子甬路类似的形式。石子海墁甬路仅在牙子砖间铺墁卵石子，形成全石子路面。从石子甬路的宽度上看，三、五、七列方砖石子甬路宽度在2~4米之间（宽形），其他几种石子甬路在1~1.7米（窄形），避暑山庄石子甬路多为窄形，但为拓宽路面，在近现代修缮中会在石子甬路两侧加墁一列方砖，形式略为突兀。清代皇家园林中极少有五列及七列方砖石子甬路，均以一列方砖石子甬路为主，从清代园内用车上也可看出路宽窄小③。山庄内建筑散水及院墙散

　　① 周秋光编：《熊希龄集（第五册）》，湖南人民出版社，2008年，第230页。
　　② 赵玲编：《纪念避暑山庄建园三百周年论文集》，辽宁民族出版社，2005年，第277~285页。
　　③ "十八日据（交木作南匠郑连芳），圆明园来贴称六月十五日司库常保来说太监沧州传，旨着做太平车一辆，其尺寸要窄小，只可容坐下车轮，不必出石子甬路，再做四人小亮轮一乘，亦别做大了，杆头两边安软绊，钦此。"第一历史档案馆等编著：《清宫内务府造办处档案总汇（雍正九年起雍正十一年止）》，人民出版社，2007年，第278页。

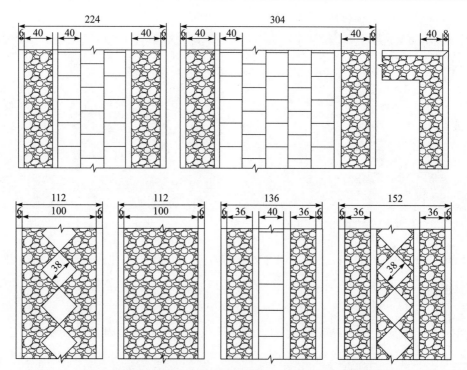

图六　避暑山庄石子地面类型图（单位：cm）（作者自绘）
上：三列方砖两列石子甬路、五列方砖两列石子甬路、石子散水
下：斜方砖石子海墁甬路、石子海墁甬路、一列方砖两列石子甬路、斜方砖石子甬路

水多以石子散水形式，石子散水宽度为 30～60 厘米之间，但并未找到石子散水宽度与建筑尺度的规律性。山庄内山石与建筑、道路间常用卵石子海墁填盖，形成山石四周的石子海墁形式，但当山石作为独立景观且不与建筑、道路相近，山石四周一般不铺墁海墁式卵石子。

　　避暑山庄使用了大量石子甬路及石子散水，据不完全统计①（详见附表），石子甬路铺墁长度约为 3 千米，铺墁面积约为 2500 平方米，石子散水铺墁长度约为 5.5 千米，铺墁面积约为 2400 平方米，是清代皇家园林现状卵石子铺墁长度与面积最大的。山庄内石子地面主要集中分布在湖州区，

图七　卷阿胜境北石板路与假山间石子海墁
（作者自摄）

宫殿区仅在松鹤斋、万壑松风、绮望楼区域分布，平原区仅在澄观斋、永佑寺、春好轩区域分布，山岳区除在宜照斋有集中分布外，仅在各处景亭有少量石子散水分布。山庄内石子地面在近现代多已进行保护修缮，仅有 9 个区域 17 处清代遗存（图七～图一七），清舒山馆、澄观斋、文津阁三个区域遗存较为集中，共有 11 处，分别在卷阿胜境北、清舒山馆（畅远台、颐志堂、静好堂、东长廊）、文津阁假山东、文津阁前西侧至曲水荷香前桥西亭子西、澄观斋（圆光门西、圆光门北、西跨院北正殿）分布。其他 6 处在水

① 山庄内行政用房、临时用房、树池及山石四周等处石子铺墁未做统计。

图八　文津阁假山东石子海墁（疑似清代）
（作者自摄）

图九　清舒山馆石子散水
（作者自摄）

图一〇　畅远台石子散水
（作者自摄）

图一一　澄观斋石子散水
（作者自摄）

图一二　香远益清西石子甬路
（作者自摄）

图一三　沧浪屿西侧石子甬路
（作者自摄）

图一四　金莲映日西侧石子甬路
（作者自摄）

图一五 畅远台北石子甬路 图一六 文津阁南石子甬路 图一七 澄观斋石子甬路
（作者自摄） （作者自摄） （作者自摄）

月庵、临芳墅、香远益清、沧浪屿、金莲映日、秀起堂等处分布。清代遗存石子地面卵石子大小不均匀，且立墁、侧墁、平墁的铺墁方式交错使用，卵石子颜色未有挑选随机使用，卵石子铺墁也少有规律性排列，偶见卵石子拼合团花式图案，整体契合山庄野趣建筑风格。但卵石子拼合团花式图案在现状石子地面中被广泛连续性使用，且有多种团花式图案（图一八），与遗存状态有较大差异。在清舒山馆畅远台石子散水发现唯一一处瓦条遗存（图一○），但并不组成具象图案。清代遗存石子甬路仅有一列方砖石子甬路形式与石子海墁甬路形式，现状石子甬路的其他形式应是民国以后产生的。在香远益清、沧浪屿、金莲映日的三处石子甬路可看到道路的历史叠加痕迹，两层石子甬路新旧叠加且走向略有交错，山石坍塌、古树拱根、建筑损毁消失或功能变化都会导致石子甬路导引方向变化，从叠加痕迹上也可以看出石子甬路铺墁变化的灵活性。

图一八 避暑山庄石子地面拼合团花式图案（作者自绘）

四、分析研究

避暑山庄石子地面工程做法基本与内廷做法吻合，但仍有些许差别。清宫热河档案记载："四面云山周围散水石子有掉处，清理找补砖牙，墁石子，凑长六丈一尺，均宽一尺三寸，折计折见方丈七尺九寸。计用青白灰二百五十六觔半；瓦匠一工；壮夫一名。"①又有，"前宫东西朝房并万壑松风找补石子散水凑长六丈九尺四寸均宽一尺八寸折，石子见方丈一丈二尺四寸，每丈用白灰三百二十五觔，计四百零三觔；瓦匠一工，计一工；壮夫三名，计三名。"②另有，"月色江声等处殿宇台基下甬路散水石子砖牙有掉坏处，找补石子散水，添补沙滚砖，凑长二十六丈五尺折宽一尺，添补沙滚砖一百五十八个，挑墁石子见方丈二丈六尺五寸，每丈用白灰三百二十五斤，计八百六十一斤，黄土六厘二毫五丝，计一分六厘，瓦匠一工，计二工半，壮夫一名，计二名半，新换石子一成，每丈用捡石子夫一名，计半名"③。三处档案记载本就有材料上的差别，四面云山墁石子用青白灰，另两处用白灰，勤政殿等处挑墁石子每丈用灰320斤，另两处每丈用灰325斤。而在圆明园、万寿山、内廷等处石子地面均遵循三处汇同工程则例④，未有青白灰材料的使用记载，用灰销算均为每丈325斤。清代山庄石子地面有些工程仅有瓦匠与壮夫的工匠配置，不再使用拣石子夫，而在内廷做法中工匠配置均为每丈用"瓦匠一工，壮夫一名，拣石子夫两名"，拣石子夫多于瓦匠与壮夫，这与山庄内未有瓦条图案和卵石子的择色选形有直接关系。山庄石子地面所用卵石子、方砖、白灰等材料大量来自京运，卵石子并非全来自于热河当地，且运输费用远远超过卵石子本身的费用⑤，这也说明了石子地面所用卵石子是有严格要求的。

避暑山庄石子地面修缮集中出现在乾隆朝至道光朝，从乾隆朝到道光朝的石子地面档案记载（表一），石子地面修缮中石子用量最少为325斤，修缮面积约为1.6平方米，最多为66577斤，修缮面积约为333平方米。乾隆时期，石子地面营建修缮量最大，营建修缮区域最广，嘉庆时期次之，道光时期最少。乾隆时期山庄内增建大量建筑景观，石子地面营建也会有所增加。乾隆后，嘉庆、道光两位皇帝巡幸山庄次数及时间都减少，到咸丰已不再巡幸，石子地面的修缮也因此减少或失修。值得注意的是，石子地面做法一般不用于寺庙建筑环境中，但避暑山庄永佑寺、法林寺及外八庙普佑寺、殊像寺等寺庙内均出现了石子甬路及散水的修缮记载⑥，在现状殊像寺及须弥福寿之庙仍有石子地面的清代遗存，且石子地面出现在寺庙的中轴线建筑散水中。虽然在清代皇家园林寺庙中配置有石子地面做法，但一般都分布在寺庙的别院、行宫院或寺庙的园林环境中，在整个寺庙的礼拜祭祀空间内仍保持砖石地面做法的肃穆性，避暑山庄寺庙的石子地面做法是寺庙园林化的表现，结合前文提及石子地面用灰量类的不一致性，也从侧面反映出避暑山庄石子地面营建修缮不及内廷严谨。

① 中国第一历史档案馆，承德市文物局合编：《清宫热河档案（卷18）》，中国档案出版社，2003年，第503～510页。
② 中国第一历史档案馆，承德市文物局合编：《清宫热河档案（卷5）》，中国档案出版社，2003年，第345页。
③ 中国第一历史档案馆，承德市文物局合编：《清宫热河档案（卷7）》，中国档案出版社，2003年，第392～395页。
④ "墁石子见方丈，三处例每丈石子两千两百四十斤，白灰三百二十五斤，黄土五分，每八丈每丈六厘八毫五丝，瓦匠一工，壮夫一名，拣石子夫两名"，《清代匠作则例（卷二）》，大象出版社，2000年，第269页。
⑤ 石子，每千斤银三钱五分；每一千五百斤装一车，每车银六两六钱；清代银两：十分为一钱，十钱为一两。
⑥ 中国第一历史档案馆，等合编：《清宫热河档案（卷18）》，中国档案出版社，2003年，第561～575页。

表一 石子地面修缮工料表

年代	石子用量（斤）	石子价银	修缮面积（m²）	修缮位置
乾隆二十九年①	—	—	—	萝月松风殿
乾隆三十一年②	—	—	—	长虹饮练桥
乾隆四十年③	六万六千五百七十七	二十三两三钱一厘	333	文津阁
乾隆五十二年④	三百二十五	一钱一分三厘	1.6	园内各处
乾隆朝⑤	八千三百十二	二两九钱	42	如意洲
乾隆朝⑥	一千七十七	三钱七分六厘	5.4	前宫各处
乾隆朝⑦	一万二千三百二十六	四两三钱一分四厘	62	南北两路行宫各处
乾隆朝⑧	六千七百二十六	二两三钱五分四厘	33.6	
乾隆朝⑨	三千五百九	一两二钱二分八厘	18	
乾隆朝⑩	三万三千二百五十九	十一两六钱四分	166.3	
乾隆朝⑪	二万六千六百十六	九两三钱一分五厘	133	
乾隆朝⑫	三百五十一	一钱二分二厘	1.8	
乾隆朝⑬	二万八千七十六	九两八钱二分六厘	140.1	
乾隆朝⑭	四百五	一钱四分一厘	2.3	园内各处
嘉庆二年⑮	四千九十三	一两四钱三分二厘	20.5	
嘉庆十年⑯	六百四十五	二钱二分五厘	3.2	
嘉庆十二年⑰	一万七千七百八十斤	六两二钱二分三厘	88.9	
嘉庆十八年⑱	—	—	—	万壑松风
嘉庆二十四年⑲	—	—	138	清舒山馆

① 中国第一历史档案馆藏：《呈报热河园内外开挖河道拆改殿宇等工程销算银两黄册》，奏案号 05-0218-011。
② 第一历史档案馆藏：《奏为避暑山庄内拆修长虹饮练桥等处工程奏销并将销算迟延官员交议事》，奏案号 05-0233-062。
③ 中国第一历史档案馆，等合编：《清宫热河档案（卷 3）》，中国档案出版社，2003 年，第 468～481 页。
④ 中国第一历史档案馆，等合编：《清宫热河档案（卷 6）》，中国档案出版社，2003 年，第 25～30 页。
⑤ 中国第一历史档案馆，等合编：《清宫热河档案（卷 18）》，中国档案出版社，2003 年，第 240～250 页。
⑥ 中国第一历史档案馆，等合编：《清宫热河档案（卷 18）》，中国档案出版社，2003 年，第 263～270 页。
⑦ 中国第一历史档案馆，等合编：《清宫热河档案（卷 18）》，中国档案出版社，2003 年，第 301～313 页。
⑧ 中国第一历史档案馆，等合编：《清宫热河档案（卷 18）》，中国档案出版社，2003 年，第 197～206 页。
⑨ 中国第一历史档案馆，等合编：《清宫热河档案（卷 18）》，中国档案出版社，2003 年，第 325～335 页。
⑩ 中国第一历史档案馆，等合编：《清宫热河档案（卷 18）》，中国档案出版社，2003 年，第 364～387 页。
⑪ 中国第一历史档案馆，等合编：《清宫热河档案（卷 18）》，中国档案出版社，2003 年，第 410～430 页。
⑫ 中国第一历史档案馆，等合编：《清宫热河档案（卷 18）》，中国档案出版社，2003 年，第 454～465 页。
⑬ 中国第一历史档案馆，等合编：《清宫热河档案（卷 18）》，中国档案出版社，2003 年，第 561～575 页。
⑭ 中国第一历史档案馆，等合编：《清宫热河档案（卷 18）》，中国档案出版社，2003 年，第 519～525 页。
⑮ 中国第一历史档案馆，等合编：《清宫热河档案（卷 9）》，中国档案出版社，2003 年，第 48～58 页。
⑯ 中国第一历史档案馆，等合编：《清宫热河档案（卷 10）》，中国档案出版社，2003 年，第 375～388 页。
⑰ 中国第一历史档案馆，等合编：《清宫热河档案（卷 10）》，中国档案出版社，2003 年，第 511～523 页。
⑱ 中国第一历史档案馆，等合编：《清宫热河档案（卷 12）》，中国档案出版社，2003 年，第 345 页。
⑲ 中国第一历史档案馆，等合编：《清宫热河档案（卷 14）》，中国档案出版社，2003 年，第 14 页。

年代	石子用量（斤）	石子价银	修缮面积（m²）	修缮位置
道光八年①	二千八百二十二	九钱八分七毫	14.1	南北两路行宫各处
道光十年②	八千二百八十二	二两八钱九分八毫	41.4	
道光十四年③	四百斤	一钱四分	2	南北两路行宫各处
道光二十一年④	一千二百九十七	四钱五分三毫	6.5	园内各处
道光二十一年⑤	二千一百四	七钱三分六毫	10.5	

注：修缮面积按照石子用量折算，以"墁石子见方丈，每丈石子两千两百四十斤"折算

五、结　语

纵观清代皇家园林石子地面的营建与使用，形成固定的石子地面形制且有广泛性应用有以下几点重要原因：

散水功能性。石子地面在建筑和道路两侧均具备散水功能，在清宫档案中也特别指出石子甬路两侧摆砌石子散水，卵石子间的空隙具有短暂性水流导引作用。

材料自然性。石子地面所用卵石子保持原始河卵石状态，与砖材、石材相比更能与自然环境契合，特别是在山水式园林环境中更有"虽由人作，宛自天开"的意境。

装饰美观性。石子地面中的方砖与卵石子组合形式多样，一三五列方砖、斜方砖、花砖等形式与卵石子可组成不同铺墁形式，且卵石子拼花、五色卵石子嵌入瓦条图案与砖雕图案极具装饰作用。

简易施工性。与砖石地面相比，石子地面的工料销算最为便宜。石子地面的铺墁一般只用白灰与黄土，在地面平整度与准确度上要求标准次于砖石地面，且卵石子残损剥落旧料仍能满足使用要求。

前代继承性。早在史前时期就已有石子铺墁地面出现，夏、周、汉、唐、宋、元、明都有石子地面考古遗存，且石子海墁、石子甬路、石子散水形式都已形成，清代石子地面在前代基础上继承与发展。

附记：特别感谢承德市文物局陈东老师提供历史照片与技术资料并为现场勘查提供了便利条件。

参 考 书 目

[1]　王炜：《避暑山庄有真意轩基址考古勘查研究》，《河北旅游职业学院学报》2016年第2期。

---

①　中国第一历史档案馆，等合编：《清宫热河档案（卷14）》，中国档案出版社，2003年，第234～245页。
②　中国第一历史档案馆，等合编：《清宫热河档案（卷14）》，中国档案出版社，2003年，第483～502页。
③　中国第一历史档案馆，等合编：《清宫热河档案（卷15）》，中国档案出版社，2003年，第50～60页。
④　中国第一历史档案馆，等合编：《清宫热河档案（卷15）》，中国档案出版社，2003年，第428～435页。
⑤　中国第一历史档案馆，等合编：《清宫热河档案（卷15）》，中国档案出版社，2003年，第446～452页。

［2］ 李蕙：《惭他仁者乐，渠在近中求——避暑山庄山近轩清代乾隆盛期原貌复原设计研究》，中央美术学院硕士论文，2019 年。

［3］ 黄畅：《静坐山斋月，清溪闻远流——避暑山庄清溪远流清代乾隆盛期原貌复原设计研究》，中央美术学院硕士论文，2019 年。

［4］ 姚远：《山居藏委婉，食蔗末益甘——避暑山庄食蔗居清代乾隆盛期原貌复原设计研究》，中央美术学院硕士论文，2018 年。

［5］ 段然：《倚山为堂绝蠵浮，青在烟岚缥渺间——避暑山庄食蔗居清代乾隆盛期原貌复原设计研究》，中央美术学院硕士论文，2018 年。

［6］ 穆高杰：《云窗依石壁，月宇伴梨花——避暑山庄碧静堂清代乾隆盛期原貌复原设计研究》，中央美术学院硕士论文，2018 年。

［7］ 徐礼仰：《诸峰秀起标高朗，一室包涵悦静深——避暑山庄秀起堂清代乾隆盛期原貌复原设计研究》，中央美术学院硕士论文，2018 年。

［8］ 刘连强：《承德避暑山庄新所、御路遗址的发掘》，《文物春秋》2016 年第 Z1 期。

［9］ 李梦祎：《最是天家回首处，清音阁起五云端——避暑山庄清音阁清代乾隆盛期原貌复原设计研究》，中央美术学院硕士论文，2019 年。

［10］ 中国人民大学清史所等编著：《山庄研究——纪念承德避暑山庄建园 290 周年论文集》，紫禁城出版社，1994 年。

［11］ 杨天在：《避暑山庄园林艺术简析》，《避暑山庄博物院文集——纪念建馆五十周年》（内部资料），1999 年。

［12］ 承德避暑山庄研究会编：《避暑山庄论丛》，紫禁城出版社，1986 年。

［13］ 樊淑媛：《避暑山庄园林艺术论》，团结出版社，2017 年。

［14］ 孟兆祯：《避暑山庄园林艺术》，紫禁城出版社，1985 年。

［15］ 中国人民大学清史所编著：《山庄研究——纪念承德避暑山庄建园 290 周年论文集》，紫禁城出版社，1994 年。

［16］ 张羽新：《避暑山庄造园艺术》，文物出版社，1991 年。

［17］ 北京林学院林业史研究室编：《林业史园林史论文集第二季——纪念避暑山庄建成二百八十周年专集》，1983 年。

［18］ 钱树信：《热河旧影——外国人眼中的承德》，中国戏剧出版社，2007 年。

［19］ Sven Hedin. Jehol—City of Emperors, Trubner&CO. LTD., 1932 年

［20］ 〔日〕岸田日出刀：《土浦龟城．热河遗迹》，相模书房，1940 年。

［21］ 〔日〕五十岚牧太：《热河古迹与西藏艺术》，洪洋社，1943 年。

［22］ 〔日〕关野贞，竹岛卓一：《热河》，东方文化学院东京研究所藏版，1934 年。

［23］ 中国第一历史档案馆，承德市文物局合编：《清宫热河档案》，中国档案出版社，2003 年。

附表　避暑山庄石子地面现状统计表

宫殿区			
位置	形式	尺寸	长度或面积
松鹤斋与正宫间	石子甬路，七列方砖，两列石子	方砖宽 40cm，石子宽 40cm	60m
十五间照房前后	石子甬路，五列方砖，两列石子	方砖宽 40cm，石子宽 40cm	80m
	石子甬路，一列方砖，两列石子		80m
	石子甬路，三列方砖，两列石子		40m
	石子散水	石子宽 40cm	240m

续表

宫殿区			
位置	形式	尺寸	长度或面积
十九间照房西所、东所	石子散水	石子宽36cm	110m
万壑松风南	石子甬路，三列方砖，两列石子	方砖宽40cm，石子宽50cm	80m
万壑松风北	石子散水	石子宽50cm	40m
万壑松风西游廊	同上	石子宽36cm	50m
万壑松风北山下	石子甬路，一列方砖，两列石子	方砖宽40cm，石子宽50cm	10m
卷阿胜境西	石子甬路，一列方砖，两列石子	方砖宽36cm，石子宽36cm	45m
卷阿胜境北	石子海墁	--	6m²
绮望楼	石子甬路	方砖宽36cm，石子宽36cm	
	石子散水	石子宽40cm	

湖州区			
位置	形式	尺寸	长度或面积
清舒山馆	石子散水	宽43cm	690m
	石子甬路，一列方砖，两列石子	方砖宽36cm，石子宽25cm	40m
	同上	方砖宽36cm，石子宽36cm	34m
	同上	方砖宽31cm，石子宽26cm	4.5m
	石子散水	宽50cm	1.5m
清舒山馆畅观台	石子散水	石子宽32cm	8m
金山南、北	石子海墁	--	30m²
香远益清东	两层石子甬路叠加	石子宽约40cm	8m，6m²
文津阁假山东	石子海墁	--	9m²
文津阁院落	石子海墁甬路	石子宽1m	105m
	石子散水	石子宽40cm	115m
沧浪屿西	石子甬路，一列方砖，两列石子	方砖宽36cm，石子宽36cm	4m
西岭晨露南	石子甬路，一列方砖，两列石子	石子宽46cm，方砖宽36cm，	64m
金莲映日西	同上	方砖宽37cm，石子宽32cm	20m
文园狮子林	石子甬路，一列斜方砖，两列石子	方砖宽40cm，石子宽43cm，中间宽60cm	75m
	石子散水	石子宽46cm	200m
莹心堂	石子甬路，三列方砖，两列石子	方砖宽46cm，石子宽40cm	400m
	石子散水	石子宽50cm	680m
清舒山馆西	石子甬路，一列方砖，两列石子	方砖宽40cm，石子宽56cm	130m
清舒山馆北			55m
汇万总春之庙假山	石子散水	石子宽36cm	30m
金山围廊			110m
金山	石子甬路，三列方砖，两列石子	方砖宽32cm，石子宽36cm	3m

湖州区

位置	形式	尺寸	长度或面积
流杯亭	石子散水	石子宽 46cm	240m
苹香沜围墙		石子宽 50cm	140m
莆田业樾		石子宽 46cm	12m
濠濮间想		石子宽 46cm	25m
莺转乔木		石子宽 63cm	25m
水流云在		石子宽 63cm	32m
苹香沜至水流云在	石子甬路，一列斜方砖，两列石子	方砖宽 45cm，石子宽 38cm	510m
知鱼矶	石子海墁甬路	石子宽 1m	60m
	石子散水	石子宽 40cm	50m
芳诸临流	石子海墁甬路	石子宽 1m	20m
远近泉声	石子散水	石子宽 40cm	160m
	石子甬路，一列方砖，两列石子	方砖宽 32cm，石子宽 36cm	20m
沧浪屿西侧	同上	石子宽 40cm，方砖宽 36cm	40m
烟雨楼	同上	方砖宽 36cm，石子宽 70cm	8m
	石子散水	石子宽 50cm	48m
	石子甬路，一列方砖，两列石子	石子宽 40cm，方砖宽 36cm	25m
	石子散水	石子宽 36cm	16m
水芳岩秀后	石子甬路，一列方砖，两列石子	石子宽 40cm，方砖宽 40cm	40m
	石子散水	石子宽 36cm	16m
水芳岩秀前	石子甬路，三列方砖，两列石子	石子宽 50cm，方砖宽 40cm	40m
	石子散水	石子宽 56cm	60m
延薰山馆	石子甬路，三列方砖，两列石子	石子宽 42cm，方砖宽 36cm	12m
	石子甬路，一列方砖，两列石子	石子宽 42cm，方砖宽 36cm	24m
	石子散水	石子宽 50cm	100m
无暑清凉外圈	同上	石子宽 40cm	200m
无暑清凉前	石子甬路，五列方砖，两列石子	石子宽 38cm，方砖宽 36cm	28m
法林寺	石子甬路，一列方砖，两列石子	石子宽 36cm，方砖宽 36cm	2m
观莲所	石子散水	石子宽 32cm	24m
金莲映日前（南北向）	甬路，一列方砖，两列石子	石子宽 36cm，方砖 36cm	20m
环碧前东	同上	石子宽 45cm，方砖 50cm	56m
环碧前	同上	石子宽 40cm，方砖 34cm，	30m
环碧	石子散水	石子宽 45cm	220m
澄光室前	石子甬路，一列方砖，两列石子	石子宽 26cm，方砖 36cm	30m
文津阁北	石子海墁甬路	石子宽 80cm	13m
文津阁围墙	石子散水	石子宽 40cm	160m
文津阁前西侧到曲水荷香	石子海墁甬路	石子宽 1m	46m（清代 8m）

湖州区			
位置	形式	尺寸	长度或面积
曲水荷香后遗址	石子散水	石子宽40cm	300m
文津阁前西小桥西	石子海墁甬路	石子宽1.6m	42m
曲水荷香前桥西亭子	石子散水	石子宽33cm	16m
曲水荷香前桥西亭子西	石子海墁甬路（疑似清代）	石子宽1.2m	8m
如意湖亭	石子散水	石子宽40cm	12m

平原区			
位置	形式	尺寸	长度或面积
惠吉迪门西	石子散水	石子宽40cm	7m
澄观斋	石子甬路，一列方砖，两列石子	方砖宽33cm，石子宽36cm	150m
澄观斋圆光门西	同上	同上	3.5m
澄观斋圆光门北	同上	方砖宽40cm，石子宽36cm	4.8m
澄观斋西跨院北正殿	石子散水	石子宽64cm	1.5m
	石子甬路，一列方砖，两列石子	方砖宽40cm，石子宽36cm	1m
	同上	方砖宽36cm，石子宽40cm	2m
永佑寺山门及围墙	石子散水	石子宽50cm	80m
永佑寺（院内遗址）	石子散水	石子宽40cm	560m
永佑寺	石子甬路，一列方砖，两列石子	石子宽40cm，方砖36cm	16m
春好轩	石子散水	石子宽40cm	100m

山岳区			
位置	形式	尺寸	长度或面积
旷观	石子散水	石子宽40cm	20m
凌太虚		石子宽40cm	15m
云容水态		石子宽40cm	56m
放鹤亭		石子宽40cm	13m
青枫绿屿		石子宽36cm	25m
四面云山		石子宽46cm	18m
南山积雪		石子宽40cm	15m
宜照斋	石子甬路，一列方砖，两列石子	石子宽40cm，方砖36cm	50m
	石子散水	石子宽43cm	65m

Investigation and Analysis of Cobblestone Pavement in the Imperial Mountain Summer Resort

HE Chuan, WANG Liying

(The Palace Museum, Beijing, 100009)

Abstract: Taking the cobblestone pavement of the Imperial Mountain Summer Resort as the research object, this paper investigates the practice and pattern of the cobblestone pavement of the Imperial

Mountain Summer Resort, and combs the construction and repair history of the cobblestone pavement of the Imperial Mountain Summer Resort combining with the historical archives and site investigation of the Qing Dynasty. This paper classifies and discusses the practice and pattern of cobblestone pavement in the Imperial Mountain Summer Resort, summarizes the characteristics of practice and pattern composition, and some important reasons for the wide application of cobblestone pavement in royal gardens in the Qing Dynasty are put forward.

Key words: Imperial Mountain Summer Resort, cobblestone pavement, method, pebble, square brick

晋南地区戏台建筑空间营造研究

侯振策[1] 马 亚[2]

（1. 北京市规划和自然资源委员会海淀分局，北京，100097；2. 北京建筑大学建筑与
城市规划学院，北京，100044）

摘 要：戏台建筑作为中国传统建筑的一个重要类型，其发展和演变有继承也有创新。晋南地区不仅是戏曲的发源地之一，而且是唯一一片保存有一定数量戏台，且跨越元、明、清三个时期的地域，所以研究不同时期戏台建筑的空间特征及营造，晋南地区必定作为首选。文章通过对晋南地区现存戏台建筑的大量调研和分析研究，发现戏台在发展过程中，随着戏曲的发展，戏台的功能分区趋于合理，功能划分不断明确，而平面上的变化也进一步使得戏台的构架发生适应性变化，摆脱了斗栱体系，发展柱梁体系，并最终形成了新的空间构架体系。

关键词：晋南地区；戏台；元杂剧；空间组织

一、引 言

戏台作为演出的场所，历史悠久。源头可以上溯至原始社会时期的祭祀场所，用来祭祀神灵，进行一定的巫术表演。从建筑层面来看，可以将戏台的发展分成孕育期、产生期和发展期（表一）。在第一个时期，根据祭祀对象的不同，又可分为两个阶段，第一个阶段是汉代之前，以灵台、社台等建筑为代表的对自然神灵进行的原始崇拜；第二个阶段是在汉代至宋代，以寺观建筑为代表的对于神灵的宗教崇拜。在这个时期，出现的多是一些祭祀表演类的建筑，所以笔者称之为戏台建筑的孕育期。

第二个时期是在宋金时期，随着宋代理学的发展，许多神灵"世俗化"，宗教祭祀也逐渐民间化，大量的民间神庙被建造了起来。在庙宇中出现了兼具祭祀与表演功能的露台建筑以及专门用于乐人表演的舞庭建筑，是为戏台建筑的前身①。

表一 戏台建筑的历史演变

演变期	年代	演出属性	表演对象	演出形式	表演场所	兴起的原因
孕育期	汉之前	原始祭祀	自然神	傩仪、傩舞	广场、高台	自然崇拜
	汉—宋	宗教祭祀	宗教神	傩戏、坛戏	寺庙、庭院	宗教崇拜
		娱乐观赏	中上阶层	百戏、歌舞	露台、戏楼	舞乐的兴起
产生期	宋—金	世俗祭祀	世俗神灵	戏剧	露台、舞庭	理学发展及宗教世俗化
		娱乐杂耍	中下阶层	百戏	瓦舍、勾栏	市场的开放

---

① 刘浦江：《宋代宗教的世俗化与平民化》，《中国史研究》2003 年第 2 期。

续表

演变期	年代	演出属性	表演对象	演出形式	表演场所	兴起的原因
发展期	元、明、清	世俗祭祀为主、娱乐为辅	世俗神灵及中下阶层	戏曲	戏台	戏曲的发展和普及
		娱乐	中下阶层	戏曲	梨园、戏楼	经济的发展、演艺的兴起

注：部分内容参考崔陇鹏《中日传统观演建筑》第 27 页

随着元代戏曲的成熟，戏台形式逐渐固定了下来，并在庙宇中作为不可或缺的建筑大量建造起来，戏台建筑得以真正产生[①]。一直延续至明清时期，戏台建筑在适应戏曲表演和庙宇祭祀的过程中，自身也在不断的继承和发展，成为了一种独特的建筑类型。这也是本文重点研究的时段。

晋南地区不仅是戏曲文化的发源地之一，还是后稷、后土、关公等众多民间信仰的发源地，戏台建筑在这些地域文化的滋养下得以产生。从建筑遗存来看，目前学术界公认的元代戏台建筑共 8 座[②]，除去石楼县殿山寺和泽州县冶底村东岳庙的戏台，剩下的 6 座元代戏台均在晋南地区，故此，晋南地区是唯一一处拥有足够数量且跨越元、明、清三个历史时期戏台的区域，有一个戏台建筑发展的完整时间脉络，为研究区域戏台的发展和演变提供了极为丰富的实物资料。最终，笔者选取了 22 座具有代表性的戏台建筑作为重点研究对象，其中元代戏台 6 座，明代戏台 7 座，清代戏台 9 座。一方面，通过研究不同时期戏曲的舞台表演形式和戏台柱网平面，探讨二者的适应性关系；另一方面，通过研究不同时期戏台构架的变化，探讨戏台平面和构架的关系，进而研究戏台建筑空间发展的时空序列和演变逻辑。

二、戏曲演出的空间

"三五步走遍天下，七八人百万雄兵"，作为世界三大古戏剧之一的中国戏曲，在有限的戏台空间中利用其独特的舞台表演完美演绎着世间百态[③]。中国戏曲的历史向前可以追溯到史前时期的"巫术"，随后不断发展，在元代，诞生了拥有稳定表演程式的元杂剧，成为真正戏曲的开端。后至明代，元杂剧被形式更为自由的南戏而取代，继而促进了清代地方戏曲的蓬勃发展。自元杂剧始，戏曲演出便拥有了固定的演出场所，其演出场所根据演出的具体内容和舞台形式不断的发展，形成丰富多样的戏台形式。所以，戏曲演出的空间需求在很大程度上促进了戏台建筑的发展。从元杂剧到明代南戏，再到清代山西地区的梆子戏，戏曲的角色体制、表演形式，以及服饰、化妆、道具等内容都有了不同程度的发展，但是从表演空间的角度来看，基本可以分表演区、准备区，以及奏乐区三个空间。

1. 表演区

在元杂剧尚未成熟之前的宋金时期，除去城市中的瓦舍勾栏之外，在寺庙中也设置有相应的表

---

① 侯振策、孙咏梅：《山西元代戏台建筑空间探析》，《民艺》2021 年第 4 期。
② 这里所说的 8 座元代戏台以山西师范大学冯俊杰先生在《山西神庙剧场考》一书中的观点为依据。
③ 罗德胤、秦佑国：《中国戏曲与古代剧场发展关系的五个阶段》，《古建园林技术》2002 年第 3 期。

演场所。根据廖奔先生的研究，当时的表演场所主要集中在厅堂之中，或者大殿前的广场上，在进行演出的时候临时搭台子唱戏，有的庙宇中设置有"露台"建筑，作为祭祀和表演的多功用场所。元代随着元杂剧的发展，戏台建筑在庙宇中开始被广泛地建造起来，元杂剧在演出程式上，不同于元代之前的表演，有着一定的剧本、具体要表达的故事，以及完整的"一本四折"的故事构架和演出程序。所谓"一本四折"，其实就是一场演出通过四幕情景来完成，演绎出整个故事的"起承转合"[1]。每一幕与每一幕之间都设置有转场，并且开头有"冲场"，结尾有"退场"，这些都需要在戏台上完成。元杂剧的余绪一直延续到了明代中叶，才逐渐被形式较为自由的南戏所代替。明代的南戏在舞台表现方面角色更多，内容更加丰富，戏曲舞台对于故事情境的表现有了更为行之有效的程式化手段，胜过元代较为粗糙的舞台艺术。开始在舞台上使用较大的道具，甚至表现一些火彩等大型场景。到了清代，不同于皇家戏楼表现的"上天入地""大闹天宫"的等大型场景，乡村中的戏台变化较大的就是武打戏的增多，以及技巧的精进，演员服饰装扮方面也相应提高，譬如人物脸谱和服饰装扮的个性化、象征化和定型化的发展等都对舞台的表演区域提出了更高的要求。

2. 准备区

准备区实际上可以与我们现今所讨论的"后台"相对应，主要是演员表演前的准备区域。可以作为演员休息的空间；也可以作为存放演出的服装、道具的空间；还可以作为演员化妆的空间[2]。

元杂剧的演出一般分为"四幕"，每场戏开始之前的冲场，每一幕与每一幕之间的转场，以及演员最后的退场都需要一个空间来过渡整场表演；而元代的戏台多是只考虑演出的需要，而很少顾及到演出准备工作的需要[3]。在空间分割上主要在戏台平面做"灵活性"和"临时性"的分隔。明清时期随着戏曲角色的增加以及舞台艺术的提高，在戏台建筑中设置分隔单独的准备空间已经是非常有必要的了，不同于元代戏台空间的"临时性"分隔，明清时期的戏台建筑多是直接在平面上设置固定的格扇来进行空间的分隔。

3. 奏乐区

山西洪洞明应王殿壁画中展示了元杂剧演出的画面（图一），在画面中可以看出元代戏曲演出时乐队的伴奏方式。壁画中的人物共分为两排，乐队的演员位于后排，乐器主要有大鼓、杖鼓、拍板，大鼓被放在了上场门处，这种将乐队放置于台上进行伴奏的情况，说明自元代戏曲诞生之始，乐队从来都是登台演出的，在台上必定留有一定的奏乐空间。

图一　洪洞明应王殿中的元代壁画

① 谢净净：《元杂剧舞台表演艺术》，广西师范大学硕士论文，2009 年，第 21 页。
② 刘玲：《晋中市传统戏台建筑研究》，北京建筑工程学院硕士论文，2012 年。
③ 廖奔、刘彦君：《中国戏曲发展简史》，山西教育出版社，2006 年，第 2 页。

三、戏台的功能划分

戏台建筑在不同时期由于适应戏曲不同的表演需求，因而展现出了不同的柱网平面，总的来看，元代戏台内部均不设内柱，为简洁的方形平面；明代平面扩展至三开间，并在内部设置辅柱，区分前后台；清代继续保持三开间的平面，在内部设置木质格扇，有的戏台还在两侧设置了单独的扮戏房。与此同时，戏曲也在不断的发展，与不断变化的戏台建筑相互适应着。

1. 元代戏台的功能划分

在笔者所调查的 6 座元代戏台建筑中，其平面几乎均为单开间的方形平面，正面施两根大檐柱支撑上部的大额枋[①]，两山面各施两根间柱，背面有的施间柱，有的不用。在戏台内部均为简洁平面，不用任何内柱（图二）。

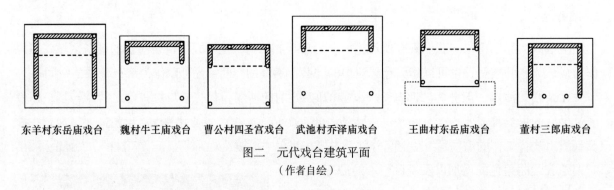

东羊村东岳庙戏台　　魏村牛王庙戏台　　曹公村四圣宫戏台　　武池村乔泽庙戏台　　王曲村东岳庙戏台　　董村三郎庙戏台

图二　元代戏台建筑平面
（作者自绘）

元代戏台建筑之所以能够形成如此简洁的平面，原因有以下两点。第一，元代是戏台建筑初创时期，戏台建筑由最初的露台建筑发展而来，在露台建筑的方形平面上覆盖顶棚而形成，所以戏台建筑多是覆盖在方形平面之上。第二，元代戏台建筑仍然保留着宋代建筑构架上的少许特征，其中很重要的一点就是元代戏台建筑有着布局对称且严密的铺作层。如魏村牛王庙戏台每面均施二朵补间铺作，均为五铺作双下昂斗栱；东羊后土庙戏台则是每面施五朵斗栱，均为六铺作双下昂斗栱。所以，对称的铺作层在一定程度上制约了戏台平面的发展，使得早期的戏台建筑多为方形的简洁平面。

元代戏台在功能划分方面尚处于探索期。诚如上文中所讲，元杂剧的演出，多考虑到演出的需要，很少顾及到演出准备工作的需要。这种情况也反映到戏台平面上，元代戏台建筑在平面上没有明确的功能划分，为一整块的方形简洁空间，然后在这个空间中进行灵活的分隔，以适应杂剧演出的不同功能需求，有点类似于现代建筑大师密斯所提出来的"全面空间"理论。

在功能划分方面，元代的戏台建筑多是在两山面 1/3 处设置间柱，而具体的分隔也是以两山面柱为据，利用帷幕、可移动的屏风置于两间柱之间，分隔"前台"与"后台"，即戏台前部 2/3 处

---

① 图二中，永济董村三郎庙戏台平面为三开间，但笔者在此对其是否保持元代的建筑面貌存疑，笔者在实际调研过程中，发现该戏台改动之处很多，格扇、楣子均为后代所加，故而不将其作为元代戏台建筑的典型进行研究。

为表演空间，后部 1/3 处为准备空间（图三）。

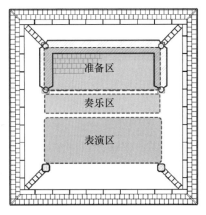

图三　元代戏台功能组织
（笔者自绘）

在洪洞县的明应王庙中的元代壁画中，描绘了元代戏曲演出的场景，在这幅壁画中就绘有元代戏曲演出的帷幕的形象，并且在幕布之后还绘有一人掀开帷幕窥视的场景。除此之外，笔者在调研过程中，发现在现存的几座元代戏台上仍然有装置幕布用的铁环，据此可知，在元代建筑中利用帷幕进行前后台表演与准备空间的划分应该是没有问题的。另外，关于元代戏台的奏乐空间，同样也可以在明应王庙中的元代壁画窥探一二，在壁画中，乐师位于演员之后，帷幕之前，由此可以推测，元代乐师应该是要登台的，而根据壁画中人员的站位，可以推测，奏乐空间当时应该是被安排在了帷幕之前的 2/3 空间中。

2. 明代戏台的功能划分

明代戏台在元代戏台的基础上，平面有所扩大，由元代的单开间戏台变为了三开间的戏台，戏台平面由方形向长方形转变。面积的扩大，使得柱网在一定程度上有所变化，大部分戏台建筑在内部均设置有辅柱（图四）。辅柱的使用，除去分担上部梁架荷载之外，还方便在柱子之间架设帷幕以分隔空间，这也是明代戏台迈向专业化的重要一步。

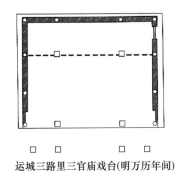
运城三路里三官庙戏台(明万历年间)

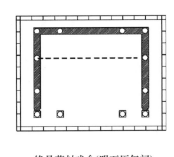
绛县董封戏台(明万历年间)

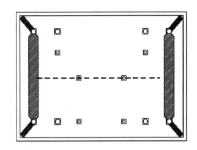
河津樊村关帝庙戏台(明洪武年间)

图四　明代戏台平面柱网
（笔者自绘）

明代戏台在内部空间中普遍使用辅柱，使得戏台在前后台空间分割方面进一步明确。另一方面，平面由单开间变成三开间，除去在戏台演出空间的扩大，奏乐空间在三开间的戏台之上更容易找到合适的位置（图五）。三开间的戏台建筑，通常明间远大于两次间的开间，这使得在观看演出的时候，戏台明间的空间实际上是作为演出的主要空间，并且观看视野也是最好的，而两次间的相对比较窄的空间实质上是乐队的演奏空间，相较于元代放在帷幕前的奏乐空间，奏乐空间放置在两侧，一方面不至于让乐队干扰演员的表演；另一方面，也使得乐队融入整个戏曲表演之中，不再是放在演员之后，成为"幕后人员"了。

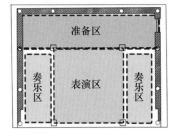

图五　明代戏台功能分区
（笔者自绘）

3. 清代戏台的功能划分

清代戏台形制呈现多样化，在平面上延续了明代三开间的建筑形制，并且平面布局上功能划分进一步明确（图六），不仅明确在内部设置辅柱，用木质格扇分隔前后台，而且还在平面之上架设复合屋顶，利用屋顶的不同彰显戏台的前后台（图七、图八）。但是，根据实地调研，这一变化初步判定是在清代前期，也就是清康熙之前用得比较多。

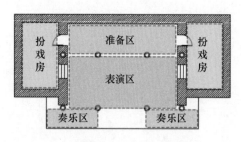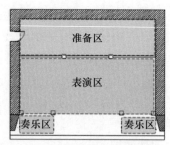

临汾尧都区西郭戏台   万荣荣河吕祖庙戏台

图六　清代戏台柱网平面
（笔者自绘）

图七　翼城泰岱庙戏台   图八　解州关帝庙雉门戏台
（笔者自摄）   （笔者自摄）

戏台在清代重新变化大约发生在清代后期，戏台建筑完全摒弃了斗栱体系，完全使用柱梁体系，在内部用格扇区分前后台，外部使用雀替，出头的梁木做极尽繁复的装饰，形成了新的平面布局和结构体系。内部空间简洁，平面功能明确，万荣乔村戏台、万荣东畅戏台、万荣荣河吕祖庙戏台、万荣后土庙双连台以及乔沟头玉皇庙戏台都是清代后期利用柱梁体系搭建的戏台建筑，内部空间简洁，用木格扇区分前后台。而清代戏台建筑的伴奏区一般延续和继承了明代的位置安排，多是位于两次间的前半部分，专门划分为乐队的演奏空间。除此之外，在清后期，戏台还增加了附属功能空间，实例如临汾尧都区的西郭戏台，在戏台主体两侧有两个对称的空间作为扮戏房使用。

综上所述，戏台从元代发展到清代，可以看到戏台平面由单开间发展到三开间，内部空间由一个不做分隔的整体空间逐渐分隔成多个空间。这说明戏台建筑在平面功能组织上，功能划分更加明确，功能分区也更加合理，以此来适应不断发展的戏曲演出。同时平面上的变化，进一步引发了构架体系的变化，构架体系从原来的柱网层加斗栱层的上下组合，过渡到柱梁加斗栱的前后组合，最后完全摒弃斗栱，使用了简洁的柱梁体系。换个层面讲，戏台平面不断适应戏曲的发展，而平面的变化进一步促使着构架去适应功能化的平面。

四、戏台的空间营造

戏曲的发展对于戏台建筑提出了新的要求，一方面，演出人员和演出规模的扩大需要更宽敞的戏台空间；另一方面，不断成熟的戏曲表演对于戏台内部功能的划分也有了明确要求。这就使得戏台建筑的平面规模不断扩大，功能划分日益明确。同样，平面上的改变对于戏台的构架也提出了要求，这其中就包括了斗栱体系以及梁架体系的改变。

1. 元代戏台的空间营造

元代的戏台多是方形的，屋顶多为单檐歇山顶形式。这样，覆盖在方形平面的构架，多采用"亭式结构"，即在四角搭接斜梁，斜梁之上，再承接圈梁，其上再承接上部的斗栱层，如此层叠而上，构成了藻井，但不同的是，这个藻井是层层受力的，分解了屋顶的重量，不似后期的小木作藻井。

斗栱发展到元代，结构机能已经减退，昂也多用假昂或者插昂，华头子也多隐刻，后尾均不起撑杆。方形的戏台平面，使得戏台大多拥有对称的斗栱层（图九），即戏台建筑的四个面斗栱的数量和形式基本形同。角部的斗栱因为使用斜梁的缘故，多与斜梁铰接，出头做斜栱。其余的补间铺作后尾均平出，不做悬挑，与上部的圈梁相互承接。可见，对称的铺作层以及"亭式结构"的圈梁，构成了元代戏台简洁的方形平面（图一〇）。

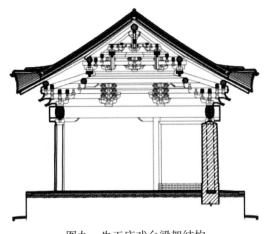

图九　牛王庙戏台梁架结构

图一〇　四圣宫戏台藻井

2. 明代戏台的空间营造

如上文所述，明代随着戏曲舞台表演形式的丰富，舞台规模进一步扩大。戏台建筑由单开间变成了三开间的。以此适应戏曲发展的需求。而三开间的戏台相较于单开间的戏台，平面由方形变成了长方形，元代的"亭式结构"就不太适用了，需要探索一种新的构架体系。由于明代的戏台大多仍然延续了前代单檐歇山顶的建筑形式，所以构架在明间多采用抬梁式构架，梁架直接落在斗栱之上。

重要的变化是在戏台山面的构架，由于五架梁和山面山花的檩枋不处于同一个高度，存在一定的高差，这对于采用同等铺作数的山面斗栱提出了新的要求。斗栱的斜挑构件于是重新被使用，用来承接山面的檩枋（图一一）。例如，在绛县董封东岳庙戏台中，其山面的中间两朵斗栱华头子和昂后尾向上挑出承接山面的檩枋，相应的外部则是做出了真的华头子，其他部位的斗栱由于并不起实质上的结构作用，为取得细节上的一致，只是隐刻出华头子（图一二）。

图一一　董封戏台山面斗栱　　　　　　　图一二　董封戏台所用真华头子

3. 清代戏台的空间营造

清代戏台在平面功能划分上更加明确，在内部直接使用固定的格扇而区分前后台，并且在两侧还设置了专门的扮戏房，戏台进一步专业化。专业化的戏台在构架层面发生了质的变化，一方面，戏台摆脱了歇山顶，屋顶多为悬山或者硬山顶；另一方面，戏台逐渐摆脱了斗栱，发展了新的柱梁体系。

由于戏台前后台的明确划分，在构架层面，前后经历了两种变化。在清代前期，多是采用两种不同的构架体系来适应前后台，在屋顶层面也采用复合屋顶。比如，运城解州关帝庙雉门戏台则是将关帝庙的雉门和戏台合二为一，共用一座方形台基，北侧是戏台，极尽雕饰，屋顶也采用前后相连的歇山顶；翼城泰岱庙戏台，也是在前部使用斗栱体系承接的表演空间，屋顶采用复杂的歇山屋顶，后部则是柱梁体系搭接的后台，采用悬山顶（图一三）。

图一三　泰岱庙戏台前台部分

而到了清代后期，戏台建筑几乎完全摒弃了斗栱（有用斗栱的也多为装饰功能），全部采用柱梁体系承重，梁头直接搭接在柱子上，前部出头做华栱状雕饰。屋顶也做悬山顶或者硬山顶。为了区分前后台，内部梁架也做了调整，从笔者所调研的临汾尧都区的西郭戏台、万荣东畅戏台、万荣乔村戏台均是在内部做成前后两部分，采用前后拼接的梁架（图一四）。梁架之下再做格扇区分前后台（图一五）。此外，新的柱梁体系的形成，斗栱从结构功能退化到装饰功能，最后直接被摈弃，装饰功能也多由雀替、楣子、照壁等代替。

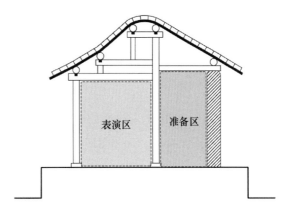

图一四　万荣荣河吕祖庙梁架　　　　　　图一五　临汾尧都区西郭戏台梁架

综上所述，戏台建筑从元代到清代，平面扩大，由单开间到三开间；利用格扇明确区分前后台。戏台空间从最初铺作层和圈梁结构构建的简洁方形空间，扩展到抬梁式结构和不对称的斗栱层构建的矩形空间，最终又摒弃了斗栱层，发展成了由柱梁体系构建的简洁空间。相应的，斗栱从结构性构件，变成了装饰性构件，最终被完全摒弃。

五、结　语

建筑是文化的载体，戏台是社会发展的产物。戏曲的不断发展又使得戏台建筑逐渐走向独立化和专业化。最初元代戏台的简洁空间适应了程式简单的元杂剧，三开间的明代戏台适应了明代戏曲的发展，清代明确划分的前后台空间适应了清代戏曲的进一步程式化。可见，戏曲的发展使得戏台平面发生了变化，戏台平面的变化又促使着戏台的构架发生了变化，不断的适应戏台空间组织。

段建宏先生曾说，戏台的出现和发展并不是从中心向周围辐射，而是多元起源[①]。因此，通过对晋南地区戏台建筑发展的研究，构建出区域戏台研究发展的细部框架，可以进一步为其他地区戏台建筑的发展提供一定的参照。此外，从曲面到平面，从平面到构架的演变逻辑，作为一种类型建筑的研究，在一定程度上也丰富了建筑史的研究，也为其他建筑的研究提供了一个新的思路。

---

① 段建宏：《戏台与社会——明清山西戏台研究》，华中师范大学博士论文，2008年，第1页。

Research on Building Space of Drama Stage in Southern Shanxi Province

HOU Zhence[1], MA Ya[2]

(1. Haidian Branch of Beijing Municipal Commission of Planning and Natural Resources, Beijing, 100097;

2. School of Architecture and Urban Planning, Beijing University of Civil Engineering and Architecture, Beijing, 100044)

Abstract: As an important type of traditional Chinese architecture, drama stage has inherited and innovated its development and evolution. The southern Shanxi is not only one of the cradles of opera, but also the only region with a certain number of drama stages preserved from Yuan Dynasty to Qing Dynasty, so the best choice to study the spatial characteristics and construction of drama stage in different periods must be the southern Shanxi. Through many research and analysis on the existing drama stages in southern Shanxi, the paper finds that in the development process of drama stage: with the development of opera, the functional division of drama stage tends to be reasonable and the functional division is constantly clear, and the changes in the plane also further make the drama stage structure undergo adaptive changes, getting rid of the dougong system and developing the column and beam system, finally formed a new space framework system.

Key words: Southern Shanxi region, drama stage, Yuan opera, spatial organization

青海循化张尕清真寺建筑艺术研究[*]

车银凤　黄跃昊

（兰州交通大学建筑与城市规划学院，兰州，730070）

摘　要： 青海循化张尕清真寺具有鲜明的本土化特征，整个建筑群为砖木结构，屋顶采用大木起脊式，梁架在继承传统抬梁式和井干式结构的同时进行了创新。张尕清真寺广泛运用木雕、砖雕装饰，其中几何纹、植物纹、动物纹等图案丰富多元，反映出青海地区多民族交融的文化环境和工匠传统。

关键词： 张尕清真寺；建筑结构；装饰特点

据《循化撒拉族自治县志》记载张尕清真寺始建于明末清初，距今约 400 多年历史^①。关于该寺始建年代说法不一，有待进一步考证。张尕清真寺为清乾隆年间撒拉八工之一张尕工主寺（宗寺）^②。1988 年 10 月之前对该寺大殿进行修复和扩建。1988 年 9 月，张尕清真寺被列为青海省重点文物保护单位，2013 年 5 月成为第七批全国重点文物保护单位。整座寺院是典型的合院式布局，由照壁、左右山门、宣礼塔、礼拜大殿、南北配房组成，皆为传统建筑风格，整体风貌庄严肃穆。院内随处可见的砖雕、木雕内容丰富，形式多样，使整个清真寺成为一座瑰丽的艺术宝库。

一、院落布局及其建筑特征

（一）院落空间

张尕清真寺整体院落坐西朝东，矩形平面（图一），一进院落，占地面积约 3600 平方米，建筑面积约 1300 平方米。院落平面大体对称，照壁、宣礼塔、礼拜大殿从东至西依次布置在中轴线上，

图一　张尕清真寺平面示意图

*　本文为国家社科基金重大项目"中华传统伊斯兰建筑遗产文化档案建设与本土化发展研究"（项目编号：20&ZD209）阶段性研究成果。

①　循化撒拉族自治县地方志编纂委员会编：《循化撒拉族自治县志》，三秦出版社，2017 年，第 610 页。

②　资料引自中华人民共和国国家民族事务委员会网站：https://www.neac.gov.cn/seac/ztzl/201806/1067502.shtml。

辅助配房布置于轴线两侧。照壁作为清真寺东西轴线的起点，与宣礼塔正对。两座牌楼式山门位于照壁的南北两侧，和照壁相接。宣礼塔为全寺最高建筑，布置于礼拜大殿与照壁之间靠近照壁一侧，是轴线上第二个重要节点。礼拜大殿位于整个寺院中轴线序列的终点，为整个院落的主殿。南北配房分布在礼拜大殿两侧。

（二）照壁

图二 张尕清真寺照壁

一字照壁整体由青灰色砖砌而成，宽约 12 米，高约 3 米，立面呈凸字形（图二）。照壁中间为主壁，两侧为次壁。主壁壁座设置了须弥座，须弥座上雕刻有山川树木。壁身以方砖砌成，主壁壁身由三幅中间繁复、两侧简约的青松图以及梅花、荷花插瓶图组成，次壁壁身由一幅外方内圆的石榴树和牡丹图样组成。壁顶为硬山顶，屋面覆灰色筒瓦，主壁屋脊上雕饰菊花，脊刹为一个砖雕宝瓶，脊刹两端雕花卉样式鸱尾，壁顶檐下有用作装饰的四组砖雕仿木斗栱、垂花柱以及额枋等构件。照壁的形制和两侧牌楼门的形制相呼应。

（三）山门

山门设置在照壁两侧，与照壁相连接组成东侧院墙的一部分，山门采用牌楼形式，为四柱三间三楼，每座山门宽约 10.2 米，高约 8 米，为木结构建筑（图三）。每座山门由两侧低的次间和中间高的明间组成"山"字形立面，平面呈"一"字形，每间开木制双扇板门，人们日常出入走次门。每座山门由 8 根戗杆从大门内外支撑边柱和中柱，柱间有额枋、平身科、折柱花板等构件。两根边柱和两根中柱承托柱头科，柱头科无坐斗，而是将斗栱第一层进深方向的翘和面宽方向的正心瓜栱直接嵌入柱头内部，使斗栱和柱子相结合（图四）。次间柱头科和二攒平身科处均为七踩斗栱，明间柱头科和二攒平身科采用九踩斗栱。山门屋顶为悬山顶，覆灰色筒板瓦，正脊用雕刻花砖，正脊上的脊刹为花卉样式的宝瓶，山门正脊两端鸱尾为如意捧桃图样。左右山门形制大体相同。

（四）宣礼塔

宣礼塔是一座三层六角攒尖式建筑，砖木结构，高 24 米。宣礼塔坐落于 90 厘米高的六边形台基上，三层通柱造（图五）。宣礼塔一层为土黄色砖墙身，下设须弥座，基座上雕刻有如意、葫芦、荷花等纹样。一层每间檐下三攒平身科处为三踩斗栱，柱头科为五踩斗栱。在朝向礼拜大殿的一侧开有一拱形双扇板门，由拱形门进入可上宣礼塔二、三层。一层内部青砖铺地，内部设有通往上层的木楼梯。二、三层为木结构，铺设木地板。二层有 6 根檐柱和 6 根金柱。二层金柱向上延伸作为三层檐柱，三层屋顶采用斗栱悬挑的方式，逐层收缩，收至顶部为六角，整体构成了层层叠落的藻井

图三　张尕清真寺南侧山门

图四　张尕清真寺山门次间柱头科

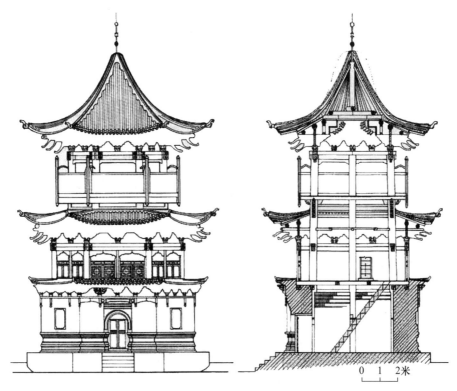

图五　张尕清真寺宣礼塔立面、剖面图[①]

（图六），承托整个屋顶的荷载。二、三层每间一攒平身科，平身科和柱头科均为七踩斗栱。二层和三层六脊檐角处有套兽，在六脊瓦顶上，六只吞脊兽各衔一脊。攒尖顶上置火焰状宝瓶。

（五）礼拜大殿

礼拜大殿由前廊、大殿、后窑殿三部分组成，通面阔 20.64 米，通进深 25.76 米，勾连搭屋顶，

① 李群编：《青海古建筑》，中国建筑工业出版社，2015 年，第 192 页。

图六 张尕清真寺宣礼塔顶部藻井

筒瓦覆顶，形成"一卷一殿一后窑"的建筑形式（图七、图八）。室内前后通透，整体平面为"凸字型"。整个礼拜大殿采用砖木结构，木结构不施彩绘，整体风貌自然朴素。

前廊面阔七间，进深一间，通进深3.83米。前廊靠近大殿的内侧为半扇内卷棚（图九），前廊外侧与大殿为同一屋面，整个前廊的梁架结构从外部看为大殿屋顶的一部分。金柱和檐柱柱头科间插入抱头梁，柱头科和平身科均为七踩斗栱，每间两攒平身科。前廊南北两侧砖砌影壁式廊心墙，内雕刻兰花等植物纹样。前廊檐柱间设木质栅栏门。

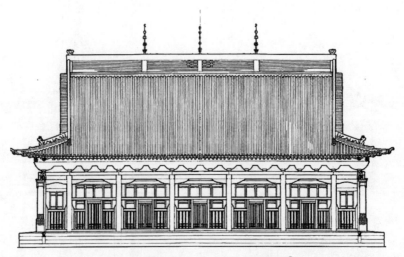

图七 张尕清真寺礼拜大殿立面图[①]

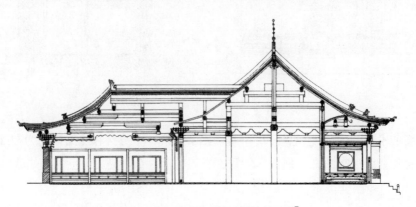

图八 张尕清真寺礼拜大殿剖面图[②]

---

① 李群编：《青海古建筑》，中国建筑工业出版社，2015年，第190页。
② 李群编：《青海古建筑》，中国建筑工业出版社，2015年，第190页。

大殿面阔五间，进深三间，通进深 11.48 米，单檐歇山顶。大殿明、次、梢间各开四扇六抹格扇门，尽间开两扇六抹格扇门。大殿为抬梁式结构，举架高大，彻上明造。同时，柱础隐于木地板之下，建筑采用"移柱、减柱造"手法，减去了殿内四根柱子，将四根中柱向南北两侧移动，至此柱子之间的最大距离为 5.77 米，使得大殿和前廊面阔尺寸相同的情况下，其开间数不同，大殿室内空间更加开敞。大殿中柱上置一根平行于脊檩的横梁贯穿大殿，明、次间横梁上再置两根短横梁，短横梁中间置驼峰和两个木制双环，短

图九　张尕清真寺礼拜大殿前廊梁架结构

横梁上置童柱，童柱两侧设置单步梁和双步梁（图一〇）。大殿屋顶正脊与垂脊相交处有花卉样式的鸱尾，鸱尾轮廓简洁，左右对称，在屋脊中间为三座砖雕宝瓶。

后窑殿位于大殿西侧，与大殿在室内空间上相通，其面阔、进深皆为三间，通面阔为 10.79 米，通进深为 10.45 米，大致为正方形平面。庑殿式屋顶与大殿歇山屋顶垂直相交。整个后窑殿空间除在三面墙体运用了 8 根立柱进行支撑外，其室内靠近大殿的一侧也立有 6 根柱子。后窑殿梁架运用了形似藻井的构造方式（图一一），即由纵横井口的趴梁和抹角梁按八方变四方的外形叠落起来。这种形似藻井、梁架交叉重叠、逐层加高收缩的构造方法，空间内部向心性明显，但从后窑殿屋顶外观来看，其中心为庑殿的一条正脊，梁架结构与屋顶形式不统一。

图一〇　张尕清真寺大殿梁架结构

图一一　张尕清真寺后窑殿梁架结构

（六）南北配房

南北配房形制基本一致，均面阔五间，进深两间，呈对称分布，为寺内水房、管理人员宿舍等辅助用房。北侧配房是阿訇工作、起居及处理清真寺日常事务的场所；东起第一间和第二间分别是两层卷棚顶和一层单坡硬山顶建筑，砖木结构；第三间是水房，为平顶建筑，是撒拉族群众"大小净"的场所。南侧配房东起第一间一楼底部设置过街楼，为通向清真寺院落外部空间的另一扇门，

其余部分形制与北配房基本一致，是当地群众学习、休息的地方。

张尕清真寺的建筑布局和屋顶形式体现着浓厚的传统建筑风格。明显的东西轴线贯穿照壁、宣礼塔、礼拜大殿，建筑运用硬山、攒尖、歇山、庑殿等屋顶形式体现着张尕清真寺内不同功能建筑的重要程度。

二、建筑装饰特征

（一）木雕

张尕清真寺木雕独具特色，主要集中在前檐廊下和门窗格扇之上。清真寺山门（图一二）的额枋上雕有卍字纹、卷草纹、卷轴、宝剑、挂满果实的桃树、葡萄藤蔓等纹样。山门的花板上雕刻有荷花、梅花、石榴、葫芦、团扇、花篮，并以卷草纹进行点缀。礼拜大殿前廊檐下的额枋、雀替等构件上雕有回字纹、圆环、壶、佛手生藤蔓卷团扇、猴摘桃子等。猴摘桃子图案中，桃树枝干向一侧延伸缠绕，树底下一只形态活泼的猴子正在向桃树枝干攀爬。大殿门的绦环板上用浮雕的技法雕卷草纹和卍字纹。后窑殿门扇上的装饰丰富多样，雕刻有莲瓣、卷草纹和带有根茎叶的莲花。南北配房檐下的额枋、雀替、花板等雕有葫芦、团扇、荷花、牡丹、竹子、梅花、兰花、双生石榴、盘装葡萄和石榴、盘装鲤鱼托桃、茶盏、壶等。宣礼塔二层和三层木制栏杆上的棂条花格分别采用套方和龟背锦。

图一二 张尕清真寺山门木雕

（二）砖雕

张尕清真寺内砖雕多见于照壁、宣礼塔、礼拜殿等建筑，主要是各种花卉、文字等纹样。

张尕清真寺照壁上的须弥座上、下枋饰仰覆莲瓣，上、下运用线条进行装饰，束腰上雕刻山川、松树等图案。壁身由五幅图案组成，北侧次壁壁身在圆光内雕刻了一圈卷草纹，卷草内部为两朵对称且尾部相连的牡丹；南侧次壁壁身为多子图，图案为层层叠叠的山峦上屹立一棵挂满果实的石榴树；主壁壁身两侧分别为梅插宝瓶和荷插宝瓶；主壁堂心为青松月夜图，风景图的四岔角饰卷草，四周雕刻荷花、葫芦等图案（图一三～图一五）。壁顶上的垂花柱柱头雕刻成莲花状，柱身上饰有梅花等，檐顶正脊雕刻花卉纹样。宣礼塔须弥座下枋饰回字纹和二方连续卷草纹，上、下雕刻仰覆莲瓣，束腰部分每面用折柱分三组长方形图框，图框两侧绘回字纹，中间雕刻白菜、荷花、花篮、笛子、葫芦、夔龙、如意、玉磬、琴、棋盘、书册、卷轴画、拂尘、戟等图案。基座上部的五面砖墙壁心均在凹陷的圆形和方形内进行了雕刻，西南侧图样为生长在山峦上的松树和柏树，松树左上端饰祥云拱月，底部有两只鹿；东南侧为仙鹤踏松图；东侧刻有宝瓶、如意、书、铜炉、盏、

图一三　照壁石榴砖雕

图一四　照壁青松图砖雕

图一五　照壁牡丹砖雕

图一六　宣礼塔松柏砖雕

磬等博古图样，并以荷花、梅花等图案作为点缀；东北侧图样饰牡丹插宝瓶、碟装葡萄、碟装石榴、如意挂桃、荷花等；西北侧为松树右上端饰祥云拱太阳，右下角趴着一只鹿（图一六~图一八）。西侧拱形门周边饰缠枝藤蔓、牡丹等植物纹样。礼拜大殿山墙外立面上雕刻有如意纹样，且屋脊砌成十字孔，并在其上部用富于变化的莲花、卷草等植物纹样构成如鲤鱼等动物纹样。南侧配房底部过街楼横梁中间雕有"张尕海伊清真大寺"的字样，字牌四周环绕着回字纹和仰覆莲瓣，横梁底部的雀替为牡丹图样，门楼的檐枋上雕刻着梅花、葡萄、牡丹、寿字纹等植物和文字图样，门楼左右两侧雕刻有梅花、荷花插瓶图样。张尕清真寺建筑屋檐最前端的瓦当和滴水上雕刻有葡萄、莲花、梅花、竹子等植物图样。

图一七 宣礼塔博古图样砖雕　　　　　　　　图一八 宣礼塔仙鹤踏松砖雕

三、结 语

张尕清真寺在整体布局、建筑形制、装饰纹样等方面体现出典型的传统建筑艺术特征，是清真寺建筑本土化的典型范例。在整体布局上，张尕清真寺将传统合院式布局与东西轴线贯穿主建筑的延展方式相结合，使其布局严谨、秩序井然，形成独具包容性与适应性的建筑空间特征；在建筑构造上，其梁架严密合理，殿顶富于变化，屋脊纵横交错，斗栱形制丰富；其装饰手法多样，体现了河湟地区多民族协作的匠工传统，装饰题材广泛运用传统器物和祥禽瑞兽图案，具有多元文化互融共生的特点。

Research on Architectural Art of Xunhua Zhangga Mosque

CHE Yinfeng, HUANG Yuehao

(School of Architecture and Urban Planning, Lanzhou Jiaotong University, Lanzhou, 730070)

Abstract: The Zhangga Mosque at Xunhua, Qinghai has distinct localization characteristics. The entire building complex is a brick and wood structure, with a large wooden ridge style roof. The beam frame inherits the traditional Chinese lifting beam style and shaft style structure, while also innovating. The Zhangga Mosque is widely decorated with wood and brick carvings, with rich and diverse patterns such as geometric patterns, plant patterns, and animal patterns, reflecting the cultural environment and craftsmanship traditions of multi-ethnic integration in Qinghai region.

Key words: Zhangga Mosque, building structure, decorative features

四川茶馆建筑刍议

李盛虎

（重庆市沙坪坝区文物管理所，重庆，400039）

摘　要： 茶馆是清代至民国时期四川最为普遍的一类公共服务机构，是重要的社交中心。四川茶馆建筑在选址、结构、功能等方面表现出一定共性，大体可分为店铺式茶馆、庭轩式茶馆两大类。

关键词： 四川；茶馆；店铺建筑

四川 [1] 是茶的主要发源地与重要主产区，自古饮茶之风盛行。茶馆是以经营茶水服务为主的商铺，元代费著的《岁华记丽谱》中便已有成都"茶房食肆"的记载 [2]。四川茶馆至清代、民国时期发展到最盛，全川各城镇俯仰皆是，数量远超其他商铺。20 世纪上半叶，仅成都一地茶馆便有500～800 家 [3]。

受清代"插占为业"移民政策的影响，四川农村普遍散居，居住点靠近耕地，相对分散，少有聚居村庄。四川数量巨大的场镇是乡民开展经济与社会活动的主要地点，也是茶馆的重要聚集地，每个场镇均有不止一家茶馆，每逢赶场日人们在茶馆休息、娱乐、会客、交易。城市内的茶馆在经济、社会功能上所扮演的角色比场镇茶馆更甚，甚至是大多数下层居民饮用水与热水的主要来源。茶馆实际上是四川城乡的社交中心，而坐茶馆则是四川人"若干年来形成的一种生活方式" [4]。

一、茶馆建筑的类型

茶水服务形式简单，一桌一椅一壶一盏足矣。茶馆的初级阶段是没有固定建筑的茶摊，在道口、桥头、庙前、广场这些人员密集的地点，或露天或支棚，便可经营。虽数量巨大，但不属于茶馆建筑的范畴。

即便是茶馆，也多为小本经营，场地大多为租用的店铺 [5]。这类小型茶铺在结构上或与一般店铺无异，或略作改造。而一些规模较大、建筑讲究的高档茶楼，则多是适应茶馆经营的专门建筑。公园内的茶馆为配套服务设施，整体风貌上呈现出园林亭轩建筑的特点。

（一）店铺式茶馆

城镇街道中的茶馆均为店铺式。四川城镇中的店铺采用临街联排式布局，因临街地价昂贵，多

---

① 本文所述"四川"，包括今四川省、重庆市范围。

② （元）费著：《岁华记丽谱》，《墨海金壶》第三函，第2～4页。

③ 王笛：《茶馆——成都的公共生活和微观世界：1900～1950》，北京大学出版社，2021年，第227页。

④ 李劼人：《暴风雨前》，《李劼人选集》第一卷，第340页。

⑤ 王笛：《茶馆——成都的公共生活和微观世界：1900～1950》，北京大学出版社，2021年，第231页。"开办一家茶铺无须投入大量资金，且回报相当不错，桌椅和茶碗是必备的，场地可以租用。"

通过增加进深、架设二层的方式增加使用面积，形成面阔小，进深大的空间特点。四川现存的店铺式茶馆多建造于清代后期至民国时期，根据形制和规模的差异，大体可分为小茶铺、前店后宅式茶铺、茶楼三类。

1. 小茶铺

小茶铺是指仅有临街铺面，后侧不设天井，或不作延伸的小型茶馆。这类小茶铺主要提供大堂的茶水服务，有数量很少的二层包间，或不设包间。

江津李市场河坝街茶馆面阔二间 6.1 米，进深九架 7.9 米，两山墙架柱柱落地，而为营造开敞的大堂空间，中间屋架采用三柱六骑，仅两檐柱及中柱落地，不设隔断。前半部设二层，隔出两个包间，有木楼梯上下。后部以青砖砌老虎灶，置水缸。茶馆不设大门，卸下门板，茶馆便与街道融为一体，减少了室内空间逼仄而造成的压迫感，也能适当扩展使用面积。河坝街茶馆占地虽不足 50 平方米，却功能齐全，布局合理，既有开敞的大堂，也有私密性较好的包间（图一）。

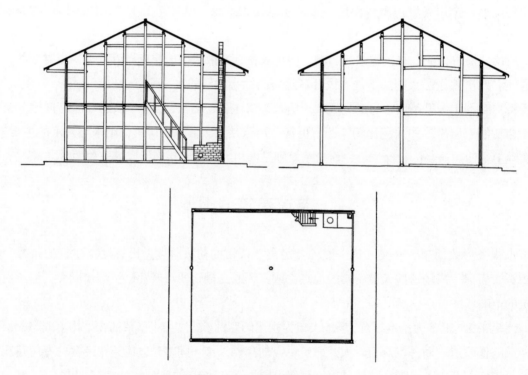

图一　江津李市场河坝街茶馆

璧山丹凤场大同茶社在营造开敞空间时则另辟蹊径。大同茶社面阔三间 6.4 米，进深十架 7.9 米。中间两架使用两根 7.6 米长的主梁承力，中间不设落地立柱，主梁后端插入砖砌后檐柱，以撑拱加固。前端置于通常 6.4 米的额枋上，这根粗大的额枋左右以山墙架的石质檐柱支撑，中间没有落地支撑。通过这一巧妙的结构，大同茶社营造出临街及内部均无立柱的完全开敞的大堂空间（图二）。

重庆同兴场横街 1 号茶馆位于同兴横街与正街相交的街角处。转角店铺比一般店铺多出一面临街，本是开设茶馆的绝佳选址，但同兴横街较正街高近 2 米，无法营建地平统一的店铺。在解决地

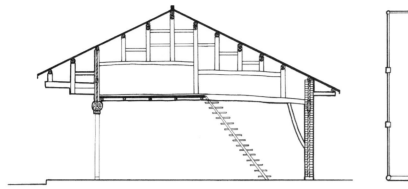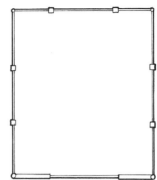

图二 璧山丹凤场大同茶社

平高差时，茶馆将正立面开在了更高的横街，横街铺面面阔二间，进深五架，地平与横街齐。横街铺面后接出正街铺面，两铺面屋脊垂直。正街铺面分上下两层，底层面向正街开门，地平与正街齐，上层与横街铺面通过梯步连通。横街1号茶馆充分利用穿斗结构在处理高差上的优势，通过前后两个铺面的搭接，一方面在有高差的两个街道上都布设了临街铺面，另一方面利用正街铺面架空高的特点，拓展了横街铺面的进深，形成更大的大堂空间（图三）。

2. 前店后宅式茶铺

四川城镇联排式店铺习惯采用前店后坊宅式布局，即在店铺后侧延伸出作坊或住宅。茶铺一般是以家庭为单位的小本经营，且早开晚闭，营业时间长，前店后宅的模式最为经济便利，是四川茶馆建筑最常采用的一类布局形式。

重庆走马场义园茶馆是单栋式前店后宅茶馆。茶馆面阔二间10.4米，进深二十二架17.8米，高7.9米。中间屋架偏居一侧，形成左右两间一宽一窄的布局，结构上则减少落地柱的数量，采用六柱十六骑，每隔三或四架设落地柱一根，尽可能营造出更大、更开敞的大堂空间。前檐柱至第四柱间为大堂，第四至五柱间为操作间，置老虎灶、水缸等，第五柱至后檐柱间为住宅区。由于走马场地处山岗，店铺后临高坎，进深受限，加之茶馆为增加大堂面积采用二十二架进深，致使后侧没有空间搭接其他建筑，而是采用"梭檐""吊脚"的方式布置后宅，即上部通过延长屋面形成住宅空间，下部通过悬吊解决地势高差，巧妙地解决了"前店后宅"进深不足的问题（图四）。

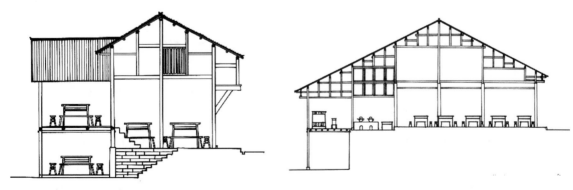

图三 重庆同兴场横街1号茶馆　　　　　图四 重庆走马场义园茶馆

大足铁山场三益茶铺是典型的天井式前店后宅茶馆。铁山场临街店铺建有统一规划的檐廊，相连成檐廊街。三益茶铺前部铺面面阔二间 8.1 米，进深十八架 12.3 米，临街设有与左右店铺相连的三步檐廊。与义园茶馆营造大堂空间的方式类似，其中间屋架亦偏居一侧，形成一宽一窄两间，采用六柱十二骑，减少落地柱数量。前金柱与中柱间设二层包间，有木楼梯上下。为方便布设天井，后部住宅面阔三间 8.1 米，进深七架 5.2 米，明间梁架采用抬梁结构（图五）。

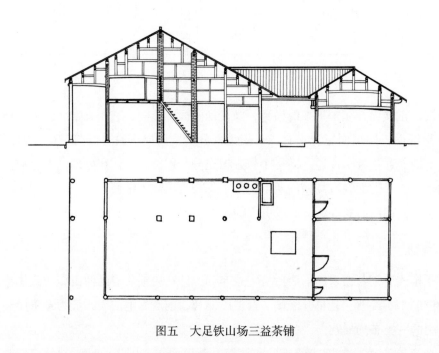

图五　大足铁山场三益茶铺

隆昌渔箭场 36 号茶馆同样采用前两间后三间的布局。前部铺面面阔二间 7.4 米，进深七架 5.3 米，结构类似璧山丹凤场大同茶社，中间屋架只有上半部，七架抬梁构架不落地，而以一根主梁承托，主梁前端架在前檐额枋上，后端则架在后檐额枋上，形成完全开敞的大堂。铺面设二层包间，有木楼梯上下。后部住宅面阔三间 7.4 米，进深九架 5 米，由于进深有限，后侧临坎，为扩展住宅空间，后侧采用"梭檐""吊脚"的方式向外延伸。一个值得注意的现象是，店后住宅将明间后退形成所谓"燕窝"的门斗空间，这个形式上的"门"不垂直中轴线，而是偏向一边，形成所谓"歪朝门"。不管是"燕窝"，还是"歪朝门"，都是院落式住宅在处理大门时的风水设计，这种把院落式住宅的建筑礼俗融入铺内住宅的做法较罕见。渔箭场 36 号茶馆前两间后三间的布局，既解决了天井四水归堂的结构需要和住宅中轴对称的布局，同时通过减少一榀屋架，减轻承托架空屋架的前后额枋的荷载，在保证结构安全的情况下，形成更开敞的大堂空间（图六）。

永川板桥场兴隆栈茶馆则采用了前店中栈后宅的布局形式。板桥场与铁山场类似，为统一规划的檐廊街，但板桥场的檐廊为后期加建。兴隆栈建于清代，原为前栈后宅的布局，民国时期临街部分改建增高，加建檐廊，作为茶馆经营。兴隆栈面阔三间 12.1 米，进深 46.6 米。临街茶馆及檐廊进深十七架；茶馆与栈房勾连搭，栈房为四合天井，有客房六间；后天井为住宅，住宅与栈房间设两道侧门，相对独立，住宅堂屋地势稍高，天井有明显坡度，便于采光及排水。兴隆栈前后三部分既相对独立，又相互连通（图七）。

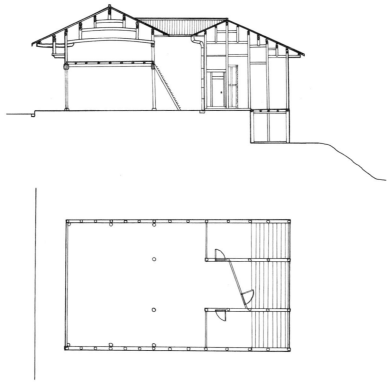

图六 隆昌渔箭场 36 号茶馆

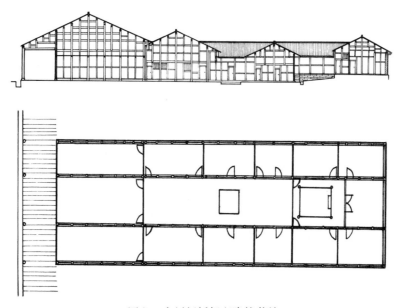

图七 永川板桥场兴隆栈茶馆

3. 茶楼

　　茶楼是指为适应茶馆经营建设的专门建筑，相较于一般茶铺建筑更考究，布局更合理，设有专门的二层空间及天井，辟有更多的包间。这类高档茶馆，一般靠近城市及商贸场镇的交通要道，数量较一般茶铺要少，更多为商贾及士绅阶层服务。

　　富顺赵化场河街大茶馆建于清光绪年间，面阔三间 14.4 米，进深 26.6 米，整体为四合天井式。临街为大堂，明间两榀屋架前檐柱至中柱架空，不设落地柱，中柱至后檐柱柱柱落地，但不封闭。两厢下层开敞，为大堂空间的延伸。两厢上层左右各有三间包间，面向天井设走马廊。包间楼梯间设在天井后侧，与大堂相对独立，私密性更强。后侧堂屋面向天井开敞，是行会、帮会组织活动的空间。河街大茶馆建筑装饰精美，临街立面饰垂花、鹤颈椽、花芽雀替等（图八）。

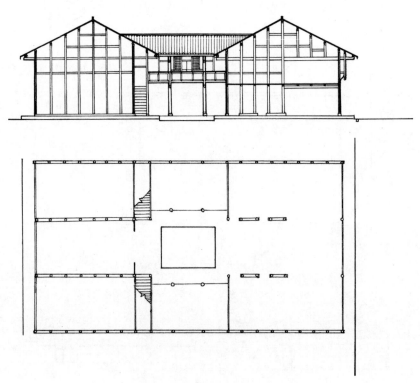

图八　富顺赵化场河街大茶馆

　　重庆虎溪场五福居茶馆面阔三间 8.2 米，进深 25.9 米，中轴线上分别为门厅、过厅、后厅，均为抬梁式构架，所有建筑均设二层。由于临街用地受限，门厅面阔仅有两间尺寸，但仍在结构上保持三间，前设两步檐廊。过厅下层较高，前后开敞。后厅地平较过厅低 1 米，空高却较过厅略高，营造出高大的上层空间。五福居街面空间狭小，其一改其他茶馆着重营造临街开敞大堂的做法，而是把大堂空间布置在内部，开敞的过厅下层、后厅上层被作为大堂空间，而门厅二层、过厅二层，前天井两厢二层全为包间，后厅下层则布设厕所、操作间等，门厅下层则纯粹作为过道使用。五福居建筑考究，装饰精美，内部使用 24 根整石立柱，过厅、后厅梁架中使用雕花云墩，饰博古、瑞兽纹饰。五福居虽用地局促，却通过巧妙的布置，营造出疏密有致的空间，是四川高档茶楼建筑的代表（图九）。

　　崇州元通场夏家茶楼则是一栋转角茶楼（图一〇）。夏家茶楼位于增福街与增福横街相交的街角处，前檐墙面向增幅横街，面阔三间 10.2 米，进深 16.2 米。店铺临街转角处作"切角"处理，"切角"及其左右两间开敞，形成面向两个街道的底层大堂空间，大堂内仅有一落地柱，天井及后厅为大堂的延伸空间。底层天井一侧为四个包间，一侧为老虎灶、操作间及厕所，大堂内还凿有一

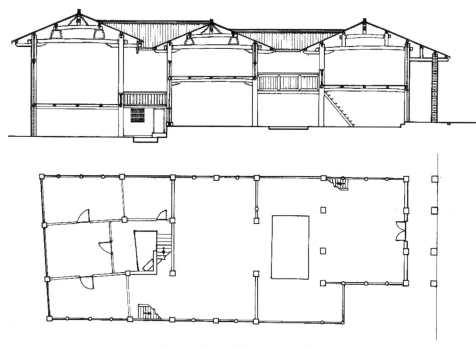

图九　重庆虎溪场五福居茶馆

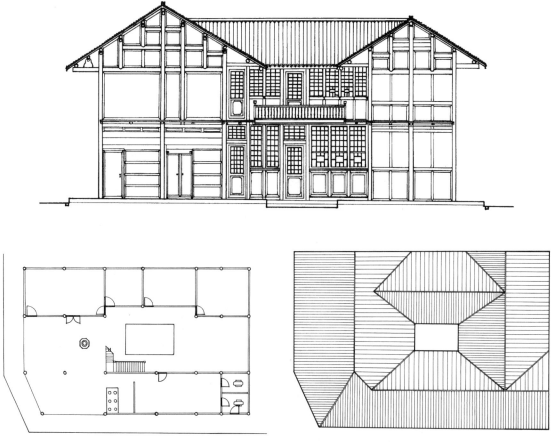

图一〇　崇州元通场夏家茶楼

口水井。二层布局与底层类似，只是底层操作间对应的二层空间也为大堂。整组建筑考究，细节处理精致，檐下云墩，旋木栏杆，雕花挂落等不多的装饰起到了画龙点睛的作用。夏家茶楼作为典型的街角茶楼，其"切角"的处理虽牺牲了一部分店面空间，但营造出与街道更为亲密和谐的关系，形成连续缓和的临街大堂。

（二）庭轩式茶馆

庭轩式茶馆是指位于公园内的专门茶馆建筑，属于公园的配套服务设施。四川自古便有营建公共园林的传统。清代中期以后，随着全川各地社会经济逐步恢复发展，一批以名人祠堂、名人胜迹为核心的名人纪念性园林得以兴建或恢复，这其中大量的亭、轩、堂、馆等园林建筑为庭轩式茶馆的产生奠定了基础。

民国时期，在成都、重庆等大城市出现了近代公园，这些以服务民众为目的的公园，一般会修建专门的茶馆，这些茶馆大多以庭轩式的传统园林建筑为模板，并根据茶馆的功能需求布局内部空间，整体风格上与园林建筑相统一，成为四川茶馆建筑的一种特殊类型。

鹤鸣茶社位于成都人民公园北门内，人工湖北岸。人民公园原名少城公园，建于 1911 年，是成都乃至四川最早的近代公园，园内原有鹤鸣、枕流、永聚、浓荫、绿荫阁、射德会六大茶社。鹤鸣茶社建于 20 世纪 20 年代，坐北面南，临湖靠溪，主体建筑为一组工字厅，前厅面阔三间，后厅面阔五间，均为庑殿顶。前厅正面，后厅左右各出六角攒尖顶抱厦。前厅左右各接折线形游廊，游廊临湖，左右对称。前厅外有湖边露台，西侧为茶社出入口，建双拱小桥，并立木牌楼。茶社除后厅明间封闭为工作间外，工字厅和游廊的其他空间均开敞，整组建筑与前侧湖景，后侧树林融为一体。茶社的范围不限于亭轩建筑内，而是充分利用公园的自然环境，树下、湖边均是其经营空间。1938 年，鹤鸣茶社把桌椅移到公共地段，座位总数达到 500 多张[①]（图一一）。

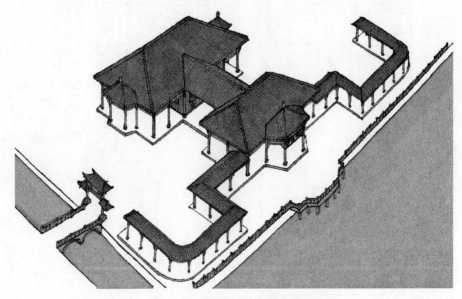

图一一　成都人民公园鹤鸣茶社

① 王笛：《茶馆——成都的公共生活和微观世界：1900～1950》，北京大学出版社，2021 年，第 241 页。

成都洛带公园建于 1928 年，位于成都洛带镇，作为一处面积仅 1 公顷的场镇公园，园内便设有两处茶社。一曰"淑香居"，专供女宾；一曰"六月茶社"，为男茶社。六月茶社位于公园西侧，前临水池，池中建怡沁亭。茶社为一长厅建筑，庑殿顶，面阔 25 米，进深九架 7 米，全部使用抬梁式构架，形成开敞的内部空间。

二、茶馆建筑的结构与选址特点

（一）营造开敞大堂

茶馆出于经营需求，需要营造尽可能开敞的大堂空间。但四川的穿斗店铺建筑一般用材纤细，无法承载太粗太长的檩木，每间面阔一般仅有 3~4 米，一间的面阔无法满足需求，故店铺式茶馆一般面阔二间或以上。通过结构上的变化减少中间屋架落地柱的数量是茶馆有别于其他店铺的显著特点。

四川大型厅堂建筑在解决穿斗结构柱网密集的问题时，一般采用穿斗抬梁相结合的方式，即中间屋架采用抬梁构架，两侧山墙则用穿斗构架。但这类厅堂建筑的进深一般为五架、七架，最多不会超过九架。进深七架的抬梁结构，便需要上下三根大梁。而店铺建筑为了扩大使用空间，会在面阔有限的情况下增加进深，一般进深都在十架以上，走马义园茶馆的单栋进深达到了惊人的二十二架，使用标准的抬梁结构架空室内空间，便会严重增加用料成本及屋架荷载，显然不可行。

店铺式茶馆充分发挥穿斗构架灵活多变的结构特点，采用各种结构变化，营造开敞的大堂空间。李市场河坝街茶馆顺赵化场河街大茶馆等采用"骑柱"的做法减少落地柱数量，铁山场三益茶铺、走马场义园茶社等面阔两间的茶馆在采用"骑柱"的基础上将中间屋架偏向一边，减少落地柱对大堂完整性的影响。丹凤场大同茶社、渔箭场 36 号茶馆则使用一根粗大的主梁将构架全部承托，前侧架于额枋上，形成临街及内部均无落地柱的大堂空间。店铺式茶馆营造开敞大堂空间的做法，充分体现了四川乡土建筑不拘法式、灵活多变的特点。

公园内的庭轩式茶馆，则一般使用抬梁构架营造开敞空间，并充分利用公园的自然环境，把经营空间引向室外。

（二）围隔私密包间

茶馆的经营特点决定其在开敞的大堂空间外，还需要一定数量的相对独立的包间。李市场河坝街茶馆、铁山场三益茶铺、渔箭场 36 号茶馆等小型茶铺，一般把大堂架空二层，辟出 2~3 个包间，通过简易的木楼梯上下。而赵化场河街大茶馆、虎溪场五福居茶馆、元通场夏家茶楼等高档茶楼则在两厢开辟有专门的包间，数量更多，并设楼梯间上下。

（三）加强与街道互动

茶馆作为四川旧时最为重要的公共活动空间，是其所在街道的社交中心。茶馆的这种性质决定了其需要通过结构上的适度调整保持与街道的紧密联系。店铺式茶馆临街一般全部开敞，不设固定大门，安装可拆卸的活动铺板，营业时全部卸下，形成与街道的无缝对接。丹凤场大同茶社、渔箭场 36 号茶馆则通过结构上的变化，连间架的临街檐柱也省去，营造出口袋型的店面，完全与街道融为一体。元通场夏家茶楼则通过"切角"的处理，在街角处营造出缓和的转角店面，避免对街道上的行人车马造成阻碍。同兴场横街 1 号茶馆则通过巧妙的空间处理，在有高差的两条街道上均开设临街店面，将上下两街连为一体。

（四）选址靠近客流密集区域

茶馆的经营依靠稳定的客源，故客流量是其选址的决定性因素。公园内的茶馆作为游客服务设施客流量自然有保证，街道中的茶馆选址则一般靠近交通要道。元通场夏家茶楼、赵化场河街大茶馆均靠近码头，虎溪场五福居茶馆则位于场口，而同兴场横街 1 号茶馆则位于同兴场最重要的路口处。

走马场义园茶馆则紧靠走马武庙，与武庙一墙之隔。义园茶馆是民国时期袍哥义字堂口的据点。义字堂口是四川袍哥"仁义礼智信"五大堂口里的一堂，这五堂互相独立，互不隶属，实际上是以行业划分的五个袍哥组织。义字堂是以行商坐贾为主的袍哥组织。走马武庙是义字堂袍哥出资建设的帮派会馆。义园茶馆的选址与其作为袍哥"码头"的性质有直接关系。实际上大多数袍哥把码头设在茶馆里，甚至不少茶馆就是袍哥所开办[①]。

三、结　语

茶馆作为清代至民国时期四川最为普遍的一类公共服务机构，与人们的日常社会生活密切相关，是旧时四川最为重要的社交中心。茶馆建筑为适应茶馆的经营，在选址上靠近客流密集区域，结构上努力营造开敞的大堂空间与相对私密的包间，并尽可能加强与街道的联系与互动。

需要指出的是，四川茶馆建筑并不是一种独立的建筑类型，在整体上属于店铺建筑或园林建筑的一部分，但由于茶馆在功能上的共同需求，四川茶馆建筑还是在结构与选址上体现出一定共性，并从一个侧面反映出四川乡土建筑在适应社会经济活动时所表现出的灵活与多变。

Brief Review of Sichuan Teahouse Architecture

LI Shenghu

(Cultural Relics Administration Institute of Shapingba District, Chongqing, 400039)

Abstract: Teahouses are the most common public service place and important social centers in Sichuan from the Qing Dynasty to modern times. Sichuan teahouse architecture shows commonalities in terms of site selection, structure, and function, which can be roughly divided into two categories: shop-style and courtyard style.

Key words: Sichuan, teahouse, shop building

---

① 王笛:《茶馆——成都的公共生活和微观世界：1900～1950》，北京大学出版社，2021 年，第 380 页。

宁波传统石牌坊建筑研究

傅亦民

（宁波市文化遗产管理研究院，宁波，315010）

摘　要：石牌坊有着独特的建筑结构方式和艺术形式，具有较高的研究价值。本文以宁波现存传统石牌坊建筑为研究对象，对其历史源流、形制与功能进行阐述，并从建筑艺术和装饰艺术方面探究其构造特色，剖析蕴含的人文内涵。

关键词：石牌坊；源流；类型；艺术特征

一、引　　言

牌坊，又称牌楼。《辞海》"坊"条云："牌坊多用石建。旧时用以表扬忠孝节义或科第寿考等"，又"牌坊"条云："中国古代一种门洞式的建筑物。一般用木、石、砖等材料建成，上刻题字，多建于庙宇、陵墓、祠堂、衙署和园林前或街道路口。其内容多为标榜功德，宣扬封建礼教，如功德牌坊、节孝牌坊等。"[①]《营造法原》载："牌楼亦称牌坊，为昔时旌表所谓忠贞之纪念建筑。"[②] 这些都说明了牌坊不仅有着特殊的建筑造型，更具有深厚的历史文化底蕴和特定的社会功能。牌坊作为一种文化的表现形式，为我们研究剖析传统文化和人文思想提供了物质资料。

宁波是历史文化名城，古代"海上丝绸"之路的重要港口，浙东文化的渊薮之地。自宋至清，宁波名人辈出，官宦富绅麇集。在封建礼制和传统道德观念浸润之下，官民以"彰显门第""昭示功德""光宗耀祖""名垂千秋"为人生祈求与目标，而树碑立坊成为最直接的彰显和标榜的物化形式，于是一道道古朴凝重、庄严肃穆的牌坊遍及城乡，构成了一幅幅蔚为壮观、令人瞩目的人文景观。17世纪时法国人写的《中华帝国旅行回忆录》中就有这样的话："宁波市仍然布满中国人称为'牌坊'或者'牌楼'的纪念性建筑物，而我们则称为'凯旋门'。"[③] 牌坊建筑在宁波的盛行可见一斑，至今仍有以牌坊命名的街巷。本文试以宁波现存传统石牌坊为研究对象，对石牌坊建筑的历史源流、形制与功能、艺术特征等方面作些粗浅的分析与探讨。

二、石牌坊建筑的历史源流

牌坊源于衡门及华表柱[④]。"衡门"即"横木为门"，《诗·陈风·衡门》云："衡门之下，可以栖迟。"[⑤] 可见牌坊原始雏形最迟在春秋中叶即已出现。"衡门"加上门扇后形成了坊门。乌头门（棂星

---

① 《辞海》，上海辞书出版社，1999年，第431、1256页。

② 姚承祖：《营造法原》，中国建筑工业出版社，1986年，第50页。

③ 引自李允鉌：《华夏意匠》，天津大学出版社，2005年，第66页。

④ 刘致平：《中国建筑类型及结构》，中国建筑工业出版社，2000年，第42页。

⑤ 《辞海》，上海辞书出版社，1999年，第666页。

门）是牌坊演化发展过程中的一个重要阶段。梁思成先生提出："牌坊为明清两代特有之装饰建筑，盖自汉代之阙，六朝之标，唐宋之乌头门棂星门演变成型者也。"①宋《营造法式》对乌头门有过介绍："其名有三：一曰乌头大门，二曰表楬，三曰阀阅，今呼为棂星门"②，表明乌头门含有旌表门第之义。"乌头门"之名最早见于北魏杨衒的《洛阳伽蓝记》，其形制是"上不施屋"，用为永宁寺的北门③。隋唐时期一些坊门的立柱引入华表柱形式，演化成了一种新的乌头门样式。宋代以后这种乌头门名称被棂星门名称取代，其形制也逐渐开始出现分化：其一，乌头门（棂星门）因其有着庄重、威严的气势而仍作为一些官宦商贾和孔庙、寺观的大门形式保存延续下来；其二，有些乌头门（棂星门）作为门的防卫功能弱化，突出其标识作用，在去掉门扇后，剩下高耸的华表柱和作为额坊的横梁，演变成自成一体的冲天牌坊，成为牌坊的最主要形制；其三，为强化门庭，营造华丽、雄伟气势，将乌头门（棂星门）按照汉魏时期的"阙门"形制加以仿造，从而完成了从牌坊向牌楼的演变，演化繁衍出一柱一间和多柱多间施以斗栱屋盖的牌楼形式，体量也逐渐增高、增大。

石牌坊脱胎演化于木牌坊，这个观点在学术界已获得一致认可。宋以前牌坊为木结构建筑④。木牌坊向石牌坊转型过渡阶段最具代表性的，也是目前所知我国时代最早、保留最完整的石牌坊，就是分别位于宁波市东钱湖旅游度假区韩岭村庙沟后山麓坡地和鄞州区五乡镇横省村仙人山的两座墓前石牌坊，后命名为"庙沟后石牌坊""横省石牌坊"。

两座石牌坊皆忠实模仿木结构形制，从屋顶到柱脚，都保留了北宋以来木牌坊的做法，各个构件精工细雕，各种纹饰简洁规整，是仿木石构建筑中不可多得的成功典范。石牌坊的屋面结构、斗栱都仿木结构做法，及无柱座无夹杆石等都表现出木牌坊特征，而与诸多现存的明清时期石牌坊迥然不同，可推断其约建造于南宋至元代期间，是我国现存的受到《营造法式》影响最早的石牌坊建筑。两座石牌坊在材质、构造、雕凿等方面基本相仿，故以庙沟后石牌坊为例加以描述。

庙沟后石牌坊系梅园石造，二柱一间一楼，通面阔约 3.29 米，通高约 6.16 米。屋顶为单檐歇山顶形式，翼角起翘，用老角梁、仔角梁结构，仔角梁翘起颇高。正脊两端起翘，并置兽形正吻，垂脊、戗脊均有吻兽，翼角背上施三蹲兽。构件细部做法多具有宋元时期江南地方特色。前檐整个屋面刻出瓦陇，另三面仅檐口刻瓦陇，其余部分为素平做法。檐口高约 4.32 米，筒板瓦陇，前后檐筒瓦39 陇，山面 21 陇，皆为筒瓦座中。瓦当上刻兽面纹，滴水为带锯齿纹的重唇板瓦。山面为排山沟滴做法，山花空透，施博风板和如意形悬鱼，悬鱼贴在博风板内侧，博脊低平。檐下雕凿出圆形断面的椽子和方形断面的飞子，飞子头卷杀。柱为正方抹角形式，通高约 3.28 米，边长 0.44 米，比例粗壮，柱头卷杀，柱脚无基座，无夹杆石，直插入地，表现出明显的木牌坊特点，反映了该坊尚处于木牌坊向石牌坊过渡的一种结构形态。柱头用阑额与普拍枋，两者断面呈"T"字形。斗栱有补间铺作（两朵）与柱头（转角）铺作，形制为六铺作单栱出双杪单下昂，第一跳偷心，正心为重叠单栱素枋。铺作层总高 0.93 米，皆为足材栱，用材 128 厘米，栔高 5.8 厘米。其具体做法及其与柱高的关系可见于南方一些五代、宋、元时期的建筑中，与常见的明清牌坊之斗栱明显不同（图一）⑤。

① 梁思成：《中国建筑史》，百花文艺出版社，1998 年，第 331 页。
② 引自《梁思成全集》(第七卷)，中国建筑工业出版社，2001 年，第 168 页。
③ 萧默：《敦煌建筑研究》，文物出版社，1989 年，第 148 页。
④ 金其桢、崔素英：《牌坊·中国——中华牌坊文化》，上海大学出版社，2010 年，第 32 页。
⑤ 庙沟后石牌坊基本状况描述录自全国重点文物保护单位"庙沟后、横省石牌坊"记录档案。

图一　庙沟后石牌坊

三、传统石牌坊形制与功能分类

宁波地方文献中"坊表"或"坊里"条所列牌坊数量相当可观，随着时代的变迁，风雨的侵蚀和人为的损毁，宁波地域内迄今尚存的石牌坊仅 30 余座，且相对完整的屈指可数。纵观这些现存石牌坊我们可从形制和功能两方面进行分类。

关于牌坊的形制，金其桢先生对牌坊的起源及其发展演变过程作过系统论述，认为自宋代至清初逐步演化完成了中国牌坊的三种主要形制，即华表柱远远高出于额坊的冲天牌坊、柱子不出头在额坊和柱顶上加盖楼顶的屋宇式牌楼，以及既有高高的华表柱，又在华表柱一侧的额坊上盖楼顶的冲天牌楼[①]。与梁思成先生的"牌坊……唐宋之乌头门棂星门演变成型者也"有相通之处。

宁波传统石牌坊的形制可分为华表柱与额坊组合的冲天牌坊和柱不出头的屋宇式牌楼二式。

冲天牌坊形式相对简单，由二柱或四柱加一道或二道额坊构成，多耸立于墓道及村落、书院等入口。屋宇式牌楼较冲天牌坊显得华丽、雄伟，内涵也更为丰富，建筑形式有二柱一间一楼、四柱三间三楼。

宁波石牌坊建筑就其主要功能而言一般分为标识坊、旌表纪念坊等二大类。

标识坊，主要用来标识地点处所、空间分界，包括街巷、村落、府第、墓地等。如明屠秉彝先生故里坊（今已迁址）、七乡胜地牌坊、曲辕坊、四明山牌坊、甲寿坊、蛟川书院牌坊等，以及庙沟后石牌坊、横省石牌坊、金忠家族墓前石牌坊、史氏家族墓前石牌坊、金字山明代石牌坊群等。

---

① 金其桢：《论牌坊的源流及社会功能》，《中华文化论坛》2003 年第 1 期，第 73 页。

旌表纪念坊，用来表彰纪念一些功德之人和事。此类牌坊现存相对较多，基本为牌楼结构形式，按表彰内容可分为以下几种：

仕科功名坊　主要表彰科举成就。如慈城镇世恩坊，明嘉靖乙巳年监察御史高懋为进士周翔、周文进、周镐祖孙三代而立；冬官坊，明弘治十二年（1499 年）赵睐进士及第，遂建此功名坊，后官至工部主事，冬官为工部的通称，故又称这座牌坊为冬官坊。另有省元坊、瀛洲接武坊等。

功德坊　用来表彰有政绩的官吏。如慈城镇恩荣坊，为清乾隆四十一年（1776 年），向恒升遵旨为祖父骁骑将军向腾蛟立，以表功绩。向腾蛟，清顺治十八年（1661 年）武进士，历任守备，升泰州游击将军，在职三十余年，兵民和谐，以年老告归，人称完节。余姚谏议坊，是为纪念言官史立模而立。史立模，明正德十六年（1521 年）进士，任职兵科给事中时，其在大事上独抒己见，不攀附他人，规谏朝政得失，深得民众拥戴。另有张尚书坊、丹山起凤坊、京牧天宠坊等。

节孝坊　为表彰扶幼养老，恪守贞洁的女性而立。如刘氏贞节坊、陈氏坊、冯氏节孝坊、包氏节孝坊、旌孝坊、双节坊、钦旌节孝坊等。刘氏贞节坊位于江北区慈城镇尚志路东端，系明代万历年间侍读冯有经为母亲刘氏而立。据史料记载，冯有经，字正文，其父冯赞寓居顺天，为嘉靖四十三年（1564 年）举人，早卒。母亲刘氏守节抚之，冯有经登万历十七年（1589 年）进士，授庶吉士，历庶子兼侍读，请告归。冯有经少事母，以孝闻，至是奉父母柩归葬。复疏母节于朝，得旌。

当然，许多牌坊的功能并非单一的，实际上兼有多种功能，如上述所表墓前牌坊除了标识作用外，也夹杂着纪念追思意义。又如恩荣坊，既为表彰功德，又有着门的实用功能，柱间原安有门扇，两侧连接围墙，人员须经牌楼出入（图二）。如果从牌坊所表达的内涵探析，可以引申出许多社会功能。

图二　恩荣坊

四、传统石牌坊建筑的艺术特征

传统石牌坊是建筑艺术和装饰艺术相融合的人文景观，虽然它充盈着浓郁的封建礼教与传统道德观念，具有强烈的教化作用；却也通过独具匠心的结构形式和多样化的装饰，将审美观念、价值取向、精神内涵等表露无遗。

（一）造型艺术与雕刻艺术的完美结合

石牌坊按照传统木构建筑构架原理，将立柱、额枋、字板（匾额）和斗栱、檐顶等加以巧妙设计组合和雕饰加工，层层升起，耸然兀立，呈现一种空透、轻盈、素雅，又意蕴深邃的建筑艺术之美。

柱、额枋、字板（匾额）、檐楼是牌坊整体造型艺术的基本构成要素，而雕刻则精密结合整体构架及组成构件形状，巧妙设计与雕琢，整体造型与精雕细琢共同构成一种独特的建筑结构形态和艺术形式。

宁波牌坊立柱皆作抹角方柱，深插入地，或以抱鼓石夹护。柱身不雕纹饰，尽显石材的自然肌理和纹路，拙朴、坚实，仅冲天牌坊柱头雕琢云纹瑞禽，柱顶雕云罐、石兽等。额枋或一道或二道，采用榫卯技术架于立柱上，既作为连接立柱形成开间和承载上部荷载的结构件，更是工匠施展雕刻技能，展现石刻艺术魅力的主要载体。额枋大多选用青石材质，作方直形，是宁波石牌坊建筑主要装饰构件。额枋雕刻装饰整体布局严谨合理，对称均衡，巧妙运用线雕、浅浮雕、深浮雕等雕刻技法，将若干物象题材加以巧妙组合雕琢，构图讲究虚实主次、线条分割、层次节奏的处理，追求画面的严谨与变化，构图的饱满与均衡。额枋装饰性与实用性结合，不仅与整体建筑相和谐，也凸显出形神兼备、气韵生动的艺术追求。字板（匾额）、花板夹于额枋间。宁波石牌坊大都安有匾额和字板，匾额镌刻坊名或旌表文字，如"双节坊""高风千古""瀛洲接武"等。字板镌刻旌表对象的姓名、职位、生平事迹及建坊时间等。匾额和字板一般不做雕饰，以文示人，是历史文化信息主要承载之处。花板为非承重构件，着意于烘托匾额或字板，基本采用镂空透雕各种花草图案，既为减轻重力，提高透风性，削减风荷，又显示出空透、轻盈的视觉效果，增强牌坊的艺术表现力。宁波石牌坊建筑的檐楼皆做成尖山式单檐歇山檐顶，斗栱出檐。斗栱顺应石料不易接榫拼合特性演化为"偷心拱板"，既增强斗栱自身稳定性，以满足承接檐顶重量的结构功能作用，也实现了檐楼结构的装饰效果。等级较高的在主楼檐下和顶枋之上的正中间立有一块龙凤牌，竖刻"圣旨""荣恩"等。檐顶刻凿瓦垄、瓦当、滴水，翼角飞翘，脊饰鸱吻。

石牌坊造型艺术与雕刻艺术的完美结合，赋予石牌坊奇构巧筑、优美典雅的建筑结构形态，以及独特的艺术价值和审美价值。

（二）"文"与"质"的和谐统一

石牌坊是物质文化，同时也是以物寓意，表达坊主一定的人生理念、追求和情趣的精神文化。这些精神文化除了建筑本身所具有的功能属性外，最主要还是通过雕刻装饰艺术反映出来，也就是从建筑丰富多样的雕刻题材内容来表达的。

古人立牌坊是一件极其隆重的事，人们在建造牌坊时都十分重视牌坊上图案的雕刻，雕刻装饰是石牌坊建筑的主要看点。石牌坊建筑装饰视觉上看似多样繁复，实质上暗合着"文"与"质"内在统一。实在的、可认知的石雕装饰图像是建筑的"文"，而石构件上雕刻画面所隐含的，让人体味感知的精神意念则是"质"，"文"与"质"相得益彰，完美地体现出中国建筑物质与精神的双重追求。

额枋是牌坊建筑主要装饰构件，匠师以石代纸，以凿代笔，切磋琢磨，刻凿出生动传神、意蕴深邃画面，装饰图案不仅令人感受到强烈的视觉冲击，而且从幅幅图像中可以解读出蕴含其中的特定象征意义，传达出人们祈福纳祥的心理诉求和精神意念。

趋吉避凶是中华民族亘古不变的主题，也是人们最大的心愿。这种趋吉心理诉求以图像化形式附丽于牌坊建筑，到了"图必有意，意必吉祥"的程度。

"龙""凤""麒麟"等自汉代就列为"符瑞"[1]，其虽非现实中的动物，却是人们心目中的珍禽异兽。这类寓意吉祥纹样屡见于牌坊建筑上，如慈城镇冬官坊明间下额枋两端为"黄龙吐珠"，中间为"麒麟跃步"（图三）；周氏世恩坊明、次间额枋雕刻"双龙戏珠""麟戏彩球""吉凤祥麟""丹凤朝阳""凤穿牡丹"等图案。相传"龙"威力无比，能降魔祛邪，是为权力和富贵的象征；"麒麟"能避邪驱凶、招财纳宝，是社会太平盛世来临的象征；"凤"尊为百鸟之首，是权力、富贵、美好、祥瑞的象征，且它们又成对出现又有生活美满、子孙满堂之意。这些珍禽异兽雕刻图案除表趋吉心理诉求外，也在其中解读出旌表对象为出类拔萃、才能优异的人。"狮子"能驱恶避邪，被人格化了后代表一种吉庆，在额枋上常常以"双狮戏绣球"形象出现。如慈城恩荣坊额枋中狮子满头漩涡状鬣毛，口衔绣带，双目圆睁，回首俯视，既威武勇猛，又微带笑意，形象生动而传神，既渲染了富贵威严，又呈现出一种吉庆祥和的气氛。

图三　麒麟跃步

有些雕刻图案既表示求吉心理又有着劝谕、教化意味。如余姚谏议坊上额枋雕鲤鱼、蛟龙、水波、祥云，使人一望而知所要表达的吉祥寓意："鲤鱼跃龙门"，也隐含着士人只有经历艰辛磨炼才能升入朝门，步入仕途，得以功成名就，福禄俱得（图四）。又如慈城冯氏节孝坊中的"状元过街"图案，既展示了喜庆吉祥场景，又告诉世人的是"十年寒窗无人问，一朝成名天下知"，只有通过科举做官这条途径，才能达到"自我实现"的目的。额枋上的雕刻题材不胜枚举，它们内容互不相同，所表达的皆为人们所追求的福、禄、寿、喜的人生祈望和精神意念。

---

① 张道一、郭廉夫：《古代建筑雕刻纹饰》，江苏美术出版社，2007 年，第 2 页。

图四 鲤鱼跃龙门

繁复多样的石雕图案作为牌坊建筑的"文"饰之一，以其匠心独运的艺术构思、巧夺天工的雕刻技艺，很好地展现出了传统石牌坊建筑的艺术魅力。同时，石雕赋予有实用功能的建筑构件之上，巧妙而又形象地表达了传统社会观念、意识形态、民俗风格及人们所慕求的理想、意愿，延伸了牌坊建筑的"质"。

五、结　语

石牌坊集建筑艺术与石雕艺术于一体，有着与众不同的建筑造型和外观形态、独具一格的艺术魅力和审美价值、深厚的历史文化底蕴和极为丰富的人文内涵。承载着几千年来中华民族传统历史文化与艺术的石牌坊，以其优美典雅的造型静静地矗立着，见证历史的沧桑。作为一种中国特有的历史文化现象，我们应该去审视、探究其中蕴含的历史信息和人文内涵，体悟牌坊建筑文化的精髓，品鉴建筑与雕刻艺术魅力，进而认识、感受古老而灿烂的中华文化，并使这种独特的人文景观得以更好地保护传承。

Study on Traditional Stone Memorial Archway in Ningbo

FU Yimin

(Ningbo Municipal Institute of Cultural Heritage Management, Ningbo, 315010)

Abstract: Stone memorial archway with unique architectural structure and art form has high research value. This paper takes the existing traditional stone memorial archway architecture in Ningbo as the research object, expounds the historical origin, shape and function, explores the structural characteristics from the aspects of architectural art and decorative art, and analyzes its humanistic connotation.

Key words: stone memorial archway, origin and development, type, artistic characteristics

西安大学习巷清真寺建筑与装饰艺术特征研究*

杨钰欣

（兰州交通大学建筑与城市规划学院，兰州，730070）

摘　要： 大学习巷清真寺是典型的传统清真寺建筑，其布局及形制体现了传统建筑的规制。建筑布局严谨，秩序井然，功能丰富，尤其在建筑装饰中运用了大量传统文化元素，反映出传统文化兼容并蓄、和谐共生的特点，体现了中华民族强大的包容力和凝聚力。

关键词： 大学习巷清真寺；建筑布局；建筑形制；装饰艺术

一、大学习巷清真寺历史背景

大学习巷位于西安莲湖区鼓楼西大街中段北侧，南起西大街，北至庙后街，系回民聚居之地（图一），开拓于明洪武十七年（1384年），原名新兴坊，清康熙年间改名为大河西巷，嘉庆年间改为大学习巷[①]。大学习巷清真寺位于大学习巷北段，由于大学习巷清真寺东靠大学习巷，西临小学习巷，所以大学习巷清真寺又被称为"西大寺"。据寺内南碑亭内明代刘序撰写的《重修清净寺记》碑载（图二），"迨元世祖中统四年六月肇创此寺于长安新兴坊街西东面，名曰清净，分徒之半，祝延于斯"。清嘉庆二十年（1815年）的《长安县志》记载："清教寺唐中宗时建，在城内新

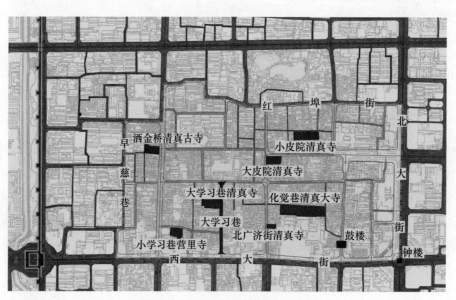

图一　西安大学习巷清真寺位置图

＊　本文为国家社科基金重大项目"中华传统伊斯兰建筑遗产文化档案建设与本土化发展研究"（项目编号：20&ZD209）阶段性研究成果。

①　西安市莲湖区地方志编纂委员会编：《莲湖区志》，三秦出版社，2001年，第184页。

图二 《重修清净寺记》碑文

兴坊""清真寺在县东北。明洪武十七年,兵部尚书铁铉修。永乐十一年,太监郑和重修。皇朝康熙五十三年复修。"① 民国时期的《清稗类钞》记载:"清真寺在长安者有八,其在西关内学习巷路西者为最初之清真寺,而江宁之清教寺次之。唐中宗时,筑此寺于新兴坊,名清教寺,玄宗时,改唐明寺,元中统间,更名回回万善寺,明为清净寺,国朝则为清真寺。"② 1956年大学习巷清真寺被列为陕西省文物保护单位,2013年被列为全国重点文物保护单位。

二、大学习巷清真寺建筑布局及特征

大学习巷清真寺占地面积6000余平方米,总建筑面积2700平方米,总平面呈东西长、南北短

---

① (清)张聪贤修;(清)董曾臣纂;董健桥校点:《长安县志》,三秦出版社,2014年,第295、296页。
② 徐珂:《清稗类钞》,中华书局,1984年,第297页。

的矩形。寺院坐西朝东，二进院落，采用了中轴对称的传统合院式布局，院落空间总体布局采用轴线纵深串联院落的形制，沿中轴线序列布置二进院落。沿轴线主要有大照壁、石牌坊、三间庭、省心阁、礼拜大殿、南北讲经堂、南北碑亭、辅助用房等建筑（图三）。

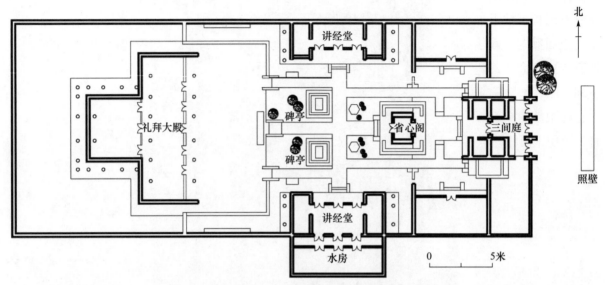

图三　大学习巷清真寺平面图

大学习巷清真寺入口位于大学习巷西侧，对面为大照壁，入口处为一石牌坊。大学习巷清真寺第一进院落进深较短，主要由三间庭、省心阁及南北辅助用房围合而成。自入口进入，即为三间庭，三间庭南北两侧各有一小屋。跨过三间庭，迎面即为省心阁。省心阁是全寺最高的建筑，其两侧院墙较低矮，与省心阁形成对比，使得立面高低错落。两侧院墙都设有月亮门和侧门。院落南北两侧分布两栋传统风格厢房。

穿过省心阁便进入第二进院落，该院落是寺院的主要院落，主要由礼拜大殿、南北碑亭、南北讲经堂和水房等建筑组合而成。南北讲经堂均为五开间厢房，南北对称分布在院落的两侧。南北讲经堂之间为两座碑亭。经过碑亭，即为礼拜大殿前的大月台。大月台周围设置石制栏杆围合而成，正面为石制月台厅，正中是雕刻精美的石制斜坡，上置一石牌坊。登上月台，便是清真寺的核心建筑礼拜大殿。礼拜大殿两侧院墙各设有月亮门和侧门。

大学习巷清真寺第一进院落尺度较小，建筑高度较高，空间封闭性较强，第二进院落尺度较大，建筑高度较低，空间开敞，视线通透。自省心阁至礼拜大殿，地势逐渐升高。从第一进院落到第二进院落，层院递进，空间尺度增大。

三、大学习巷清真寺主要建筑及特征

照壁　大学习巷清真寺的照壁设在门外，位于牌坊正对面。照壁高 10 米，宽 15 米，由青砖砌成，其西、北、南三面有石栏及石柱 16 根环绕。照壁呈一字形，上覆丰富多样的砖雕图案（图四）。

牌坊 大学习巷清真寺有两座石制牌坊，一座位于清真寺入口处，另一座位于月台之上。入口处石牌坊为四柱三间（图五），平面呈凸字形，中间两根中柱，两侧两根边柱，每根柱根部均由夹杆石围护，柱上覆大量花卉、叶藤图样，牌坊中坊正面额题"敕建陆次"字样，意为大学习巷清真寺曾奉命修建过六次。月台上石牌坊为二柱一间（图六），柱子不落地，柱子下方为长方形台基，柱根部由夹杆石围护，柱上有花卉、叶藤图样，牌坊正面题有"祝延圣寿"四个大字。

图四　大学习巷清真寺照壁

图五　大学习巷清真寺入口牌坊

图六　大学习巷清真寺月台牌坊

三间庭 大学习巷清真寺三间庭紧贴石牌坊，为木结构，屋顶为歇山式，屋檐下立有两根檐柱，柱两侧置有朱红色木栅栏，柱上设有额枋、平板枋。三间庭面阔三间，中置朱红色大门，大门正中间悬挂刻有"清真寺"字样、蓝底金字的牌匾。两侧墙壁皆为砖雕，共四面，砖雕以植物图案为主。

省心阁 大学习巷清真寺的省心阁相传建于宋代（图七），明朝郑和四下西洋回来后重修清真寺时复修，后经多次修葺，仍保持原貌至今①。省心阁建于石基之上，为三重檐四角形楼阁式建筑，外观三层，内部二层。一层为一开间，东西两侧正中为大门，中间作为建筑通道，东西贯通，外围为檐廊，且设有坐凳栏杆，南侧檐廊设有楼梯，通往二层。二层与一层相似，东西贯通，外有檐廊，四面设有木质栏杆，东侧檐下悬挂刻有"省心阁"字样、蓝底黑字的牌匾。三层仅为重檐。省心阁一层为砖木结构，中置4根金柱，均为石柱，直通二层，檐廊共有10根檐柱，柱底部为石柱础，檐柱之间为额枋，枋上为平板枋，平板枋比额枋要略宽，上承三踩斗栱。二、三层为全木结构，二层檐廊有10根檐柱，檐下为三踩斗栱，三层檐下为五踩斗栱，屋顶采用歇山顶。建筑通过内柱上升的部位造三重檐，每重屋檐翼角作起翘。

---

① 李健彪：《三秦史话——西安回族与清真寺》，三秦出版社，2005年，第126页。

图七 大学习巷清真寺省心阁

南北讲经堂 大学习巷清真寺南北讲经堂形制大体相同，采用传统建筑风格，五开间，为木结构单层建筑。建筑置于三级石阶之上，歇山顶，木制门窗，门窗上饰有花卉、几何纹样的装饰图案，外设有檐廊，檐下 6 根檐柱，柱上置有额枋和平板枋，平板枋上承三踩斗栱。檐廊正门前两侧檐柱上挂有黑底金字的木制匾额楹联，北侧讲经堂的楹联内容为"巨蟒道安赢驼转健；塾羊告毒烹鲤言机"。南侧讲经堂的楹联内容为"水点钟灵现世界无穷色相；泥丸毓秀储天廷不灭灯笼"。

南北碑亭 大学习巷清真寺南北碑亭建于台基之上，皆为四角亭，四柱而立，檐柱石质柱础，四柱之间置木栏杆，柱上两侧为几何图案的雀替，柱间置一攒斗栱，屋顶为攒尖顶，两座石碑位于碑亭中。北碑亭所立石碑为明嘉靖二十四年（1545 年）由曹兰撰写的《增修清真寺记》碑，南碑亭所立石碑为明嘉靖二年（1523 年）由刘序撰写的《重修清净寺记》碑，即著名的郑和碑。

礼拜大殿 大学习巷清真寺礼拜大殿处于寺院建筑群的核心位置，建筑面积约 500 平方米，可容纳 500 余人。大殿建于四层台基之上，坐西朝东，屋顶是单檐歇山顶，上覆孔雀蓝琉璃瓦。大殿面阔七间，进深九间，由前廊、前殿和后窑殿三部分组成，平面呈"凸"字形。前廊由檐柱与出挑屋檐共同构成大殿前导空间，共 6 根檐柱，石制柱础，柱间为额枋，上置平板枋，承托五踩斗栱。前廊处共有五扇门，门上挂有牌匾，分别是由慈禧太后手书"派衍天方"和由光绪皇帝手书"教崇西域"牌匾，皆为蓝底金字，以及题有"道冠古今"和"兴教建国"的黑底金字牌匾。前廊两侧砖砌外八字墙，上刻有精美砖雕。前殿面阔七间，进深五间，为抬梁式木结构，采用双十檩架并行勾连搭。殿内墙上为沥粉贴金壁板，墙壁四周绘有牡丹、莲花、芍药等花草图案。后殿为三开间四檩架，采用纵向勾连的处理手法嵌入前殿上，使前后殿形成一体，外檐斗栱为五踩计心造。后窑殿天花板上彩绘藻井图案（图八、图九）。

图八 大学习巷清真寺礼拜大殿正立面

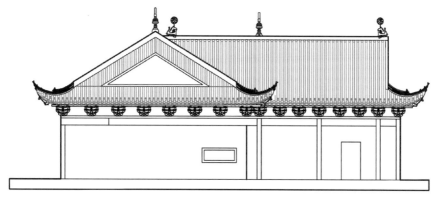

图九 大学习巷清真寺礼拜大殿北侧立面

四、大学习巷清真寺建筑装饰艺术

（一）建筑装饰艺术

1. 砖雕

大学习巷清真寺内出现了大量的砖雕作品，照壁、月亮门、侧门、牌坊门、八字墙、部分建筑屋顶等均运用了精美的砖雕进行装饰。

位于清真寺大门对面的大照壁，一字形平面。壁身外围有两个矩形框，内框中心为三幅砖雕图案。图案自北向南，第一个图案主要为凤凰、竹子、松树、梅花等；第二个图案主要为仙鹤、松鼠、葡萄、叶藤等，第三个图案主要为亭楼、喜鹊、果实等。内框四岔角上覆卷草蝴蝶纹图样，内框与外框中间均匀分布了卷草纹、石榴等砖雕纹样。最上面是壁顶，屋顶上砖雕以牡丹花纹样为主，呈横向排列，用少量叶藤作为点缀，屋檐下方嵌入了四个四马砖雕，砖雕之间以牡丹、莲花、缠枝纹等植物纹样以及寿字纹、席纹等几何纹样相间而成。

礼拜大殿月台两侧墙上的照壁与寺门对面的大照壁大体相似，但照壁形式、图案纹样有所不同。两侧照壁皆由基座、壁身和壁顶三部分组成。基座上下两层，下层镌刻着一排卷草纹纹样，上层镌刻了鱼鼓、扇子等道教暗八仙图案。壁顶上以牡丹花纹样为主，花与花之间间隔均匀，中间以叶藤填充，呈一字形排列，屋檐下方砖雕纹样丰富，比如牡丹、梅花、卷草纹等植物纹样和回字形纹样。壁身外围有两个矩形框，内框四岔角砖雕图样为卷草蝴蝶纹，内框与外框中间均匀分布了卷草纹、香炉等纹样。与大照壁不同的是，这两侧照壁壁身内框仅一个砖雕图案，并且这两侧照壁中的图案也不同。北侧照壁花瓣中图案主要为玉兰花、兰花、松叶等植物纹样，南侧照壁图案主要为石榴、桃子等果实纹样。礼拜大殿前廊两侧八字墙上的砖雕也是颇具特色，是两组水磨砖雕的自然风景图，北侧八字墙砖雕主要有柳树、莲花、祥云等图案纹饰，图案上方为卷草纹。南侧八字墙与北侧相似，不同的是图案内容，为葡萄、叶藤等图案纹饰。除此之外，礼拜大殿外墙上也刻有砖雕，有牡丹、莲花等花卉纹样和香炉等器物纹样。

寺内一些小面积砖雕也随处可见，如省心阁旁的月亮门门框上有牡丹、叶藤纹样，纹理相互交错，环绕一圈，旁边的侧门上砖雕相对较少，门楣上有少量莲花及卷草纹，起到装饰作用。大殿两侧的月亮门上同样有砖雕纹样，图案相对简单，由单条叶藤和少量莲花等纹样组成。

2. 屋脊瓦顶

受传统建筑的影响，大学习巷清真寺中的三间庭、省心阁、礼拜大殿等建筑的屋顶上都使用了脊兽，在部分屋脊上也刻有砖雕纹样。三间庭为单檐歇山顶，屋顶正脊两端为鸱吻，两条垂脊的端头矗立着垂脊兽，用以固定瓦片和装饰，皆覆以孔雀蓝琉璃，鲜艳明亮。省心阁的屋脊装饰为砖雕，正脊两端安置两个望兽，正脊上镌刻着花式纹样，运用形态相似但有一定差别的花草纹作波浪状，细腻又具艺术性。礼拜大殿正脊两端脊饰、垂脊脊兽以及戗脊戗兽在原有轮廓的基础上，样式由动物形象变为植物形象，皆为花卉和叶藤的组合图样，戗脊上的跑兽样式也变为 5 个不同的花卉样式。

大学习巷清真寺作为明清时期清真寺的典型代表，在寺内重要建筑的瓦顶上采用了琉璃瓦。三间庭和礼拜大殿均使用了孔雀蓝琉璃瓦顶，色彩艳丽。除此之外，大学习巷清真寺还在其他建筑中的彩画、匾额等细节处也大量运用了蓝色，使整个建筑群色彩基调和谐统一。

（二）建筑装饰特征

大学习巷清真寺的砖雕精美细致，手法精湛，内容丰富多样。其构图满、平、匀，图案中线条的相互交缠，形成了韵律美的曲线，均匀遍布整个图案，增强了砖雕中空间的饱和感。其手法融合了多流派的特点，运用了雕刻和镂空相结合的手法，使砖雕图案中的空间进深感更加突出，展现出较强的艺术效果。

大学习巷清真寺砖雕中的题材包括花卉植物、果实、鸟兽、几何纹等。花卉植物以花卉为主，如被称为岁寒三友的松、竹、梅，以及牡丹、兰花、莲花、玉兰、杏花等，还有叶藤以及被大量应用的传统图案之一的卷草纹。寺内砖雕中的果实题材不少，几处重要的照壁如寺院入口处大照壁、月台两侧照壁、礼拜大殿八字墙等都出现了石榴、葡萄、桃子等。砖雕中的鸟兽主要以仙鹤、喜鹊、松鼠等为主。清真寺中多处砖雕中运用了几何图纹，如寿字纹、祥云纹等，通过相互交叉组合和重复进行排列组合形成图案，变化多样。

五、大学习巷清真寺与周边清真寺的对比

西安其他清真寺在建筑与装饰上和大学习巷清真寺基本一致，个别方面略有差异，这些清真寺主要有化觉巷清真大寺、大皮院清真寺、小皮院清真寺、小学习巷营里清真寺、北广济街清真寺。

在建筑布局上，这六处清真寺都采用传统合院式布局，建筑、景观小品、植物等都以中轴线对称分布，布局严谨。区别在于大学习巷清真寺为二进院落，院落规模相对较小，采用一条主轴线式布局，形成以大门—礼拜大殿为同一条轴线的布局形式。而其余五处清真寺均为一主一次两条轴线式布局，且都是二门—礼拜大殿在主轴线上，大门在次轴线上的布局形式。其中化觉巷清真大寺与小皮院清真寺为四进院落，院落空间尺度较大，纵深较大；大皮院清真寺、小学习巷营里清真寺、北广济街清真寺为二进院落，院落规模相对较小。

在建筑形制上，这六处清真寺建筑都为中国传统建筑风格，均为木结构。大学习巷清真寺与大皮院清真寺、小学习巷营里清真寺、北广济街清真寺较为一致，建筑相对较少，主要为礼拜大殿、南北讲经堂、水房等建筑。相比之下，化觉巷清真大寺和小皮院清真寺建筑功能较为齐全，单体建筑较为多样。

在建筑装饰上，这六处清真寺砖雕中大量运用了几何纹、蔓藤花卉纹，同时将花卉种类、动物图案、果实鸟兽等题材内容融入其中。这六处清真寺中少部分清真寺的屋脊脊兽保留了动物形象，如大学习巷清真寺、北广济街清真寺，大多数清真寺保留屋脊脊兽这一传统建筑构件，将动物形象转变为植物形象，如大皮院清真寺、小皮院清真寺、小学习巷营里清真寺。六处清真寺的礼拜大殿屋顶皆为孔雀蓝琉璃瓦顶，突出了礼拜大殿在清真寺中的重要地位。

六、结　语

大学习巷清真寺作为传统风格清真寺的典型代表，具有很高的历史价值、艺术价值和科学价值。从建筑角度看，其布局及形制体现了传统建筑中的等级观念和功能类型，建筑布局严谨且富有序列感，建筑功能类型较为丰富；从装饰艺术角度看，其砖雕和瓦作工艺精湛、装饰精美、图案丰富，运用了大量传统文化元素，是多元文化交往、交流、交融的文化遗产。大学习巷清真寺的传统文化特点不仅体现在建筑装饰文化的共同性，也体现在深层文化内涵和审美精神的共享性，反映出中华传统文化兼容并蓄、和谐共生的特点，体现了中华民族强大的包容力和凝聚力。

Study of the Architectural and Decorative Art Features of the Daxuexi Alley Mosque in Xi'an

YANG Yuxin

(School of Architecture and Urban Planning, Lanzhou Jiaotong University, Lanzhou, 730070)

Abstract: The Daxuexi alley Mosque in Xi'an is a typical traditional Chinese style mosque building, its layout and form reflect the hierarchical regulations of traditional Chinese architecture. The architectural layout is rigorous, orderly, and functionally rich, especially in the use of a large number of traditional Chinese cultural elements in architectural decoration, reflecting the characteristics of Chinese traditional culture's inclusiveness and harmonious coexistence, and reflecting the strong inclusiveness and cohesion of the Chinese nation.

Key words: Daxuexi alley mosque, architectural layout, architectural form, decorative art

文化遗产保护

近代化进程中的中国的古迹古物保护制度（1906～1936）[*]

徐苏斌¹　青木信夫²

（1. 天津大学建筑学院，天津，300072；2. 天津大学中国文化遗产保护国际研究中心，天津，300192）

摘　要： 中国近代文化遗产保护事业是在中国受到生存危机的大背景下起步的。其承载了古代中国文化的传统，同时也为当代文化遗产保护奠定了基础。本文研究了近代中国古迹古物保护制度的诞生、转型和发展过程。晚清的新政改革中诞生了专门的管理机构民政部和最早的保护办法《保存古迹推广办法》。辛亥革命以后古物大量流失，内务部逐渐加强了法律法规建设。国民政府时期具有新兴学科背景的知识阶层崛起，建立了中国的第一个保护法《古物保存法》。这反映了遗产保护领域的近代化。

关键词： 古物；古迹；近代；中国；保护；制度

一、新政改革与遗产保护机构的创建——清末的文化遗产保护（1906～1911）

（一）五大臣政治考察与民政部的建设

中国近代第一个关于保护的专门机构是1906年创建的民政部。民政部的创建是考察各国政治大臣对各国政治考察后形成的重要成果。

1905年6月14日（7月16日）清政府颁布派遣大臣出洋考察的谕旨，是"预备立宪"的起点，标志着清政府推行改革迈出关键的一步。8月26日（9月24日）考察团在正阳门车站准备启程时遭到炸弹袭击，延缓了出发的时间。两个月后考察团分为两路分别出发。由载泽、尚其亨、李盛铎率领的考察团主要考察了日本、英国、法国、比利时四国，由端方、戴鸿慈率领的考察团主要考察了美国、德国、奥地利、俄国、意大利五国。考察团归国后通过上奏条陈、编译书籍等途径表达了政治见解，指出中国应该仿效日本的君主立宪制进行政治改革，并提出模仿日本的官制改革作为中国宪政改革的第一步。清政府采纳了考察团的建议，在考察团归国不久颁布了"仿行宪政"的诏旨，确立了师法日本宪政改革的纲领。在这个背景下推进了民政部的创立。

---

*　本文为国家社科基金艺术学重大课题"中国文化基因的传承与当代表达研究"（21ZD01）阶段性成果。

　　载泽回京后所上第一折，奏请改行立宪政体："今日之事，非行宪法不足以靖人心，非重君权不足以一众志，外察列邦之所尚，内规我国之所宜，则莫如参用日本严肃之风，不必纯取英法和平之治。法兰西为共和政体，宪法虽称完备，而治体与我不同；英之宪法略近尊严，然由民俗习惯而来，出于自然，亦难强效。惟日本远规汉制，近采欧风，其民有畏神服教之心，其治有画一整齐之象，公论虽归之万姓，而大政仍出自亲裁。盖以立宪之精神，实行其中央集权之主义，施诸中国，尤属相宜。"[①]

　　端方在《请改定官制以为立宪预备折》中建议建立内阁制，中央各部门应该适当调整。将六部改为九部，其一，改巡警部为内政部，"凡户部、工部之关于口、工程者皆并隶之"；其二，改户部为财政部，并将财政处并入，掌国税、关税、货币、国债、银行以及田赋；其三，外务部因"法制略具，可以因仍"；其四，改兵部为军部，练兵处并入，增加军事行政职权；其五，改刑部为法部，掌一国司法行政；其六，学务部已经设立，"法制略具，可以因仍无改"；其七，农工商三者为富国之本源，各国皆设立专部，中国农工诸学尚未讲求，将农工诸事暂归已设之商部管辖，日后再议增设；其八，设立交通部，统辖轮船、铁路、电报、邮政等事务；其九，参酌英法等国之制，设立殖务部，以理藩院职掌并入[②]。

　　在广泛的争议后，传统的中央"六部＋都察院、理藩院"结构，按照三权分立的原则被改造成为"十一部＋大理院、都察院"院部结构。1906年11月6日清廷颁布了《厘定官制上谕》。保留内阁和军机处，外务部、吏部照旧。把1903年成立的商部改为农工商部，兼掌一部分工部事务；1905年成立的巡警部改为民政部，接管户部中管理户籍的部分事务；将户部改为度支部，综天下之财，并把1903年成立的财政处、税务处并入该部；原兵部、太仆寺和1903年成立的练兵处合并为陆军部，同时接管原八旗都统衙门部分事务；大理寺升为大理院，由原来平凡刑名案件改为全国最高审判机构；刑部改为法部，专司司法行政，监督大理院的审判工作，并附修订法律与解释法律；把太常寺、光禄寺、鸿胪寺并入礼部统一管理；把管理少数民族的理藩院改为理藩部，其所掌管的对俄交涉事务职能转移到外务部。1907年增加了邮传部[③]。这样就扩充为外务部、吏部、民政部、度支部、礼部、学部、陆军部、法部、农工商部、邮传部、理藩部共十一部，另外有大理院、都察院两院，成为新的院部结构。十一部负责全国行政事务，大理院作为最高审判机构掌全国案件审判工作，并以法部监督之，联合行使司法权，与行政权相对峙，而不为其所节制。这些都是西方在宪政之下行政、司法分权抗衡的具体体现。

　　中国的民政部类似日本民部省，是近代官制改革的产物。遗产保护的职能从这里起步。这次改革保留了1905年成立的巡警局的职责，同时也扩大了内政的管理范畴，纳入了原来工部和礼部的一部分职责，民政部管理全国地方行政，地方自治、户口、风化、保息、救荒、巡警、疆理、营缮、卫生、庙产、信仰、方术等。

　　① 参见杨寿枬《吁请立宪折》（代考察政治大臣泽公拟），《云在山房类稿·思冲斋文别钞》卷上，1930年刊本，第2页。按：杨寿枬是随载泽出洋考察的二等参赞，任总文案（杨寿枬：《苓泉居士自订年谱》卷上，1943年刊本，第13页）。此折为侯宜杰先生首次引用，参见其《二十世纪初中国政治改革风潮——清末立宪运动史》，第68页。
　　② 端方、梁启超：《请改定官制以为立宪预备折》，《端忠敏公奏稿》，第730～734页。
　　③ 王淑娟：《1901～1907清末中央官制改革的影响》，《唐山师范学院学报》2003年第1期，第61～63页。

1906 年《民政部官制草案》中设置了民治司、警政司、方舆司、营缮司、卫生司、寺庙司①。营缮局相当于日本的土木局。寺庙局相当于社寺局。

关于营缮司的职能为第八条："营缮司掌事务如左：一本部所直辖之土木工程事项；二城垣衙署仓库等土木工程事项；三道路沟渠桥梁公园等土木工程事项；四上开各项工程报销事项。"②其中没有说明保护古迹之事，而保护归寺庙局掌管："第十条 寺庙司掌事务如左 一保存古迹事项；二调查神祠佛寺道观等事项；三核议崇祀旌表等事项；四营理僧道等录牒事项。"③1906 年民政部建设初期营缮司并不负责古物保护，而寺庙司负责保护。

1907 年《军机大臣等会奏民政部官制折》④进一步说明了民政部官制，并附上《民政部官制章程清单》，该清单对以往的草案更改，包括民治司、警政司、疆理司、营缮司、卫生司五个部门。取消了寺庙司，将保护的职能并入营缮司。这个框架固定下来，在 1909 年的《大清光绪新法令》也反映一样的行政构成⑤。

其中营缮司的责任是"营缮司掌督理本部直辖土木工程，稽核京外官办土木工程及经费报销，并保存古迹调查祠庙各事项，拟设郎中一缺，员外郎主事各二缺，七品小京官一缺，六七品艺师各一缺分任之，所有原设之警保司工筑科所掌事务即归并该司办理"⑥。

这个改革有关古物保护的重点是什么？和工部有什么不同？

原来的工部的执掌范围："掌天下造作之政令，与其经费，以赞上奠万民。凡土木兴建之制，器物利用之式，渠堰疏障之法，陵寝供亿之典，百司以达于部，尚书、侍郎率其属以定议，大事上之，小事则行，以饬邦事。"⑦顺治元年（1644 年），工部设营缮司；营缮司下分都吏、营造、柜、砖水、杂、犬匠六科以及案房、算房、火房，分管本司事务。营缮司具体负责估修、核销盛京和本省的宫殿、祠庙、衙署城垣、仓库、营房、京城八旗衙署、顺天贡院、刑部监狱等工程以及皇宫三大殿拔草等工程；收储、定价、核销工程所用砖、瓦、木石等材料；征收工关木税，收工关苇税，征收通州三处地基租及任免所属皇木厂、木仓、琉璃窑的官员等。此外还有内务府负责皇家建筑的修理。

重要工程项目的分设机构——特设机构，如皇家陵寝工程的保护修缮——陵寝工部衙门；盛京内务府与盛京工部。

1906 年 12 月，民政部向光绪皇帝与慈禧太后的奏折《接收工部划归事宜分别办法折》提到了工部并入民政部的接收办法："旨工部着并入商部改为农工商部因钦此当即将工部一切事宜分门别类划归各部执掌业经奏明钦奉，朱批依议钦此原奏声明拟将工部所掌京外各项土木工程一切营缮报销事宜均归民政部办理，其琉璃窑木仓应一并移交等。"⑧

① 《民政部官制草案》《东方杂志》临时增刊"宪政初纲"丙午，1906 年；《民政部官制草案附说贴》《奏中官报》丙午年 11月份第二期，1907 年。

② 《民政部官制草案附说贴》《奏中官报》丙午年 11 月份第二期，1907 年。

③ 《民政部官制草案附说贴》《奏中官报》丙午年 11 月份第二期，1907 年。

④ 《南洋官报》1907 年第 72 期。

⑤ "民政部奏部厅官制章程折"商务印书馆编译所编《大清光绪新法令　第二类，官制一　京官制》第 3 册，商务印书馆，1909 年，第 27 页。

⑥ "议拟民政部官制章程清单恭呈　御览"同上，第 28 页。

⑦ 转引自张德泽：《清代国家机关考略》，中国人民大学出版社，1981 年。

⑧ 《民政部官制草案》，《东方杂志》1906 年增刊。

光绪三十三年（1907年）十二月工部的一部分被并入农工商部。农工商部奏归并工部办法折中决定：由农工商部接收工部原管之河工、水利、海塘、江防、沟渠、船政、矿物、陶冶、度量权衡等事务，由陆军部接管军器、战船、军需等事务，由内务府、礼部分别接管有关内、外廷典礼及制办各种器物的事务，由度支部接管全部工关税收事务。由民政部接管各项土木工程及一切营缮报销事宜。由此可见工部的职能化解到新的行政机构中。

营缮司共设三科：建筑科"掌京内城垣、衙廨、仓之土木工程及其经费报销，京外公园、市场和官办土木工程及其经费报销，管理琉璃窑、木仓，本部直辖土木工程及其报销事"；道路科"掌京城道路、沟渠修缮、改良，各省经营之道路工程，京外路工报销事"；古迹科"掌古建筑物调查、保存、管理博物馆、神祠、佛寺、道观等建置、修缮事"①。由管辖事务可知，原工部新建工程及京城修建事务由建筑科及道路科接管，修葺、保护古建筑事务由古迹科负责，古迹科还负责原礼部执掌的宗教、民俗建筑等管理和保护问题。受西方保护思想及国家制度影响，也为彰显国光、遏止国家珍贵文物流失等情况②，新增加古物调查、保存等现代文物保护内容，显示文物保护事业已上升至国家层面。

在民政部官制草案阶段，曾提议设置寺庙司。"寺庙司所掌管事务如左：一保存古迹事项，二调查神祠佛寺道观等事项，三核议崇祀表等事项，四管理僧道等录牒事项。"③虽最终寺庙事项归营缮司管理，但对寺庙保护之重视可见一斑。

比较两者，民政部营缮司继承了工部的负责修缮工程的部分，同时也继承了礼部管理祠庙的功能。但是新加入"保存古迹调查祠庙各事项"，强化了保护的功能。民政部营缮司建立的意义在于以往的工部只负责管理建筑和土木事业，不包括古物的调查管理，而营缮司古迹科成为第一个专职保护的机构。

民政部和学部是最早的古物保护管理机构。虽然民政部和学部在清朝末年都是历史遗产保护的政府部门，但是在寻求立法控制方面，民政部比学部发挥了更为重要的作用。

（二）第一部法律法规建设

清廷民政部于宣统元年八月初七（1909年9月20日）上奏《民政部奏保存古迹推广办法另行酌拟章程折并清单》（简称《保存古迹推广办法》）④。

该文论述了1906年以来"古昔陵寝先贤祠墓"的保护情况：

> 窃臣部职掌原有保存古迹事项，嗣于光绪三十二年十二月二十日接收工部划归事宜案卷，各省每于年终，造具古昔陵寝、先贤祠墓防护无误册结报部，原所以景行前哲贤人观

---

① 《大清光绪新法令》第三册，第二类，官制一，京官制，商务印书馆，1909年，第27页。李鹏年等：《清代中央国家机关概述》，黑龙江大学出版社，1988年，第276页。

② 原工部营缮司职能包括：负责估修、核销盛京和本省的祠庙、宫殿、衙署、城垣、仓库、营房、京城八旗衙署、顺天贡院、刑部监狱等工程及皇宫三大殿拔草事；收储、定价、核销工程所用砖、瓦、木、石等材料；征收工关木税，征收工关苇税，征收通州三处地基租银及任免所属皇木厂、木仓、琉璃窑的官员等。下辖皇木厂、木仓、琉璃窑三个机构。

③ 《民政部官制草案》，《东方杂志》1906年增刊。

④ 清民政部：《民政部奏保存古迹推广办法另行酌拟章程》，《大清新法令》点校本，上海商务印书馆编译所，2011年，第186页。

感也，唯是奉行日久，已成具文。查各国民政应行保存古迹事项，范围颇广，如埃及金字塔之古文，希腊古庙之雕刻，罗马万里古道邦，俾发掘之古城下，至先贤一草一木，故庐遗物或关于历史或涉于美术，虽至织悉，亦无不什袭珍藏。因之，上自皇家，下迄草野，广如通都，僻在乡壤，咸有博物馆储藏品物，以为文明之观耀，而其保存通例，凡兵燹时，他国不得毁坏，毁坏者可责赔偿，着为万国公法，故其馆历时至久，聚物至伙。我中国文化之开先于列国，古昔圣哲，联肩接踵，所遗之迹，应亦倍蓰于他邦，乃至今而求数千年之遗迹，反不如泰西之多者，则以调查不勤，保存不力故也。因而海外洋商不惜巨资，赴我内地购买古代碑版、石刻、图画、造像之类，运至本国庋藏，宝贵着书、摹印以为夸耀者，络绎不绝，夫我自有之而不自宝之，视同瓦砾任其外流，不惟于古代之精神不能浃洽，而于国体之观瞻，实多违碍。

该奏文还附上了"谨将保存古迹推广办法章程缮单，恭呈御览"。这是建议保护的清单。包括[①]：

（1）周秦以来碑碣、石幢、石磬、造像及石刻、古画、摩崖、字迹之类，现存何县、何地，及某县某种物共有若干，某种字迹现存若干，有无断折残缺情形，拟令督抚饬属详查咨部存案备核。

（2）石质古物，近年来，每为寺僧及不肖匪徒所盗卖，因之洋商络绎，将我碑版诸物贩归本国者，时有所闻，国体所关尤，堪痛惜，拟由督抚饬属严禁。如有盗卖碑版于外人者，科以重罚，并予州县官以失察之罪。

（3）古庙名人画壁或雕刻塑像精巧之件，美术所关，较之字迹尤可珍宝，拟令督抚饬属查明，如有以上所列各件的，系何年遗迹者，咨部备考。

（4）古代帝王陵寝、先贤祠墓，日久湮没，踪迹模糊，一人而数处有墓者有之，此其故。由于真墓毁失，布置处所，好事者逐从而作伪，英光浩气，失所凭依，观览兴起，遂难亲切，拟由督抚确查审定，咨部立案。

（5）名人祠庙或非祠庙而为古迹者，临履其地，在生历史之感情，拟由督抚确查，咨部备核。

（6）金石诸物，时有出土之件，拟由督抚饬属，凡由地下掘得石而又字迹者，访查详确，即由督抚于年终时报部备核。

另一方面需要保护的古物有五个项目[②]：

（1）碑碣、石幢、造像之属，雨淋日炙，石质最易朽，或书肆贾贩任意拓拓，致使字迹模糊，碑身断折者，在在皆是，拟由督抚饬属于露立之碑，或移置廊庑，或由本地筹款建造碑楼栅栏之属，凡书肆贾贩，须报官后，由官体察石质情形，准其印拓若干者，始能印拓，否则从严惩罚。

（2）古人金石书画并陶瓷各项什物，或宋元精印书籍石拓碑版之属，摩挲之下，如对

① 同上页注 ④，第 187 页。内政部年鉴编纂委员会编纂《内政年鉴》3，商务印书馆，1936 年，第 148 页。
② 同上页注 ④，第 188 页。内政部年鉴编纂委员会编纂《内政年鉴》3，商务印书馆，1936 年，第 148 页。

古人第中国历来无一公共储藏之所，或秘于一家，或私于一姓，一经兵火，散失焚弃，瓦砾之不如。故世愈久则愈少，物愈少则愈珍，扃固秘藏，只供一二有力者之把玩，而寒素儒生，至求一过目而不得，夫珍贵之品，不能接于人人之耳目，一旦遭遇变故，又岂能邀人人之爱惜。今拟令督抚在省城创设博物馆，随时搜辑，分类储藏，其或学士大夫达观旷识，欲将私蓄捐入馆中，永远存置，抑或暂时存置，皆听其便，庶世间珍品，共之众人，既免幽闭之害，兼得保存之益。

（3）古代帝王陵寝、先贤祠墓，虽由地方官出具保护，无误册结报部。然奉行日久，已成具文，拟由督抚于陵墓坟墓之就湮者，务建设标志，俾垂永久，其著名祠庙之完固者，则设法保护，其倾圮者，由地方择要修葺，不得仍前视为具文。

（4）古庙名人画壁并雕刻塑像精巧之件，务加意保存，不得任其毁坏，亦不得因形迹模糊重行涂饰，致失本来面目，于古人美术反无所窥寻。

（5）非陵寝祠墓而为古迹者，如光武千秋亭、诸葛八卦阵、魏武铜雀台之属，或种树株，或立碑记，务使遗迹有所稽考，不致渐泯。

以上五条系保存事项。

从上述奏文可以看到自 1906 年民政部成立之后的古物保护已经启动："各省每于年终，造具古昔陵寝、先贤祠墓防护无误册结报部。"保护的动机和国外的影响分不开："查各国民政应行保存古迹事项，范围颇广"，1906 年载泽、戴鸿慈考察团赴欧洲考察政治，6 月 11 日到达意大利，对意大利进行了为时 10 天的考察，参观了斗兽场、圣彼得大教堂、罗马古城、庞贝古城[①]。这次考察对清末的政治改革起了根本作用，古物保存的推进也是新政改革之一。另外"海外洋商不惜巨资，赴我内地购买古代碑版、石刻、图画、造像之类，运至本国庋藏"，大量古物外流也是推进古物保护的原因。

在这个《保存古迹推广办法》（以下简称《办法》）中很明显看到和工部营缮司的保护范围的区别。即不同于工部营缮司的维持日常使用的修缮，包括宫殿、城垣等，皇家的陵寝也是重点。而本《办法》清楚地排除了正在使用部分，重点强调"古迹"，这是和古代修缮最本质的区别。

《办法》强调了"周秦以来""古代帝王""名人"，说明已经不仅仅一个朝代，而是涵盖了整个"中国"共同体。保护的范围也从工部修缮以皇权之下的相关工程发展到与宗教相关的"碑碣、石幢、造像"，与文玩书画等相关的"金石书画并陶瓷"，非清朝的"古代帝王陵寝，先贤祠墓"，非皇家的"古庙名人画壁，并雕刻塑像"，甚至"非陵寝祠墓而为古迹者"。不仅延伸了历史时段，而且也扩展了保护范围，或者说重新界定了"古迹"的范围。即"古迹"变成了国家标志："我中国文化之开先于列国，古昔圣哲连肩接踵，所遗之迹应亦倍蓰于他邦。""他邦"的存在是民族共同体形成的前提。

关于民族共同体建立，安德森在论述殖民地民族主义时曾经论述了博物馆、人口调查、地图对于建立民族认同意识的重要性。而在清末民政部推行了人口调查［民政部奏定调查户口表式五件（《大清新法令》第 2 册），民政部奏遵章调查第一次人户总数折并单（《大清新法令》第 12 册），民政部奏编订第一次统计表册折（《大清新法令》第 13 册）］、博物馆事业［最初的博物馆和图书馆一体化。民政部奏设立图志馆折（《大清新法令》第 16 册）］，地图的绘制也是清末很重要的工作。

---

① 戴鸿慈：《出使九国日记》，《走向世界丛书》（第一辑），岳麓书社，1986 年。

在这样的背景下从古迹保护的内容可以看到民族主义意识在清末的萌芽。"古迹"作为民族共同体的象征符号诞生了，这和古代修缮有本质区别。

（三）古迹调查的开始

古迹古物调查和保护需要和全国对于土地、人口调查进行整体思考。中央统计处与地方统计部门各司其责，以得相对科学的统计结果。"各省设立调查局，各部设立统计处，各折片统计一项宜先有各部院先总其成着。各部院设立统计处由该管堂官派定专员照该馆所定样式详细列，按期咨报，以备刊成统计年鉴之用。"①

光绪三十三年（1907 年）十一月增设统计处，掌办理全国民政之统计综辑统计年鉴等事。下设两科；调查科：掌调查本部厅、司、局、处及直属厅、区、局、所、学堂应行统计事项，调查各省民政应行统计事项。编制科：掌案牍整理、保存、表件核算校对，图册编制绘画事项。②

落款时间为光绪三十四年十二月二十二日（1909 年 1 月 13 日）《民政部奏上年分各省古昔陵寝祠墓防护无误折》③是反映了各省古昔陵寝祠墓防护无误的调查结果：

"云南贵州二省本无古昔陵寝先贤祠墓，其余各省惟江西、浙江、安徽、广东、河南、四川、奉天等省业将光绪三十三年分防护无误册结咨送到部，又山西省于光绪三十三年十二月二十日始将三十二年分古昔陵寝先贤祠墓册结咨送到部，其时业经臣部汇案奏报例于今年并案补行汇奏，其余三十三年分未到之顺天、直隶、江苏、山东、湖北、湖南、福建、陕西、广西、甘肃、山西等省应请旨饬下各该将军、督抚、府尹等遵照定例严饬各属按年造具防护无误册结咨部，以凭汇奏，毋得任意延宕以昭。敬谨所有循例汇奏各省古昔陵寝祠墓防护无误缘由恭折具陈伏乞。"

山东的调查于 1910 年出版了《山东省保存古迹表》④，这个表笔者认为是民政部组织调查的结果的一部分。

调查的范围包括济南府、东昌府、泰安府、武定府、临清直隶州、兖州、沂州府、曹州府、济宁直隶州、登州府、莱州府、青州府、胶州直隶州直属的各个州县。种类及其数量见表一。

表一 《山东省保存古迹表》中的分类和数量

种类	数量
历代陵寝祠墓	1420
名人遗迹	870
金石美术	2496
其他古城邑器物	672

资料来源：笔者根据《山东省保存古迹表》统计

这个分类的精神基本符合民政部"保存古迹推广办法"。包括"古代帝王陵寝，先贤祠墓""古庙名人画壁，并雕刻塑像""金石书画并陶瓷""非陵寝祠墓而为古迹者"。但是没有提到"碑碣、

---

① 《民政部奏遵设统计处折并章程》（光绪三十四年七月），政治官报，1908 年第 280 期。
② 《民政部奏遵设统计处折并章程》（光绪三十四年七月），政治官报，1908 年第 280 期。
③ 《政治官报》正月初十日第四百五十号。
④ 抚东使者钱塘孙宝琦《山东省保存古迹表》宣统二年岁次庚戌夏六日（1910 年 7 月）。

石幢、造像"。1907年法国汉学家沙畹和日本学者关野贞调查了山东的古迹，当时山东已经在旅游介绍中出现，画像砖也有流失现象，因此山东古迹的调查已经十分重要。

从行政体制上来看这个时期不仅第一次出现了负责保存工作的机构，同时也重新整合了概念和分类。

"古物""古迹"在这个时期并用。"金石美术"则是一个不同时代概念相叠加的词汇。金石学形成于北宋，特别是清代以后金石研究盛行，形成了"金石之学"。在四部分类法的"史部"中也有"目录类二、金石之属"。但是"美术"一词在中国古代则基本不用，检索二十五史可以发现首次在《清史稿》（1914～1936）中出现，"美术"一词来源于日本，实藤惠秀在"中国语中的日本语"[①] 中提到了"美术""美学"来自日本。陈振濂对"美术"的语源也做了细致的考证 [②]。《山东省保存古迹表》使用"金石美术"一词反映了这个时代对遗产的认识不仅有传统的延续，而且也叠加了外来的影响，是复合的新理念。

陵墓、坛庙还是皇家财产，皇家对官制改革后祭祀建筑坛庙与陵寝工程的修缮十分重视，并不能代表对遗产国家化的趋势，但是也反映了过渡期的特点。也因为如此保护了以后可能成为国家财产的坛庙和陵墓。

光绪皇帝与慈禧重点对坛庙与陵墓建筑的管理接收的制度与经费问题做出批示：① 坛庙建筑的修缮要查照原工部的定例。"坛庙各工臣部有管理地面之责，坛庙皆在京城地面，拟请嗣后，坛庙各工随时修葺者无论工程巨细均查照原设工部定例由臣部敬谨遵办一为。"② 陵寝另案工程每年汇集备案，选堪估大臣监督。"陵寝另案工程每年由该管大臣奏报一次统一归工部汇集备案，选派堪估承修的大臣监督办理。"③ 清东西两陵修缮款项要保证由新部门核发。"清东西两陵估修的款项由度支部拨发核销，仪口树株亦由勘估大臣履堪惟往堪。"[③]

与民政部调查的同时，学部也在推行古物的调查工作。管理教育事业的礼部在官制改革以后由1905年新成立的学部（相当于教育部）集中负责教育工作。其中也分为五个部门：总务司、专门司、普通司、实业司、会计司。专门司分为专门教务科和专门庶务科，专门庶务科管理图书馆、天文台、气象台等[④]。学部并致力于创办图书馆，1909年创设了京师图书馆，同时鼓励成立古物保存会。在《山东巡抚袁树勋奏东省创设图书馆并附设金石保存所折》（1909年）[⑤] 中提出设立金石保存所，广泛收集本省的新出土品和古籍，弘扬山东的古文明。

学部也在推进调查，1910年学部公布了《通饬查报保存古迹》[⑥]：

"学部前曾通行各省，饬将所有古迹切实调查并妥拟保存之法，详细复部以备存案，兹已日久尚未据各省一律查报，爰于日昨复行通饬，将碑碣、石幢、石盘、石刻、古画、摩崖字迹等项先行搜求，速为报部。其他各项如有所得仍须陆续补报云。"

---

① 实藤惠秀「中国語のなかの日本語」『言語生活』1966年11月，第82～93页。
② 陈振濂《'美术'语源考——'美术'译语引进史研究》，《美术研究》2003年第4期总112期，第60～71页。
③ 《民政部官制草案》，《东方杂志》1906年增刊。
④ "学部奏酌拟学部官制并归并国子监事宜改定额缺折"同上，第38页。
⑤ 1909年，原载《京报》宣统元年二月初九日。转载李希泌、张淑华编《中国古代藏书与近代图书馆》，中华书局，1982年，第143页。
⑥ 《通饬查报保存古迹》，《大公报》1910年12月17日。

从这个文件可以看到调查推进的难度。

二、古物流失和法规建设——北洋政府时期的遗产保护（1912～1927）

（一）古物的流失

在 1912 年，中华民国临时政府在南京成立后，宣统皇帝退位，袁世凯任大总统。这个时期因为时局动荡，古物流失严重，民国二年十二月二十七日税务处已经致函内务总长报告当时古物通过海关流失严重，当时还没有古迹保存的章程，因此需要制定限制章程[①]。

康有为在周游列国之后于 1913 年发表了《保存中国名迹古器说》，希望中国保护古物[②]。

外国方面的影响是不容忽视的。美国的亚洲学会（Asiatic Institute）的书记马克密（Frederick McCormick）撰写了意见书，通过英、法、德、美的报纸等 900 种媒体报道了中国古物流失的问题，目的是引起公众之舆论，并就力之所能，设法归还原物于故主。再则希望警示中国之当局，使之知道保存古碑之必要[③]。

从意见书可见到当时古物流失的情况[④]：

> 意见书中述北京葡萄牙公使爱尔美达君。曾言有一美国商人。率领之一群石工。（此义商向人夸赞此辈石工惯为此等工作）至陕西某县之唐太宗墓地。将墓前制作精工之石马六具。斧斤乱施。斩为数块。以便取（ ）。甫竣一具。村民暴起攻逐。义商等乃抱头鼠窜而逃。然此刻画至精。为中国美术品之石马。则已破碎支离。不可复完矣。柏林博物院麦勒博士。亦言中国有一兵士。向西商某某索取银二百万两。以此金钱再举革命。即籍革命扰攘为护符。将河南龙门佛谷中之所有雕刻物全部。（或谓之全部中之残存者、）运出以（ ）西商。而近年此佛谷中之被骚扰。亦已播闻遐迩矣。麦君又述山东沂州府。有一汉朝墓地。所有碑碣。奚遭劫盗。其事至堪痛惜。当今国务总理孙宝琦氏为东抚时。曾严饬属官。将全省古碑开列清单。加意保护。迨孙氏入都。而此堪作全国模范之美举。遂尔中辍矣。

马克密的意见书引起中国政府的重视，1914 年 6 月 14 日 "大总统发布限制古物出口令"[⑤]：

> 中国文化最古，艺术最精，凡国家之所留贻，社会之所珍护，非但供考古之研究，实关于国粹之保存。乃闻近来多有将中国古物采运出口者，似此纷纷售运，漫无查考，若不禁令重申，何以遗传永久。嗣后关于中国古物之售运，应如何区别种类，严密稽察，规定惩罚之处，着内务部会同税务处分别核议，呈候施行。并由税务处拟定限制古物出口章程，通饬各海关一体遵照。至保存古物，本系内务部职掌。其京外商民如有私售情事，尤

① 中国第二历史档案馆编：《民国史档案资料汇编》第三辑：文化，江苏古籍出版社，1991 年，第 185 页。
② 康有为：《保存中国名迹古器说》，《不忍》1913 年 5 月，康有为著，汤志钧编《康有为政论集》，中华书局，1981 年，第 855 页。
③ "关于中国古物被盗之谈片及纪事"《东方杂志》第十卷第十二号，1914 年 6 月，第 34 页。
④ "论中国古碑之被盗"《东方杂志》第十卷第十二号，1914 年 6 月，第 36 页。
⑤ 中国第二历史档案馆编：《民国史档案资料汇编》第三辑：文化，江苏古籍出版社，1991 年，第 185 页。

应严重取缔。着由各地方长官施行禁止，以防散佚，而广流传。此令。

中华民国三年六月十四日

1914年2月26日"内务部致河南民政长训令"针对河南省洛阳龙门石窟的毁坏问题进行处理。外交部将马克密的来函和字林西报的论说送到内务部，内务部又将文件转给河南省民政长，责令民政部委派专员进行调查，佛像到底有多少，一一登记。责成该处附近的庙僧管理，准其酌取游资，以资津贴。一面仍由该县知事随时派人查看，即使略需经费亦当在所不计[①]。这说明了内政部具体落实保护的情况。

1916年10月2日"内务部致河南省咨"中汇报了经办情况。河南省民政长派遣委员前往，会同洛阳县知事办理。查遍了各洞，将大小石佛一一登记，并责成山庙僧管理。游人取费20文，以资津贴。制定了规定，如：严禁毁坏盗窃，知事随时派遣侦探稽查，有拿获毁坏和盗窃者均奖赏20两。对于游人准许取费20文。洛阳县知事还汇报了龙门山等处造像数目表。列举了32处遗址的"石佛之大者"476件，"石佛之大而破者"180件，"石佛之小者"88633件，"石佛之小而破者"7250件，"石佛之在门外者"6件；"其他"742件[②]。

不仅是河南省的问题，为了加强全国各地的古物保护工作，1916年3月11日"内务部为切实保存前代文物古迹致各省民政长训令"。强调："我国古器留遗甚多，公家向不知护惜，一任射利之徒，窃取私收，转相运售，无知者又或任意毁坏。"所以，通令各省"所有前代古物均应严申禁令，设法保存。如有窃取私收，转相运售及任意毁坏情事，一律从严究办"。文件说明马克密所报属实，"且中国古物，本国不能自保，而陵外人设法保存，尤非国体所宜，应严申禁令，设法保存，免使彝器文献尽沦域外"[③]。

1916年10月"内务部拟定保存古物暂行办法致各省长都统饬属遵行咨"[④]提到1916年3月已经由内政部通令各省民政长设法保护。说明制定古物调查表并附说明书。通知各省分别调查，依类填注，限期报到内政部。同月发布"内务部为调查古物列表报致各省长都统咨"，古物调查说明书中说明了需要调查的12项内容，包括建筑类、遗迹类、碑碣类、金石类、陶器类、植物类、文献类、武器类、服饰类、雕刻类、礼器类、杂物类[⑤]。

各类古玩先就属于国有及公有者，次第填列；其属于私有而理应保存者，应就调查所及，酌量列入备考格内，注明属于何人所有；填注古物通称，如唐侯鼎；填注古物时代，如秦汉等；古物所在地，如在坛庙或公署；保存方法，如由公家收藏或委托报关；备考类内填注其他应行声明事件；依表造册或添列附表，其纸幅格式应归一律[⑥]。

全国范围内的文物调查由此开始。

---

① "内务部致河南民政长训令"中国第二历史档案馆编：《民国史档案资料汇编》第三辑：文化，江苏古籍出版社，1991年，第190页。

② 中国第二历史档案馆编：《民国史档案资料汇编》第三辑：文化，江苏古籍出版社，1991年，第194～196页。

③ 中国第二历史档案馆编：《民国史档案资料汇编》第三辑：文化，江苏古籍出版社，1991年，第197页。

④ 中国第二历史档案馆编：《民国史档案资料汇编》第三辑：文化，江苏古籍出版社，1991年，第197页。

⑤ 中国第二历史档案馆编：《民国史档案资料汇编》第三辑：文化，江苏古籍出版社，1991年，第199页。

⑥ 中国第二历史档案馆编：《民国史档案资料汇编》第三辑：文化，江苏古籍出版社，1991年，第201页。

（二）《保存古物暂行办法》

1912 年新的内务部取代了民政部，接管了历史遗产保护的工作。原来负责保护调查管理的营缮司被礼俗司所取代，礼俗司负责"祠庙""古物"的管理工作。第 2 科管理"关于祠庙事项"，第 4 科管理"关于保存古物事项"[①]。教育部也继续了学部的工作，社会教育司负责管理博物馆、图书馆事务。

1916 年 11 月内务部公布了《保存古物暂行办法》[②]。这个文件分为 5 条，是清代保护事业的延长。第 1 条规定了年底向内政部提交前清地方官对于历代帝王陵寝先贤的坟墓保护无误的证明。第 2 条古代城郭、关塞、壁垒、岩洞、楼观、祠宇、台榭、亭塔、堤堰、桥梁、湖池、井泉等，名人遗迹所属均应保护。第 3 条提交历代碑版、造像、画壁、摩崖、古迹的保护方法，不得任意拓本贩卖。个人的收藏和新发现也应该很好地保护。尽可能由政府收买，禁止贩卖海外，现存的物品拓片两份，向内务部提交。

和 1909 年的《保存古迹推广办法》相比，《保存古物暂行办法》使用了"古物"，标志着这个时期的保存的概念开始以"古物"为核心。另外增加了古代城郭、关塞、壁垒、楼观、祠宇、台榭、亭塔等建筑，建筑在古物的比例相对增大。

这个办法公布之后，内务部进一步促进古物的调查。

1917 年 11 月 13 日第 656 号《政府公报》发了"内务部咨河南省长抄送开封河北两道所属各县古物调查表暨说明书文（附表暨说明书文）"，当时的内务总长汤化龙[③]在这篇文章中指出了四千年古国的文艺美术由于保存不力流失甚多，为了保存国粹公布了"保存古物暂行办法"，并制定调查表加以说明。这种方法基本是根据清末的调查表及地方志按照县分类，制作调查表。这个表分发到各个县，各个县参考该表制作调查表，而且要求现地保存。内务部长要求河南省长按照"保存古物暂行办法"各地著名的石刻，碑碣不问完整或者断片都要制作两份拓片提交内务部。

该号刊登了"河南省开封河北两道所属各县古物调查表"，表中有县别、类别、名称、所在地、备考等项目。这个表虽然不是 1917 年重新调查的内容，但是分类方法还是和清代有区别。在分类上有建筑、遗迹、祠宇、陵墓、金石、雕刻、植物、文玩，这个分类比"保存古物暂行办法"更加明确"建筑"的存在。虽然建筑中只有石塔、古塔，而且只有三个县，但是反映了建筑作为一个独立的保护对象在这个时期开始出现。另外植物也被列入了分类。

古物调查事实上是进入民国时期的第一次古物普查活动，但由于北京政府时期的统治有效区域十分有限，加上政局不稳，实际汇报成册的只有京兆、直隶、山东、山西、河南等省，未能反映全国的古物古迹保存状况。并于 1918～1919 年间将统计结果陆续出版了《京兆古物调查表》《山东古物调查表》《山西各县名胜古迹古物调查表》《河南古物调查表》等书。当时的调查不是以专业人员为主，延续了以往的地方志的记录方式，有分项列表，但是并不是针对每一个古物的专业调查，没有建筑式样解说，没有照片。另外也有大量文物被破坏的现象[④]。

---

① "内务部厅司分科章程"（民国元年八月二十五日公布）商务印书馆编译所编：《中华民国法令大全》，上海商务印书馆，1913 年，第 51～55 页。
② 内政部年鉴编委：《内政年鉴》，商务印书馆，1936 年。
③ 汤化龙，1874～1918 年，字济武、湖北人。近代立宪派。光绪时代的进士，1906 年日本留学、学习法律。1908 年回国参加立宪运动。段祺瑞执政时代任众议院议长，内务总长。
④ 马树华：《中华民国政府的文物保护》，山东师范大学硕士论文，2000 年。

（三）庙产兴学和寺庙保护

"庙产兴学"的提倡者是张之洞，1898 年他在《劝学篇》提倡将寺庙改造为学堂，1905 年废除了科举制度，从"保国家，保圣教，保华种"可以看到社会进化论的影响。

民国以后为了安定宗教界，民国元年（1912 年）公布了临时约法，提倡"人民平等""信教自由"等原则，同时导入了寺庙的保护措施[1]。

1913 年制定了"管理寺庙暂行规则"。目的是保护寺庙的财产，也是最初的单项保护规则。规则共有 7 条，主要内容为寺院的财产归住持管理，住持和寺院的相关者禁止任意处分财产[2]。

1915 年 10 月 29 日公布了正式的《管理寺庙条例》，条例分为总纲、寺庙财产、寺庙僧道、寺庙注册、罚则五章，共 31 条。规定了寺院的境界、登记、处罚等，根据这个条例 1921 年 5 月 20 日制定了"修正管理寺庙条例"。

事实上清末以来废除寺庙，兴建学校不断被推进，各地以建设学校为借口掠夺寺庙的财产的现象多有发生，还有在新文化运动时期破除迷信的背景下寺庙被不断被破坏，另一方面信仰者为了信教自由不断扩大抵抗运动。

三、古物保护法律的完善和跨学科知识阶层的崛起（1928～1937）

（一）寺庙的登录调查

1927 年，国民党北伐的成功，南京国民政府成立。古物保护向中央集权方向发展。古物保护的行政管理由内务部向内政部转移。内政部礼俗司第 2 科职权范围为"一，关于寺庙僧道管理事项""二，关于寺庙僧道登记事项"，第 3 科为"一，关于古迹保存事项""二，关于名胜古迹调查保护事项""三，关于历代陵墓保护事项""四，关于特殊坛庙管理事项""五，关于古物陈列所事项"[3]。即礼俗司的第 3 科主要负责古物古迹的保护事项。

国民政府成立以后，内政部制定了《寺庙登记条例》（1928 年 10 月 2 日），为了调查全国的寺庙，内政部统一制作了登记表，分发给各省（表二）。实际有 12 个省没有完成。

表二　进行过寺庙调查的市、县、设治局

地名	市	县	设治局
南京			
天津			
北平			
广州			
江苏	1	41	

---

[1] 牧田諦亮「清末以後に於ける廟産興学と仏教教団」『東亜研究』第 64 号，1942 年，第 85～117 页。
[2] 内政部年鉴编纂委员会编纂：《内政年鉴》3，商务印书馆，1936 年，第 110 页。
[3] "修正内政部各司分科规则"（民国二十年 6 月 27 日本部公布），内政部总务司第二科编《内政法规汇编》，京华印书馆，1931 年，第 225～236 页。

续表

地名	市	县	设治局
浙江	2	30	
安徽	2	29	
江西	1	3	
广东	3	4	
湖南	1	41	
湖北	6	5	
贵州	1		
云南	1	62	
河北	1	130	
山东	3	48	
山西	1	103	
绥远	1	7	
察哈尔	1	13	
热河		12	1
新疆		30	

资料来源：笔者根据《内政年鉴》整理

从主要城市南京、北平、天津、广州的调查结果来看，北平比较多，实际上北平在那以后成为古物保存研究的重点城市（表三）。

表三 南京、北平、天津、广州的各种寺庙数量比较

地名	各种寺庙所数			
	公建	私建	募建	合计
南京	67	210	75	352
北平	299	1251	184	1734
天津	15	12	20	47
广州	20	48	22	90
共计	401	1521	301	2223

资料来源：笔者根据《内政年鉴》整理

由于 1928 年登记不完全，内政部 1936 年又公布了《寺庙登记规则》，要求各个省市以 1936 年 6 月末为期限，再进行寺庙总登记，登记内容包括人口、财产、法器三种类型，而且每隔 10 年进行再登记。

根据这个规定，1936 年进行了调查，登记了 1035 件[1]，1934 年国立北平研究院史学研究会出版了《北平金石目》，北京市政府 1934 年出版了《旧都文物略》，收录大量的图片，1936 年由许道龄编纂，国立北平研究院史学研究会出版了《北平庙宇通检》。

10 年后 1947 年 7 月 21 日北平再次进行了调查，结果仅存 783 件。1930 年（1734 件）、1936

---

[1] 北京市档案馆编：《北京寺庙历史资料》，北京市档案馆，1997 年。

年（1035 件）、1947 年连续呈递减趋势 [①]。

1929 年 12 月 7 日国民政府行政院公布了《监督寺庙条例》，废除了《管理寺庙条例》。

（二）《名胜古迹古物保存条例》公布

内政部在 1928 年 9 月 13 日公布了《名胜古迹古物保存条例》。开始使用"名胜古迹"的概念。其中保护对象分为"名胜古迹"和"古物"，"名胜古迹"包括湖山类、建筑类、遗迹类，"古物"包括了碑碣、金石类、陶器类、植物类、文玩类、武器类、服饰类、雕刻类、礼器类、杂物类。从这个分类上看保护对象包括了可移动和不可移动的内容。"名胜古迹"指不可移动的对象，其中包括了自然物，也包括建筑。"古物"指可移动对象，所以不包括建筑。

从四部分类法中的"史部 / 地理类"中囊括了"山川""河渠"等自然对象，但是自然对象列为保护对象稍微晚于人工对象。1910 年的《山东省保存古迹表》中有"古迹"，但是不包括自然物。1916 年的内务部"保护古迹暂行办法"中虽然有"湖池"，但是没有明确的自然类分类。近代以后作为保护对象明确将"名胜古迹"列为保护对象还是从《名胜古迹古物保存条例》开始。

值得注意的是"建筑类"明确被分类，而且被分类到"名胜古迹"中。"建筑类"包括了"古代名城、关塞、堤堰、桥梁、坛庙、园囿、寺观、楼台、亭塔及一切古建设之属"。反映建筑作为保护对象逐渐被固定下来，但是具体建筑是古迹还是古物还是随着两者概念的演变和变化，1930 年制定的《古物保护法》又将建筑分为古物类。

在公布《名胜古迹古物保存条例》同时添附了调查表，要求各省及重要都市调查古迹古物，调查表中有名称、时代、场所、所有者、现状、保管等。全国调查的结果，除了贵州、吉林、黑龙江、甘肃、西康等五省及青岛之外都进行了调查（表四、表五）。

表四　各省名胜古迹的数字

省市名	三代以上	秦汉	魏晋	五代	六朝	宋元明清	民国	失考	合计
江苏	28	24	14	25	33	144	0	55	323
安徽	15	51	13	7	21	134	0	147	388
江西	2	24	21	7	33	168	2	142	399
湖北	54	50	61	18	92	336	13	137	761
湖南	25	38	30	16	86	451	3	421	1070
四川	0	15	7	2	9	139	1	54	227
山东	213	136	33	33	42	263	1	281	1002
山西	232	178	118	353	440	1875	0	2498	5694
河南	215	176	59	30	97	279	0	190	1046
河北	74	121	39	45	102	516	1	223	1121
陕西	69	105	14	32	171	188	0	191	770
浙江	32	59	67	63	160	814	6	525	1726

---

① 同上页注。

续表

省市名	三代以上	秦汉	魏晋	五代	六朝	宋元明清	民国	失考	合计
福建	0	4	0	10	17	74	0	75	180
广东	1	23	13	34	69	532	2	334	1008
广西	0	15	1	2	8	137	0	27	190
云南	3	19	15	2	49	610	9	240	947
辽宁	1	6	2	2	34	233	0	45	323
新疆	0	2	0	1	5	42	0	30	80
察哈尔	2	3	2	2	5	57	0	35	106
绥远	0	8	1	0	1	33	0	4	47
南京市	0	1	3	1	6	32	11	12	66
上海市	1	0	4	0	0	19	4	1	29
北平市	0	0	1	0	2	34	1	7	45

资料来源：笔者根据《内政年鉴》3 所载各省的调查结果整理

表五　各省古物的数字

省市名	三代以上	秦汉	魏晋	五代	六朝	宋元明清	失考	合计
江苏	2	3	3	3	19	103	30	163
安徽	2	2	0	2	0	44	13	63
江西	1	2	3	1	13	88	29	137
湖北	4	5	7	0	18	110	29	173
湖南	1	4	1	2	21	103	60	192
四川	2	5	0	2	3	71	6	89
山东	31	97	27	34	90	310	107	696
山西	38	66	40	254	451	2454	401	3704
河南	11	29	36	15	94	203	107	495
河北	6	15	10	31	57	245	67	431
陕西	5	25	8	18	84	155	31	326
浙江	0	9	10	8	44	330	81	482
福建	0	3	1	4	11	141	15	175
广东	0	8	4	8	29	218	29	296
广西	0	5	3	2	5	53	13	81
云南	0	7	7	0	7	312	48	381
辽宁	0	3	2	0	11	209	23	248
新疆	10	0	0	4	0	48	10	72
察哈尔	0	1	0	3	2	43	4	53
绥远	0	0	0	0	0	4	0	4
南京市	0	0	0	0	2	6	2	10
上海市	0	0	0	0	0	31	11	42
北平市	0	0	0	0	0	8	0	8

资料来源：笔者根据《内政年鉴》3 所载各省的调查结果整理

从调查结果看，保护对象相对集中的时代是宋元明清，并不是因为更早的古迹古物不应该被列入保护对象，还是因为宋以前的古迹并不多。另外从地区分布来看，山西省压倒多数成为古迹和古物最多的省。事实上战后又进行文化遗产的普查，说明山西的古建筑占全国的70%。

地方也出现了名胜古迹古物保存规则，北平1930年公布了《北平特别市名胜古迹古物保存规则》（1930年1月7日）。

（三）中央古物保管委员会的成立及中国最初的保护法《古物保存法》

在教育部部长蔡元培的建议下，1928年国民政府公布了《修正中华民国大学院组织法》，大学院下面设置了各种专门委员会，古物保管委员会是其中之一，《大学院古物保管委员会组织条例》中规定委员会是大学院专门委员会之一，对全国古迹古物的保管、研究及发掘等事项规划进行专门性管理[1]。这是中国第一个有关保护的研究和管理专门机构。由11到20人构成。主任是张继。张继（1882～1947），直隶人，1899～1903年到日本留学，1927年以后历任国民党政府司法院副院长，党史史料编纂委员会主任及国史馆馆长等。委员傅斯年（广州中山大学）、蔡元培（常委、本院）、张人杰（常委、南京建设委员会）、易培基（常委、南京农矿部）、胡适（常委、上海中国公学）、李四光（常委、本院中央研究院）、李宗侗（常委、上海中法工专）、李煜瀛、高鲁、徐炳昶、沈兼士、陈寅恪、李济之（本院中央研究院）、朱家骅（广州中山大学）、顾颉刚、马衡、刘复、袁复礼、翁文灏。这些人基本都是有海外留学经验的学者，同时当时也是故宫保护的重要成员[2]。

1929年中华民国大学院撤消，古物保管委员会归教育部管辖，1932年国民政府公布了"中央古物保管委员会组织条例"，该条例共十四条，规定了"中央古物保管委员会，直隶于行政院，计划全国古物、古迹之保管、研究及发掘事宜"。1933年1月10日行政院第82次会议议决：聘任张继、戴传贤、蔡元培、吴敬恒、李煜瀛、张人杰、陈寅恪、翁文灏、李济（李济之）、袁复礼、马衡为委员，并由内政部与教育部两部各派代表两人，国立各研究院，国立各博物馆各派代表一人为委员，共同构成委员会。

1934年7月行政院第167次会议议决：改组中央古物保管委员会，聘请李济、叶恭绰、黄文弼、傅斯年、朱希祖、蒋复璁、董作宾、腾固、舒楚石、傅汝霖、卢锡荣、马衡、徐炳昶为委员，并指定傅汝霖、腾固、李济、叶恭绰、蒋复璁为常务委员，傅汝霖为主席。于同月2日宣布中央古物保管委员会正式成立，并在北平和西安设办事处。1935年中央政治会议决定"自二十四年度起将中央古物保管委员会及所属办事处并入内政部"，遂由内政部将该会组织略加修改，呈请行政院备案。6月28日双方交替完毕，由内政部聘请叶恭绰、李济、蒋复璁、朱希祖、马衡、董作宾、舒楚石、徐炳昶、黄文弼、袁同礼、张锐、卢锡荣等为委员，并以该部常务次长许修直兼任主席[3]。1928年大学院古物保管委员会在北平成立北平分会，主任委员为马衡，委员为沈兼士、陈垣、俞同奎、袁同礼、叶瀚、罗庸、黄文弼、李宗侗[4]。

---

[1] 大学院公报编辑处编《大学院公报》第1年、第4期，1928年4月，第31、32页。
[2] 同上，第99、100页。
[3] 内政部年鉴编纂委员会编纂：《内政年鉴》3，商务印书馆，1936年，第165页。
[4] 兴亚宗教协会『北支那に於ける古蹟古物の概况』新民印書館，1941年3月，第68页。该文依据为1935年刊《古物保管委员会工作报告》。

1935 年再次公布了"中央古物保管委员会组织条例"，共 8 条，规定："中央古物保管委员会，以内政部常务次长为主席委员，并由内政部聘请古物专家四人至七人，教育部内政部代表各二人，国立中央研究院，国立北平研究院代表各一人为委员组织之，就委员中指定常务委员四人，主席委员为当然常务委员。"从这个规定中可以看到古物管理事业主要隶属内政部管理，但是教育部和内政部依然各派代表共同管理，并且学术专家在文化遗产保护事业中起到越来越重要的作用。同年修正了《古物保存法》第 9 条，删除了原来的"中央古物保管委员会由行院聘请古物专家，六人至十一人教育部、内政部代表各二人，国立各研究院、国立各博物院代表各一人，为委员组织之。中央古物保管委员会之组织条例另定之"，改为"中央古物保管委员会之组织条例另定之"。

中央古物保管委员会的成立标志着中国近代文化遗产保护事业走向一个新阶段，其最重要的贡献是翻译国外法规，制定中国的保护法。为了编制法律，委员会从成立开初就致力于各国的保护法规收集工作，将国外文物保护法翻译成中文，包括意大利、法国、比利时、英国、日本、俄国、埃及、瑞士和菲律宾。1935 年中央古物保管委员会编译出版了《各国古物保管法规汇编》，该文献分前编、正编两部分。前编为"各国保护古物立法概论"，收入意、法、比、英四国保护历史建筑物的历程。正编为"各国古物保管法规"，收入法、瑞士、埃及、日、苏古物保管法律和菲律宾古物出境条例。这份文献虽然也包括了 1930 年以后的资料，但是 1930 年以前的资料应该是在中国制定《古物保存法》的重要参考。

1930 年 6 月 7 日颁布了《古物保存法》。这是中国历史遗产保护的第一部法律。

《古物保存法》共 14 条，第一条定义了"古物"："包括与考古、历史、古生物等学科有关的一切古代遗物。"保存的场所制定，登记方法，重要古物的标准都是中央古物保管委员会决定，另外还规定私有古物不得移交给外国人，埋葬古物应该归国家所有，发掘由政府所属的学术组织进行，其他还有专家队伍，与外国的学术团体共同研究，发掘现场的监督，古物保存与学术研究，古物的流通等原则。

这个法的特点是明确定义了"古物"，明确规定了中央古物保管委员会的职能，从和学术研究结合、防止文物流失，以及与国外共同研究等各种角度进行了法的规定，并且第二年 7 月 3 日公布了"古物保存实施细则"补充说明了法律。

1935 年 6 月 15 日行政院公布了"暂定古物的范围及种类大纲"，本大纲规定如下：

甲　古物之范围

一　本大纲所定范围，根据古物保存法第一条所称古物，指与考古学、历史学、古生物学、及其他文化有关之一切古物而言。

二　古物之值得保存者，以下列三种标准，定其范围。（1）古物之时代久远者。（2）古物之数量罕少者。（3）古物本身有科学的、历史的、或艺术的价值者。

本大纲在乙类里面规定古物的种类包括古生物、史前遗迹、建筑物、绘画、雕塑、铭刻、图书、货币、舆服、兵器、器具、杂物 12 种。

与 1928 年《名胜古迹古物保存条例》相比，"古物"的概念发生了变化，"史前遗迹""建筑物"也被列入，说明"古物"的概念不仅仅包括可移动的对象，也包括不可移动的对象，可以看出新的概念更加强调"古物"文化的一面。这是1930年以后新的古物保护的理念。

与日本比较，1929年日本公布了"国宝保存法"，在这个法律中废除了以动产为对象的"国宝"和以不动产为对象的"特别保护建造物"的区别，以"国宝"统一，从这个分类看中国的"古物"也有类似的倾向。

这个时期内政部的《名胜古迹古物保存条例》也同时生效。

法规的建立使得中国文化遗产保护走上规范化和科学化的道路。

四、结　语

中国的近代文化遗产保护事业开始自清末。保护行政的建立应该是新政改革的重要一环。保护行政有两条线索，一条是民政部—内务部—内政部的线索；一条是学部—教育部的线索。而民政部起重要作用，负责颁布法规，组织古物调查等。从内务部到内政部时代管理的分工越来越细致、具体。1928年以后依然由内政部和教育部两个部门负责保护工作，1934年正式成立中央古物保管委员会，该会统合两个机构中的保护部门，成为文物保护的专门机构，但是形式上隶属内政部。

近代中国古物保护从1906年到1936年分为初创期（1906～1911）、形成期（1912～1927）、整顿期（1928～1929）、高潮期（1930～1936）四个时期。在初创期，1909年的"保存古迹推广办法"是近代最早的相关法规。在形成期补充和健全了清末的体系，制定了第一个单项保护条例《管理寺庙条例》，并制定了《保护古物暂行办法》。在整顿期出现《名胜古迹古物保存条例》，表明开始关注自然景观，专家开始介入保护事业。在高潮期成立了专门组织中国古物保管委员会，专家发挥了巨大作用，1930年制定了中国历史上第一部保护法规《古物保存法》，对于古物进行了有效的管理。

参 考 书 目

［1］齐思和等编：《第二次鸦片战争》（六），上海人民出版社，1979年。

［2］穆景元等：《圆明园风云录》第2版，辽宁大学出版社，1998年。

［3］顾颉刚：《当代中国史学》，龙门书店，1947年，1964年6月香港校订初版。

［4］关晓红：《晚清学部研究》，广东教育出版社，2000年。

［5］商务印书馆编译所编：《大清光绪新法令　第二类官制一　京官制》第3册，商务印书馆，1909年。

［6］内政部年鉴编纂委员会编纂：《内政年鉴》3，商务印书馆、1936年。

［7］《大公报》1910年12月17日。

［8］李希泌、张淑华编：《中国古代藏书与近代图书馆》，中华书局，1982年。

［9］孙宝《山东省保存古迹表》宣统二年岁次庚戌夏六日（1910年7月）。

［10］陈振濂《'美术'语源考——'美术'译语引进史研究》，《美术研究》2003年第4期总112期。

［11］商务印书馆编译所编：《中华民国法令大全》商务印书馆，1913年。

［12］内政部总务司第二科编：《内政法规汇编》京华印书馆，1931年。

［13］北京市档案馆编：《北京寺庙历史资料》北京市档案馆，1997年。

［14］大学院公报编辑处编：《大学院公报》第1年第4期，1928年。

［15］中国文物研究所：《中国文物研究所七十年（1935—2005）》，文物出版社，2005年。

［16］冨田升『流转清朝秘宝』日本放送出版协会，2002年。

［17］冨田升『流転清朝秘宝』日本放送出版协会，2002 年。

［18］实藤惠秀「中国語のなかの日本語」『言語生活』，1966 年。

［19］牧田諦亮「清末以後に於ける廟産興学と仏教教団」，『東亜研究』第 64 号，1942 年。

［20］興亜宗教協会『北支那に於ける古蹟古物の概況』，新民印书馆，1941 年。

附表一　近代中国古迹古物保护管理机构组织图

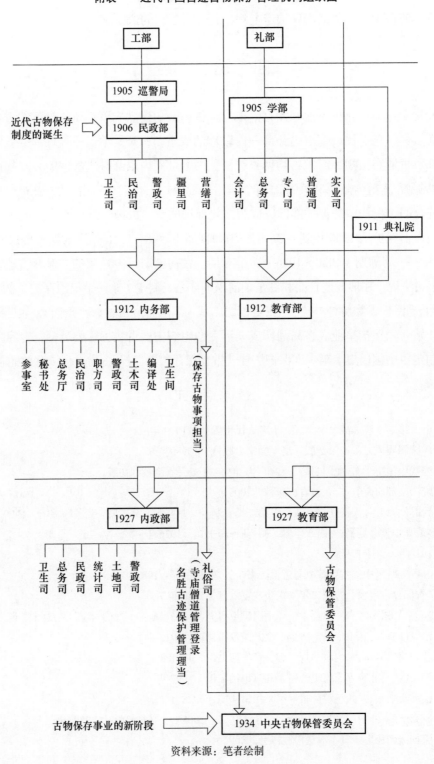

资料来源：笔者绘制

附表二　古物保护的相关主要法规

时期	管理行政机关	主要关系法规		研究组织
1906～1911 初创期	民政部营缮司 学部专门司	1909	大清光绪新法令	国学保存会 山东金石研究所，亚洲文艺会
		1909	保存古迹推广	
1912～1927 形成期	内务部礼俗司	1913	管理寺庙暂行规则	北平古物陈列所（1914）、南京古物保存所（1915）、济南古物陈列所、故宫博物院（1925）
		1915	管理寺庙条例	
		1916	保存古物暂行办法	
		1921	修正管理寺庙条例	
		1925	故宫博物院临时大纲	
1928～1929 整顿期	内政部礼俗司	1928	寺庙登记条例	北平坛庙管理所（1914 礼器保存所、1929 内政部、1934 北平市属）、国立中央研究院历史语言研究所（1927）、大学院古物保管委员会（1928）、古物保存委员会北平分会（1928）、国立北平研究院史学研究会（1929）、中国营造学社（1929）
		1928	名胜古迹古物保存条例	
		1928	大学院古物保管委员会组织条例	
		1929	内政部北平坛庙管理所规则	
		1929	监督寺庙条例	
1930～1936 高潮期	大学院古物保管委员会及中央古物保管委员会	1930	古物保存法	中央古物保管委员会改组后正式成立（1934） 旧都文物整理委员会（1935）
		1930	修正鉴定禁运古迹须知	
		1931	保护城垣办法	
		1931	古物保存法施行细则	
		1932	中央古物保管委员会组织条例	
		1934	修正国立北平故宫博物院暂行组织条例	
		1934	旧都文物整理委员会组织规程	
		1935	中央古物保管委员会组织条例	
		1935	采掘古物规则	
		1935	古物出国护照规则	
		1935	外国学术团体或私人参加采掘古物规则	
		1935	暂定古物的范围及种类大纲	
		1936	寺庙登记规则	

资料来源：笔者根据《内政年鉴》3，1936年，《北京寺庙历史资料》1997年，《中华民国现行法规大全》1933年，《华北古迹古物综录》1942年等资料整理

The Protection System of Ancient Monuments and Relics in the Process of Modernization in China (1906-1936)

XU Subin[1], AOKI Nobuo[2]

(1. School of Architecture, Tianjin University, Tianjin, 300072; 2. International Research Center for Chinese Cultural Heritage Conservation, Tianjin University, Tianjin, 300192)

Abstract: The protection of modern Chinese cultural heritage started under the background of China's survival crisis. It carries the tradition of ancient Chinese culture and lays the foundation for the contemporary protection of cultural heritage. This paper studies the birth, transformation, and development of the ancient relics protection system in modern China. In the New Deal reform of the late Qing Dynasty, a special management organization, the Ministry of Civil Affairs, was born, and then the earliest protection act Monuments and Relics Preservation and Promotion Act. After the Revolution of 1911, the Ministry of Internal Affairs gradually strengthened the construction of laws and regulations. During the period of the Nationalist Government, the intellectual class with a new disciplinary background rose and established China's first protection law Antiquities Preservation Act. This reflects the modernization of heritage protection.

Key words: antiquities, historic sites, Modern Times, China, protection, institution

文物保护工程实录编制工作的探索

牛　宁[1]　王明明[2]　张增辉[2]

（1.河南省文物建筑保护研究院，郑州，450002；2.河南安远文物保护工程有限公司，郑州，450000）

摘　要： 文物保护工程实录在记录历史信息、提高工程水平、传承传统技艺、培养专业人才、扩大国际影响力等方面具有重要意义。但目前已面世的文物保护工程实录数量少、水平参差不齐，没有充分体现出"实时、真实、客观"的纪实性特点，工程实录编制尚缺乏相应的规范指导。通过对我国文物保护工程实录现状、国内外相关文件的梳理分析，说明工程实录的编制对我国文物保护工程具有重要的意义，且有良好的土壤和广阔的发展前景。同时对目前工作取得的成果进行介绍，为同行业相关工作的开展提供参考。

关键词： 文物保护工程实录；文物保护工程实录编制规范；实时记录；真实客观

我国是历史悠久的文明古国，各类宫殿、庙堂及实用性建筑的营建是文明发展的重要内容，现存的各类不可移动文物是我国灿烂文明的实物载体，是进一步研究和认识中华文明的重要宝库。新中国成立以来，党和政府愈加重视不可移动文物的保护工作，支持文物保护工程事业的发展。文物保护工程既是对不可移动文物祛病延年的手段，更是对其进行深入的"再认识、再研究"的过程。但因此，加强对文物保护工程施工过程的记录，形成不同于总结式资料的实时性、纪实性工程实录，对提高文物保护工程中研究工作的水平、传统技艺的传承等方面具有重要意义。

一、目前我国文物保护工程实录编制及出版情况

新时期以来，以习近平同志为核心的党中央前所未有地高度重视文物保护利用和文化遗产保护传承，中央有力领导，部门通力协作，各地积极作为，社会各界踊跃参与，全国文物系统砥砺奋进，始终坚持"保护第一、加强管理、挖掘价值、有效利用、让文物活起来"的文物保护工作总方针，文物事业得到很大发展，文物工作取得显著成绩。

目前，我国针对不可移动文物保护而开展的文物保护工程，主要以文物行政主管单位为主导，以财政专项资金为依托，以各类具备文物保护工程专业资质的单位为主要参与者，在各级文物行政主管单位的管理下进行。近年来，人民群众对于保护文物的热情不断高涨，在政府的鼓励和引导下，越来越多的社会力量和资金参与到文物保护工程中来，形成了"人人爱文物，全民保文物"的良好局面。我国文物保护工程行业向着更加科学、健康的方向发展。

文物保护工程的跨越式发展在取得耀眼成绩的同时，也伴随着矛盾和难题，其中一些长期未能得到有效解决，甚有发展为沉疴痼疾的危险。其中危害最大、最亟待解决的当属文物保护工程研究性的缺失。客观来讲，目前绝大多数文物保护工程仍局限在工程层面，施工过程以"快、省"为追求，没有达到研究性保护的要求，再认识、再研究的工作不到位，工程档案资料以满足检查验收的

资料要求为目的，强调"有"而不重视"真"，强调总结而忽视了纪实性，难以为后续的保护和研究工作留下真实的文献依据。

工作过程的实时记录既是加强研究的手段，又是记录成果的载体，在考古工作当中，相当于工程实录的考古工作报告已经得到相当程度的重视，并成为了考古工作的制度性要求，但在文物保护工程当中，工程实录的编制工作尚未得取得其应有的重要地位。全国遍地开花的文物保护工程，仅有极少数编制出版了相应的工程实录，面世的工程实录也绝大多数着眼于保护理念研究、罗列勘查设计图纸、集合工程资料等方面，缺乏对工程施工阶段的真实记录。实录没有体现出"实"的意义，内容流于纸面，略显空泛，对实际工作的指导性不强，施工中传统工艺没有得到妥善地记录和传承，文物上附着的历史信息有一定程度的丢失，修缮实施过程发生的情况没有得到真实全面的记录，不利于文物保护工程整体水平的提升、传统工匠的培养和专业技能人才队伍的建设。

二、国内外文件对工程实录的条款和要求

（一）国际文件

国际古迹遗址理事会作为国际文化遗产保护的重要国际组织，自成立起就相当重视遗产保护工程档案的记录和公开，出台的一系列文化遗产保护领域重要文件中均明确列出了对工程档案记录和公开的具体要求。

（1）1964 年在威尼斯召开的第二届历史古迹建筑师及技师国际会议上，形成了一部当代文化遗产保护纲领性的重要文件——《关于古迹遗址保护与修复的国际宪章》即通常所说的《威尼斯宪章》。文件的第十六条就要求"一切保护、修复或发掘工作永远应有用配以插图和照片的分析及评论报告这一形式所做的准确的记录。清理、加固、重新整理与组合的每一阶段，以及工作过程中所确认的技术及形态特征均应包括在内。这一记录应存放于一公共机构的档案馆内，使研究人员都能查到。该记录应建议出版"。

（2）1979 年，国际古迹遗址理事会（ICOMOS）澳大利亚国家委员会在澳大利亚南部城市巴拉批准实施了《巴拉宪章》，并根据新发展的情况，于 1981 年、1988 年、1999 年三次对其进行修订。文件第三十一条要求："所有最新证据和额外决策都应予以记录。"第三十二条要求："与遗产地保护相关的资料应永久性存档，在符合安全和保密要求及具有文化合理性的前提下，可以将资料公开"；"应当保护与遗产地的历史相关的资料；在符合安全和保密要求及具有文化合理性的前提下，可以将资料公开。"

（3）1996 年，国际古迹遗址理事会在保加利亚索菲亚举行了第十一届大会，会议发布了《古迹、建筑群及遗址的记录工作原则》，专门就古迹遗址保护工作的记录问题提出了细致的要求。文件提到"记录的格式应标准化，并且尽可能地建立索引，以便在地方、国家以及国际的层面上实现信息的交流和获取"，"所有记录工作的主要成果报告应在合适的时候发布和出版"。

（4）1999 年，国际古迹遗址理事会在墨西哥召开了第 12 届大会，通过了《木结构遗产保护准则》。该文件要求："在采取任何介入措施之前，必须依据《威尼斯宪章》第 16 条和 ICOMOS《历

史纪念物、建筑群和遗址记录准则》详尽认真地记录遗产的现状、各组成构件和修复处理时使用的所有材料。所有相关记录资料，包括从古迹中移除的多余构件、材料的采样，有关传统建造技术工艺的信息，都应认真收集、整理、安全存放并适当开放，以供研究查阅。记录资料应同时包括保护修复工作中采用特定材料和方法的具体原因。"

（5）2001年，联合国教科文组织（UNESCO）在越南城市惠安发起的研讨会，有针对性地讨论亚洲遗产地的保护问题，通过了《会安草案》。文件要求："对纪念物和建筑物采取的所有介入活动都应得到全面记录。为一个保护项目所收集的所有照片、图表、笔记、报告、分析和判断以及其他数据都应进行存档。最好是能够在权威的学术刊物上发表最终的保护报告"，"应收集有详细记录和明确纪年的纪念物原始材料样品，例如砖石、瓦当等，以便在需要用新材料进行保护时给予参考。保护中所使用的任何新材料和混合物，包括其详细用途都应记录在案"，"所有现场举办的项目进展会议、监测记录和其他任何与已开展工作有关的信息都应记录存档。"

（6）2003年，国际古迹遗址理事会在津巴布韦召开的第十四届大会讨论通过了《建筑遗产分析、保护与结构修复准则（2003）》。文件要求："所有监测和检查工作都应得到详细记录并保存作为遗产历史的一部分。"

（7）2007年，中国国家文物局、国际文化财产保护与修复研究中心、国际古迹遗址理事会和联合国教科文组织世界遗产中心在北京联合举办了"东亚地区文物建筑保护理念与实践国际研讨会"，会议讨论通过了《北京文件——关于东亚地区文物建筑保护与修复》。文件提出："文化遗产管理者负责确保做好充足的档案记录，并确保这些记录的质量和更新。不断做好档案记录应是任何保护管理规划及其实施的有机组成部分。准确的档案记录程序应以分析报告和评估报告的形式呈现，配以图纸、照片和绘图等，这应当是任何修复项目的一个组成部分。修复工作的每一个阶段以及所使用的材料和方法都应记录归档。在修复项目完成后的合理时限内，应准备并出版一份报告，总结相关的研究、开展的工作及其成果。报告应存放在公共机构的档案室，得以使研究人员参考使用。报告的副本应存放在原址"，"所有的工程均应做好恰当的档案记录。"

（二）国内文件

通过对国内相关文件的收集和研究，我们发现对具体工作进行的文献性的记录已经受到重视，尤其在考古工作方面，已颁布的规范和标准已经对田野考古过程实录性质的记录提出了相当细致的要求。如国家文物局在2009年颁布的《田野考古工作规程》、2017年颁布的《考古勘探工作规程（试行）》、2021年颁布的《石窟寺考古报告编写体例指南》等，科学出版社在2003年，也编制过《考古图书编写规范（征求意见稿）》。在这些文件的指导下，考古工作报告的编制和出版工作已经成为考古工作的一项制度性要求，已出版发行的报告数量和质量均已达到一定的水平，为考古事业的发展起到了良好的促进作用。

文物保护工程领域目前主要在勘查设计方案编制、文物保护工程文件归档等施工阶段前的准备工作和其后的总结工作方面颁布出台了部分标准。如 WW/T 0024-2010《文物保护工程文件归档整理规范》、WW/T 0024-2012《古建筑保护工程施工监理规范》、《全国重点文物保护单位文物保护工程竣工验收管理暂行办法》、《全国重点文物保护单位文物保护工程工程检查管理办法（试行）》、

《文物保护工程施工规程》、WW/T 0078-2017《近现代文物建筑保护工程设计文件编制规范》；WW/Z 0072-2015《大遗址保护规划规范》；WW/T 0063-2015《石质文物保护工程勘查规范》；WW/T 0040-2012《土遗址保护工程勘查规范》；WW/T 0007-2007《石质文物保护修复方案编写规范》等。但专门针对文物保护工程实录编制的相关标准目前暂未见到。

三、文物保护工程实录的重要意义

（一）工程实录是不可移动文物研究的重要史料

不可移动文物之所以是实体化的历史，究其原因在于：不可移动文物的创建及使用，乃至改建修缮，甚至毁灭、重建中，所在年代的政治导向、审美情趣、生产力水平甚至自然环境等信息均附着在实物的砖瓦石木之上，可谓刀斫斧凿皆成史料。但实物终有消亡的时日，依存其上的历史信息也将随实物的消亡而隐入尘烟，为了历史信息的长久保存，将实物的史料转化为真实可信的文献史料具有重要的意义。历史时期，匠人囿于有限的文化水平，营建技艺虽然巧夺天工，却罕有文献记录传世，史料中所见关于建筑及园林的描写多存在于文人骚客的诗词笔墨，华丽有余却难免附会、夸张。因此，许多存世的精巧建筑并未留下其营建、修缮过程的记录，由此产生了许多未解之谜，增大了后人对其保护和利用的难度。现代的文物保护工作者兼具修缮技艺和文字写作的能力，应当承担起解决这一问题的责任，工程实录就是形成文物保护工程史料的一个重要形式。工程实录是工程实施全过程的真实记录，一项重要意义就在于将文物保护工程本身作为一个历史事件、作为文物历史信息的一个组成部分，如实记录施工全过程，为日后的保护和研究提供史料。

（二）工程实录是促进文物保护工程实施水平提高的推动力

前文曾提到，当前文物保护工程存在施工盲目追求"快、省"，工程档案真实性有待提高等问题。在实际工作中，我们应当坦诚地承认，一些文物保护工程存在相对严重的问题。比如某些工程受工期、资金等的限制，在施工工艺上简单粗放，对"不改变文物原状"的原则落实不到位；有些构件维修比更换耗时耗力就只换不修，有些细节部位的原状是有别于常见做法的地方手法，却不管不顾一味参照惯例，造成修缮完成的文物"空留其形而再无神韵"，甚至连形也难以保全，使保护沦为"保护性破坏"。某些项目的工程资料，或因人员配备不足施工过程中没有进行详细记录，或为掩盖各类不恰当的措施，并不是随着工程进展逐项收集整理，而是在工程完工面临验收时秉烛达旦编出来、补出来、抄出来，基本丧失了档案资料的意义，无异于一堆废纸。文物上凝结的历史信息由此湮灭，参建单位投机取巧也能通过验收，也就不愿再花费精力认真做事，文物保护工程行业整体水平就难有长足的进步。工程实录不同于目前的工程档案资料，后者仅限于工程相关单位审阅，而前者是面向全社会公开出版的文献资料，受到人民群众的广泛审阅和监督，这在客观上也要求工程实录必须落实"实时、真实、客观"的原则。高质量的成果就要求必须有高质量的生产过程，当工程实录成为文物保护工程的一项制度性要求后，工程实录的编制就会使各参建单位在工程实施过程中以更加严谨的态度落实文物保护工作的各原则和要求，并且必须在施工过程中进行实时的文字和影像记录，落实档案的真实性。由此，工程实录的编制将文物保护工程的整体水平的提升。

（三）工程实录是记录传承传统技艺和加强人才队伍建设的重要途径

我国的不可移动文物分布范围广，类型多。不同地区的文物在建筑材料、营造技艺、造型布局等方面都体现出浓郁的地域特点。文物保护工程也呈现明显的地域性，从业者多以所在地为原点，参与本区域内的文物修缮工作。受距离、时间、资金等的限制，学习了解其他地区文物修缮工作的方法具有一定的困难，不同地域间的交流不够充分。工程实录记录着文物保护工程实施的程序、工程施工的具体做法、突发事件的处理等各方面内容，每一部工程实录，都是一本细致的案例讲解，从业者通过阅读实录文本，能够较为直观地了解这一工程进行的详细情况，极大地降低了行业间交流学习的成本，提高了沟通借鉴的效率，为行业间交流学习搭建了一座高速桥梁。

现存的不可移动文物，在其诞生的年代无不是众多能工巧匠以高超的技艺营建而成，文物上凝结了珍贵的传统技艺，是我国宝贵的非物质文化遗产，掌握这些技艺的传承人，许多也已成为"大国工匠"。各地文物中也蕴含了丰富多彩的地方特色手法，这些传统技艺的保护和传承是文化遗产真实性和完整性保护的重要内容。但随着时代的发展，这些珍贵的传统技艺处在不断流失的境地，一方面原因是文物实体在历史中有着不可抑制地消亡过程，另一方面则是各类主客观原因使传统技艺后继无人，专业技能人才的缺乏也成为困扰文物保护行业长远发展的瓶颈。为了解决这一问题，各级文物行政主管单位和行业协会积极开展技能人才培养工作，组织各类培训，建立人才培养体系。工程实录详细记录着文物中各类材料构件的详细制作过程、传统工艺的具体做法、特殊保护方式的具体实施过程，既是传统营建技艺和地方做法的纪实录，又是绝佳的案例培训教材，为非物质文化遗产保护和文物保护行业专业人才队伍的培养做出重要贡献。

（四）工程实录是向世界展示遗产保护工作中国方法的重要途径

截至目前，我国已拥有56处世界文化遗产，是全球拥有世界遗产类别最齐全的国家之一，并曾两次承办世界遗产委员会会议，世界遗产保护工作中的中国声音占据愈加重要的地位，保护全人类的共同遗产越来越需要中国力量。工程实录能够如实反映我国文物保护工程的理念和实施的程序要求，体现我国文化遗产的营建技艺和保护的具体措施，能够在国际交流中使各国充分、直观地了解我国文化遗产保护事业，为全世界遗产保护提供可供参考的中国案例、中国方法。

四、文物保护工程实录编制工作的探索及初步成果

鉴于国内外对文化遗产保护记录的重视，以及编制文物保护工程实录的重要意义，将出版工程实录纳入文物保护工程的一项既定工作，形成文物保护工程实录的图书体系，建立我国文物保护工程的案例库十分必要。

近两年，我们选取了一些具有代表性的文物保护工程，开始尝试进行工程实录的编制和出版工作，并在实践中对主要问题进行了研究，取得了一些成果和有益的经验。

在实录体例方面，确立了类似于编年体史书的体裁。开始着手编制第一部工程实录时，我们曾

就工程实录的体例进行过一番深入讨论。有人提出工程实录某种程度是工程档案的升华，可以工程资料的类型为章目，分门别类地罗列建设单位、设计单位、施工单位、监理单位编制的各项资料，如项目管理资料、设计图纸、施工日志、监理日志、会议纪要、验收资料等，由此读者能够清晰地知晓各参建单位的职责及工作的效果。也有人提出，既是工程实录，就要强调"实时、真实"等"实"的特点，何不效法《明实录》《清实录》等编年体史书的体裁，以最为客观的时间为线索，记录工程发生的具体事件。经过讨论，最终决定采用第二种意见，能够更加清晰地体现出工程实录并非工程资料的堆砌，突出实录"实"的特点。在时间节点上，选择从工程确定参建单位后的施工准备阶段起，到验收阶段结束止。内容上综合每日的施工日志、监理日志、会议纪要等资料，客观记录工程事实，不加主观评判，形成一部"庞贝古城日记"式的工程实录，真实反映当下的工作水平，经验教训、功过是非皆留待后人评说。

在内容上，工程实录不应是单纯的理论研究，不应是工程资料简单的堆砌，也不能仅表功而不记过。其内容应突出对工程的纪实，无论经验还是教训均如实记录、客观反映，重点进行每日工程现场各方面工作的真实和全面记录，文字和图片记录都应是施工过程的真实显影。

在最终效果上，工程实录最终应当达到使读者阅读书籍就如同亲临施工现场的效果，让读者能够从实录中找到解决具体问题的方法，学习有益的经验，避免问题和缺陷。例如一些文物保护工程需要采用对文物本体进行整体抬升、下降或迁移等高难度的保护措施，工程实录中含有对这些措施实施细节的记录，能够发挥很好的借鉴作用；又如在文物保护工作发展的过程当中，受限于当时的保护理念、保护材料、保护方法的发展水平，为了首先消除文物陷入彻底损毁的危险，不得不采用一些在后世看来不甚恰当的手段，工程实录也如实反映时代的局限性，为后来者采用更加科学的方式消除不良影响提供依据。

工程实录还应该是文物保护工程从业者的工具书。当工程实录的数量和质量均提高的一定的水平后，我国文物保护工程领域将拥有一座具备实际指导意义的案例书库和工具书库，许多先进的管理理念可以被推广，许多精妙的工艺手法可以被继承，许多局限和缺憾可以被弥补，许多错误和教训可以被规避，文物保护工程行业理论和实践将可以时时交流、日日碰撞，长足发展。

在工作方法上，我们目前摸索出这样的一套工作方法进行工程实录编制工作的尝试：①将工程实录编制工作的安排作为施工准备阶段的一项工作内容，针对工程提出具体的要求，并明确在该项工作中各相关单位的职责，初步形成工程实录编委会组织；②施工阶段中，在进行常规工程档案资料记录的基础之上，进一步贯彻实录"实时、真实、客观"的原则，详细记录每日投入施工的各类机具材料及人员组成、施工具体部位、具体施工工艺、现场事件的处理过程及结果、会议等的情况，并配以照片等影像资料进行形象直观的说明；③工程施工阶段结束后，由编委会对记录的资料进行系统整理，在形成常规的工程资料档案的同时，按照实录的体例形成书稿，客观对待每一项材料，不夸大经验和成绩，也不避讳错误和教训。

按照这样的工作方法，目前已经编制出《河南省罗山何家冲红二十五军长征出发地建筑群保护修缮实录》《河南省文物工作队旧址保护修缮实录》两部书稿，并已完成样书的印刷送交各参建单位审阅，得到了一致的肯定和好评。其中《河南省文物工作队旧址保护修缮实录》已经被河南省文物考古研究院列为七十周年院庆的重要成果，进入了正式出版阶段。

在探索工程实录编制工作方法的同时，我们希望这一工作站在更高的起点，更加规范地发展。我们曾参与过《古建筑保护工程施工监理规范》这一行业标准的编制工作，深刻认识到一部规范对于提高工作水平、促进行业健康发展的重要意义。但目前针对文物保护工程实录编制这一工作尚未有统一的标准，我们提出了编制《文物保护工程实录编制规范》的设想，以期通过一套具有针对性、可操作性的标准，填补此项工作的空白。

通过对国家相关政策的研究和学习，我们发现，党的十八大以来，文物保护工作顶层设计不断完备，《关于加强文物保护利用改革的若干意见》《"十四五"文物保护和科技创新规划》等相继印发，为新时代文物保护利用工作提供政策指引；《关于实施革命文物保护利用工程（2018—2022年）的意见》《革命文物保护利用"十四五"专项规划》等文件，确立了加强新时代革命文物工作的任务书和路线图；出台《关于加强石窟寺保护利用工作的指导意见》《黄河文物保护利用规划》《长城保护总体规划》等，为相关文物保护提供具体指导。在不断完善的基本制度之外，各级文物部门鼓励各单位积极参与行业规范标准的制定和修订工作，国家文物局发布通知组织年度文物行业国家和行业标准制修订计划项目申报工作，并发布了《文物保护标准编写工作手册（试用版）》，为标准编制和申报工作提出了具体的指导。

在这样的政策背景的支持和鼓舞下，结合多年来工作的经验和体会，在河南省文物局的支持和指导下，我们向河南省标准化处提交了项目申请，希望通过科学的工程实录编制规范，进行文物保护工程实录编制与出版工作的探索，为全国文物保护行业交流学习提供可供参考的样本，助力我国文物保护工程事业发展，并期待在国际交流中为全世界文化遗产保护行业提供中国案例，传播中国经验，进一步提升我国在国际古迹遗址保护中的地位，为全人类文化遗产保护事业做出贡献。

参 考 文 献

[1] 中国古迹遗址保护协会. 文化遗产保护管理相关法律文件汇编［G/OL］.（2021-03-12）［2022-11-25］. http://www.icomoschina.org.cn/uploads/download/20210312144359_download.pdf.

Exploration of Compilation of Records of Cultural Heritage Protection Projects

NIU Ning[1], WANG Mingming[2], ZHANG Zenghui[2]

(1. Henan Provincial Architectural Heritage Protection and Research Institute, Zhengzhou, 450002;
2. Henan Anyuan Cultural Relics Protection Engineering Co., LTD., Zhengzhou, 450000)

Abstract: The record of cultural heritage protection projects plays an important role in recording historical information, improving project level, inheriting traditional skills, training professionals, and expanding international influence. However, the number and standard of the records of cultural heritage protection projects that have been published are small and uneven, which do not fully reflect the documentary characteristics of "in time, real and objective", and the compilation of project records lacks corresponding normative guidance. By combing and analyzing the status quo of the record of Chinese cultural heritage protection projects and relevant documents at home and abroad, it is indicated that the compilation of the record of Chinese cultural heritage protection projects is of great significance with good foundation and broad prospects for development. At the same time, the achievements of the current work are introduced to provide reference for the development of related work in the same industry.

Key words: record of cultural heritage protection projects, specification for compilation of records of cultural heritage protection projects, in time recording, true and objective

社旗山陕会馆的商业文化功能探析

余晓川

（河南省文物建筑保护研究院，郑州，450002）

摘　要：本文从五方面对社旗山陕会馆商业文化的功能进行了分析，得出了在明清时期山陕会馆在赊店古镇中倡导的经商理念和商业文化功能。商业规范性操作和极高的约束力促使了赊店古镇的繁荣与商业信誉的延续，其诚信为本、公平公正、自律互助等方面功能对现代社会具有借鉴意义。

关键词：社旗山陕会馆；商业文化；研究

山陕会馆所在的社旗县城内，旧称赊镇、赊旗镇、赊店，由镇南兴隆店发展而来。赊，在古汉语中的解释为"欠款""迟""松缓"等之意，以常用商业活动词语来命名的城镇并不多见，让人对此地的商文化由来和发展产生了好奇。古老的赊旗镇的中心并不是衙门官署，而是矗立着一座宏伟、非凡的古建筑群——山陕会馆，围绕着它的是布局完善的街道、商铺和城墙，这一切都在暗示着，这里曾经有过辉煌的商业。

赊旗镇北陆路纵横通达北方数省，镇南河网密集，与汉水与长江相通，水运繁忙。独特的地理条件，早在明代就吸引着山陕商人便在此处经商、转运。到清代，商业空前发展起来，水旱相交、贯通南北的赊旗镇，成为舟来车往、商贾云集、人口密集、生意兴隆的商业巨镇。优越的自然环境，水旱相交的便利状况，使商人们觉察到此处的商业价值，纷纷来此经商，特别是山陕地区的商贾，是其中的主力军。商人们的到来促使了赊旗的兴盛，据史料记载，赊旗镇因商业持续繁荣数百年，全镇逐步形成 72 道街，人口十余万人。可谓是街道密集、商号林立、摩肩接踵，商船来往如梭。有"拉不完的赊店镇，填不完的北舞渡"之说。

社旗山陕会馆是赊店镇最大的会馆，位居古镇中央，统揽全镇格局，其重要性不言而喻（图一、图二）。会馆是在此地经商的山陕人士自筹兴建的同乡会馆，具备自发性商会的性质。以"会馆"形式自发形成，谋求共同利益，具有为"商会"性质的组织。在将近二百年的时期内，成为中国经商者最基本的组织形式。赊旗镇商业发展离不开会馆组织的鼎力协助，同时亦成为外域商人捍卫自身利益，诚信经商理念的守护神。在赊店古镇，由风俗习惯相同的同乡同源的商人们结成的同乡会，开始集资筹建各种同乡会馆。为平衡各商人的利益，便组织商会联合体。赊店镇内经商队伍中以山陕商人为众，财力势力最为昌盛，因此山陕会馆居于全镇商业核心地

图一　十八学士登瀛洲石雕图

图二 大座殿前石坊

位，商业的重大事项，都是由山陕会馆主持商议决定。商会之间、行业之间以及官商之间的联系、商讨、管理等均由山陕会馆出面协调。山陕会馆在赊店古镇中地位、能力、财力等最为显著。

1. 制定统一行规，确保市场秩序的公平，推行诚信为本的经商理念

清雍正二年（1724年），为保证市场秩序公平合理，平等进行商品交易，消除欺行霸市、缺斤短两、以假充真、蒙骗顾客等商业陋习，各行商贾与商会管理者多次聚会山陕会馆，定下规矩，共同遵守。并在山陕会馆内最显著的位置立《同行商贾公议戥秤定规矩碑》，推行公平、公正、诚信为本的经商理念。同治六年（1867年）进行重刻，碑文主要规定了"秤足十六两，不得按私戥秤交换"，耸立至今。立于乾隆五十年（1785年）的《公议杂货行规碑》中规定"卖货不得包用，必得实落三分，违者罚银五十两；卖货不得论堆，必要逐宗过秤，违者罚银五十两……"等经商规矩多达十几条。这些200余年前的商业规则广泛涉及商业服务领域，包罗万象、内容详细、规范严谨，实在令人叹服。对这些行规监督、执行也是山陕会馆的主要职责之一，对保持古镇公平市场秩序，促进古镇商业有序发展，起到了关键作用。

诚信是华夏民族的传统美德，"人无诚不交，人无信不立"。社旗山陕会馆建筑装饰艺术与诚信文化相互结合的范本，是宣传诚信文化的代表。其建筑内外装饰的各个环节，柱础、柱身、额枋、雀替、梁架、墙面等处石雕、木雕、泥塑、彩画、刺绣的装饰图案中，突出地体现了"诚信为本"的商业文化。以隐喻为主要手段的装饰图案，丰满生动地展示了诚信教条；会馆主体崇拜的对象"关公"，则是诚信、义气的化身；那些刻画在石碑上，竖立在内心的诚信条规，在来到会馆中便可察觉到。这些商业功能的显现，在会馆建筑中随处可见，突出了主体，强化的宣教，是建筑与文化完美结合的典范。

2. 分行划市，促进行业和谐竞争

赊旗镇在清代最为鼎盛，商业道街遍布古镇，逐步形成 72 条具有特色的商业街。每条商业街都形成了特定的经营范围，有骡店街、铜器街、麻花街、木器厂街、当铺胡同、瓷器街等。这些行业特色街道特点鲜明，按照经营品种进行划分经营。经商者按照山陕会馆共同商讨制定的商规，共同遵守、照章经营、相互监督、自我约束，形成了良好的商业模式，对商业的发展和繁荣起到了促进功能。这种商业氛围的形成，有自发聚集形成的因素，更有同乡商会相互吸引、主动引导，这样方便顾客挑选，促使行业发展、加快信息流通，提高商品质量和服务水平，形成较好的商业竞争环境。

清道光二十四年（1844 年）浩生社所立的"既和且平"的匾额，是山陕会馆商业文化精髓。悬挂在悬鉴楼戏台屏风上部的这块牌匾内容来自《诗经·商颂·那》"既和且平，依我馨声"，其寓意为音乐的伴奏要和谐通畅，音量高低要恰如其分。山陕会馆的商人们则引申为"和谐平稳"和"融洽公平"。在和气中经营，在公平中竞争，光明磊落、不暗箭伤人。这种和谐、公平、融洽是赊旗镇商人经商的长盛不衰的理念之一，亦是会馆在商业活动中起到的作用。

赊旗镇的商业经历了一个由混乱到有序、由散漫到和谐的演变过程。在会馆的大力推动下，"和谐有序"的商业理念贯穿到具体的商业活动中，逐步形成了以诚信、和谐、有序等一系列的商业道德规则。平等竞争自律机制的确立，促使了商品质量的提高和商业活动的规范，形成了"南船北马，总集百货"的"豫南巨镇"，"咸丰年兴榷关，其市岁税常巨万"，"天下店，数赊店"的传颂。

3. 商情共享，自律发展，互助共谋

"叙乡谊，通商情，安旅故"是设立会馆的出发点。离乡别土、远走他乡的商人们在会馆中找到了精神依托，将其看作是故乡亲人的根脉所在。赊旗镇的秦晋商贾在山陕会馆内联络感情、洽谈商情、相互帮衬、制定规矩、共谋发展。让同乡商人相互融资担保，共同发展，共渡难关。会馆同乡会也是平抑商业纠纷，保护会员正当权益的场所。商业竞争是商业发展的必选之路，商贾之间必然会产生各种纠纷。这些分歧在会馆中解决是商人们的最终选择。会馆来出面调停、仲裁，依照规矩公平维护商户权益，处罚违规商户，逐步形成会馆信用与权威，维持赊旗镇的商业繁荣，成为会馆的最终使命。随着会馆的权威性逐步扩大，通过订立商规并监督执行，维护正当权益，形成良性循环。在社会层面，会馆出面与官府合作，依法保护会员的正当权益与义务。

俗话说："没有规矩，不成方圆。"山陕会馆成为商人们的自律机构，维护平等的圣地，是形成合力提升自我的学校。经营者主动协商、自我制定规矩、自我进行管理、制定和遵守商业行会规定。并把这些行规的条文刻录在石碑上，把诚信、公平、和谐等经商文化隐喻在建筑中，并在显耀位置进行宣扬，严格遵守，成为我国现存最早的商业良好规范区域之一。

4. 协助管理商业，维护地方安宁

封建社会"士农工商"中的商人阶层，虽然有钱有势，但地位低下，公众对商人的认可程度较低。商人们为了保护自己的利益，提升社会地位，就必须寻找靠山，联络官府。为此，就形成了官府与会馆相互关联、相互对立、相互利用的关系。社旗山陕会馆与赊店镇官府之间的关系更具代表

性。清初康熙帝确立了同化民族的政策，提倡关羽的忠义文化精神，山陕商人利用当时社会形势，以供奉"关羽"为乡贤的理由，在各地商业集散地均修建了以敬奉关公为主体的会馆建筑，提高了在当地的地位，宣扬了政府决策，贴近了与官府的关系。社旗会馆大座殿两侧的廊心墙上以慈禧御笔"龙""虎"二字作为镇馆之用，借此提升会馆政治地位，拉近了与清王朝官府的亲密程度。社旗山陕会馆的道坊院，又名接官厅，就是接待各级官府人员使用的，与官员来往也是会馆商会的重要工作。会馆商会利用在当地的影响，协助官府办理各种事宜。会馆内清道光二十三年（1843 年）所立的《过载行差务碑》，清楚地表明了每年支应上交官府的芦席数量。同时，经官府认可会馆商会向各商户传达各项指令，协助官府收取厘金，并抽取公议厘金。《重建山陕会馆碑》中就明确记载了抽取公议厘金 72858 两。社旗山陕会馆成了官府和商户之间纽带和传令官，成了管理全镇商业活动的助手，维护地方安宁的干将。

5. 扶危济困，共倡义举，倡导诚信经商等社会公德

山陕会馆以敬祀关公为主要活动，围绕这一主题，从平面布局、建筑规模、装饰图案、匾额楹联等多方位给予氛围烘托，花重金浓墨重彩地采用高超工艺和艺术手法赋予建筑之中。经常举行大规模的活动，歌颂关公的"忠义""诚信"精神，宣扬"忠孝节义"的道德观念，成为向公众推行道德教育的场所，起到了向商人们传达理念、警示教育功能。大拜殿石牌坊中部最高位置雕刻的"福禄寿"造像，寓意着缺斤短两、坑蒙拐骗，就会折福折禄折寿，像这种具有赋予教育警示意义的艺术造型图案在会馆内是最为常见的。

秉承关公"忠义"精神，积德行善、扶危济困成为山陕会馆的重要职能之一。在交通落后、信息不畅的明清时期，商人们行走四方，各种风险、灾祸难以预计，客死异地者也不在少数。"以慰行旅，以安仕客"为己任的会馆商会，在同行同乡"横遭飞灾"时，传递信息，扶危解患，临危不乱，相互相助，行友谊同乡之情，共渡难关。三次遭受火灾，损失惨重的"广和堂"药铺，在会馆商会倡导下，同行、同乡商人等纷纷捐资捐助，使其渡过难关。同乡人在此地生病、遇灾时，会馆商会提供钱财、药物，"相倾体恤"。社旗山陕会馆购有义园（又称义地），为同乡安置施槟。会馆常年辕门大开，与人方便，成为冬避寒风，夏乘清凉之所。重要义举活动，会馆商会统一接受商户捐资，设专账管理，公开账目，接受监督。据所立碑文记载，创建春秋楼时 424 家商户捐资，同时公开支出账目，显示公正。会馆商会积极倡议资助赊店镇的公共事业，如城墙、大石桥等的建设，成为推动全镇发展的主力军。

社旗山陕会馆的商业文化功能，是中国传统民间商会职能的缩影。此五项功能与现在商会的服务宗旨非常相近，由此足以证明，社旗山陕会馆商业文化具有一定的先进性，同时是保证赊店古镇建立良好的商业信誉和持续繁荣昌盛的有效方式。清雍正二年（1724 年）立于社旗山陕会馆内的《公议戥秤定规矩碑》，是商业规范历史源头之一。社旗山陕会馆保存完好、规模宏伟、工艺绝伦、功能完备的文化遗产，可谓商业祖脉之地。社旗山陕会馆的商业文化博大、内容精深、寓意深刻，对其进行研究，发挥积极作用，展开诚信为本的商业规范，都均具有多方面的借鉴意义。

Analysis on the Commercial Culture Function of Shan-Shaan Guild Hall in Sheqi

YU Xiaochuan

(Henan Provincial Architectural Heritage Protection and Research Institute, Zhengzhou, 450002)

Abstract: This paper analyzes the commercial culture function of Shan-Shaan Guild Hall from five aspects, and concludes the business idea and commercial culture function advocated by Shan-shaan Guild Hall in the Shedian ancient town in the Ming and Qing Dynasties. The commercial normative operation and high binding force promote the prosperity and business reputation continuation of Shedian ancient town, its integrity-based, fair and just, self-discipline and mutual assistance and other functions have reference significance for modern society.

Key words: Sheqi Shan-shaan Guild Hall, business culture, study

宋永厚陵保护与利用初探

孙　锦[1]　王广建[2]

（1. 河南省文物建筑保护研究院，郑州，450002；2. 河南省文物建筑保护设计研究中心，郑州，450002）

摘　要：考古遗址公园建设反映了中国从强调文化遗产的保存到强调文化遗产对公众开放利用的转变。公众现场体验传统文化的同时，又促进了当地的城市发展，兼顾了文化传承与经济发展的双重效益。本文以第二批全国重点文物保护单位宋陵——英宗永厚陵为例，系统性介绍了其价值和现存的主要问题，在此基础上，探讨了其考古遗址公园的建设。在目前推行考古遗址公园经验的背景下，强调充分的考古研究与价值解读的重要性，不仅是解决文化遗产保护与城市建设问题的基础，同时也是传承中华文脉的关键。

关键词：宋陵；考古遗址公园建设；文脉传承与城市发展

一、引　言

考古遗址作为我国文明史迹的重要组成部分，其保护亦为重中之重。然考古遗址不仅是历史文明的载体，亦深刻影响现今社会文化及未来的发展。

党的十八大以来，以习近平同志为核心的党中央高度重视文物"见证历史，以史鉴今，启迪后人"的重要作用。如何"让文物活起来，让历史说话，让文物说话"，是当今文物工作遵循的重要指导和历史使命。真正实践把历史文化遗产保护利用与中华优秀传统文化的传承与创新相结合。

二、永厚陵遗址的保护研究

（一）遗址概况

1. 地理位置

宋陵位于河南省巩义市西南部，东距开封市（北宋都城东京）约122公里，西距洛阳（北宋西京）约55公里，是10～12世纪北宋王朝的皇家陵墓群。北宋皇陵的营建，始于宋太祖改卜其父赵弘殷的安陵。"（安陵）在开封府开封县，今奉先资福禅院即其地。乾德二年，改卜于河南府巩县。"自乾德二年（964年），即北宋立国的第五年，直至北宋灭亡，宋室经营皇陵达160年之久，埋葬有除北宋末二帝外的宋太祖至宋哲宗共7位皇帝，以及赵匡胤之父赵弘殷，习称"七帝八陵"。陵区分布范围约200平方公里，陵区范围主要包括有8座帝陵、17座后陵、上千座皇室陪葬墓，以及与陵墓营建、使用、管理相关的采石场、寺院、陵邑等各类遗存。依据遗址区自然地形及帝陵营建先后，分为相对集中的四个片区，即西村片区（永安陵区、永昌陵区、永熙陵区）、蔡庄片区（永定陵区）、孝义片区（永昭陵区、永厚陵区）和八陵片区（永泰陵区、永裕陵区）。永厚陵位于孝义陵区，地处巩义市区南部，地属孝义镇的外沟、二十里铺和孝南村。巩义市区南部现为黄土岗，岗地东南连接嵩山余脉——青龙山，岗顶偏西部为宋真宗永定陵。现陵区范围南北长 750、东西宽约 300 米，方向 187°。

2. 遗产构成

宋英宗永厚陵现由上宫、下宫和宣仁圣烈高皇后陵组成。另外，在该陵西北部，还发现并发掘了魏王赵颢墓、燕王赵颢墓和兖王赵俊墓等。由于该陵地处巩义市区，神道石雕像东侧建有巩义市气象站，高皇后陵以北也被一些企事业单位占去。

永厚陵上宫南高北低，诸建筑基址地面皆存。由于近年平整土地，地貌发生了较大变化，从鹊台至宫城北神门分作五阶台地；鹊台所在位置为第一阶；由鹊台向北 54 米后，地势较前下低 2.5 米，至乳台间为第二阶；乳台至南神门为第三阶，较第二阶低 2.1 米；南神门至陵台之间形成第四阶，比第三阶低 2.5 米；陵台以北为第五阶，较第四阶低 0.7 米。

宣仁圣烈高皇后陵位于永厚陵上宫的西北隅，其鹊台南距永厚陵西北角阙仅 8 米。该陵园地势平坦，地面建筑基址尚存，只是陵台严重塌陷，北神门阙台和西北角阙所剩无几。与北宋皇陵其他皇后陵相比，除鹊台至乳台间距缩小外，乳台至南神门之间的神道也比较短。

3. 遗产价值评估

1）历史价值

宋陵作为北宋皇家陵墓群，是反映北宋皇家统治思想与社会文化特质、国家仪轨、皇室规制的代表性建筑类型之一。

宋陵的选址位置、整体格局、地面建筑遗迹、墓室建筑及装饰、石雕像、出土陪葬品等遗存，作为北宋时期国家水平的建筑和工艺遗存，展现出明显的宋代文化、技术、艺术特征，为宋代社会文化、经济、技术发展状况，尤其是皇家丧葬制度、祭祀制度、建造制度等方面的研究提供了重要物证。

永厚陵是北宋皇陵史料记载中帝王葬礼最详尽的一座。北宋官员李攸亲临英宗葬礼后，将帝后葬礼、陵寝地宫及陪葬品的大量细节均记录于《宋朝事实》中，这些对北宋历史、陵寝制度、宫廷制度、等级制度以及经济、外交等方面的研究，提供了实物依据。

2）科学价值

北宋皇陵结合风水选址，七帝八陵皆集中于一处安葬，开创了帝陵集中埋葬制度的先河。

宋陵在陵墓建制上较唐代有所变化，突出了上宫及献殿在皇家陵寝中的地位，是古代陵寝建制的转折点。

3）艺术价值

永厚陵现存石雕像代表了 10 世纪末至 11 世纪初宋代早期雕刻艺术的最高水平，是研究中国石刻艺术、服饰艺术、装饰艺术的珍贵资料，在中国艺术史上占有极其重要的地位。

4）社会价值

以宋陵陵区为文化载体，可以促进当地居民与外界的文化交流，提高公众的文物保护意识和艺术鉴赏水平。它不仅是中华文脉和优秀历史文化传承的重要场所，也是向世界展现五千年璀璨中华文明的窗口。其较好的保护、合理利用及充分展示，将对提升中华民族的文化自信和自豪感起着积极的促进作用。

4. 项目范围

本次项目范围为永厚陵的上宫和宣仁圣烈高皇后陵区域，北至高皇后陵北门阙北侧 5 米，南至永厚陵上宫鹊台南侧 110 米至杜甫路，东至永厚陵上宫东门阙东侧 40 米，西至永厚陵上宫西门阙西侧 40 米至乡间道路。南北长约 750 米，东西宽约 300 米，总占地面积 21.5 公顷。永厚陵上宫现存的地面遗迹有陵台，四神门两侧的门阙和四隅的角阙基址，鹊台 2 个，乳台 2 个，以及石雕像 56 件。地面不可见遗迹已知的主要是陵台四周的神墙、神道、墓道。高皇后陵现存的地面遗迹遗存有陵台，四神门两侧的门阙和四隅的角阙基址，鹊台 2 个，乳台 2 个，以及石雕像 27 件。地面不可见遗迹已知的主要是陵台四周的神墙、神道、墓道。

5. 遗产现存问题

1）环境现状

上宫地貌由于 19 世纪平整土地以及多年的植树和农耕活动已有较大破坏，上宫现地貌从鹊台至宫城北神门原有南高北低的斜坡地现已改变为五级阶地，较历史记载的斜坡地貌有较大改变。高皇后陵地形相对较为平坦，皇后陵范围内有大面积的菜园和建筑设施，对地貌破坏较为严重。陵区内南部现为里沟村，村内民房建筑密度较大，民房建筑距离上宫鹊台仅 20 米，现无入口空间，与城市道路杜甫路衔接不畅。

上宫宫城南神门东南现为巩义市气象局，建有多栋 1～2 层建筑，建筑和围墙紧邻南神门东阙台和东列石雕像。上宫鹊台与乳台之间有大面积桐树林、杨树林和农田，神道已无存。里沟村北侧村庄道路距上宫鹊台过近，占压部分鹊台夯土遗址，已威胁到文物本体安全。上宫西北角处现有多条水渠穿越，破坏遗址地貌，影响地下遗址安全。上宫内现电力线缆多为地上电线杆形式，对遗址环境和景观视廊多造成破坏和阻隔。

2）遗产本体问题

上宫陵台主要存在植物侵害和人为破坏，且存在水土流失问题。陵台曾多次被人盗掘、陵台夯土部分为人盗挖。高皇后陵陵台正南部中间有一窑洞，深约七米，陵台前端还有一巨大的塌陷坑，坑内各类垃圾堆积现象严重。

永厚陵乳台、鹊台存在水土流失问题，夯土体逐年减小。主要是植物病害和人为破坏，植树、耕种、修建道路和水渠，使鹊台、乳台周围生土层裸露。上宫西鹊台南侧和西侧因道路占压，夯土边线不明。现有保护用房叠压于上宫西乳台南侧。

上宫和高皇后陵宫城前的阙亭现地表均已无存。上宫东阙亭东侧被气象站叠压，南侧和北侧均被扰土破坏。高皇后陵西阙亭地下夯土台基已基本被后期人类活动破坏。

上宫和高皇后陵宫城四周的神墙地上部分多已不存在，仅存有四神门两侧的门阙和四隅的角阙基址，地面存量较小。主要问题是耕种破坏和水土流失。上宫西北角阙、东北角阙和高皇后陵西神门南阙和东北角阙均有被村庄民房占压现象。上宫东神门两阙台中部被一南北向水渠贯穿。

由于平整土地，造成神道两侧石雕像被不同程度地提升或降低，部分歪倒，或部分埋于土下。石刻本身有不同程度的风化以及酸雨腐蚀，个别石刻被盗割、毁坏。

3）展示利用问题

永厚陵现为耕地和民居占压，并未开展任何展示活动。

（二）永厚陵遗址公园设计研究

1. 设计理念和原则

1）设计理念

本次设计旨在展示永厚陵上宫和高皇后陵园遗址的真实性和宋代陵寝制度。利用北宋永厚陵陵寝遗址与其蕴含的丰富历史文化内涵，使人们了解璀璨历史，延续中华文脉，共同促进城市建设和文物保护工作。在保护遗址的前提下，遵循文化遗产保护的相关原则，充分挖掘历史、文化内涵和系统、全面展现遗址背后的历史风貌，最大程度保护、修复遗址环境。通过遗址原貌展示、遗址本体展示、数字模拟展示等方法，尽量真实、充分地阐释永厚陵的历史文化价值，尽可能地还原历史环境，引导游人参观和感悟遗址景观和文化内涵。以使公众通过真实的环境场景，了解北宋皇家陵寝的制度和宋文化内涵，为宋陵的总体展示利用打下良好的基础。

2）设计原则

遗址公园的设计，遵循"保护第一，加强管理，挖掘价值，有效利用，让文物活起来"的新时代文物保护工作方针。因遗址分布相对集中，且陵区格局相对完整，故采取遗址整体保护模式。同时遵循《宋陵保护总体规划》中针对永厚陵上宫和高皇后陵园展示提出的规划要求，与保护规划在保护原则、保护目标、保护措施等方面保持一致。

设计方案应最大限度保存永厚陵现存土遗址、石质文物的真实性。设计中选取的展示方法以最少干预遗址为原则，以最大限度表达永厚陵的历史空间场所特征，以及陵寝建筑的环境氛围。

在设计中对遗址采取的环境整治措施和展示措施，均应以考古为依据，同时也为后续的考古工作留有充分的可能。

设计力求保护区域自然生态环境，在将现代各类设施减到最少的同时，考虑向公众展示真实的历史信息，同时也为城市居民提供活动休闲的空间场所。

2. 总体布局

设计的主要内容为永厚陵遗址的现场展示和相关历史文化的阐释。现场展示部分包括：自然环境、植被景观、帝后陵陵寝格局、土质遗存、石雕像等相关文物。

总体布局：一轴、两心、两带、六区、两片。

一轴：由上宫鹊台至宫城北神门中轴线和皇后陵鹊台至宫城北神门中轴线组成，是永厚陵区的主轴线。依据历史记载、现状分布，恢复中轴线南高北低的斜坡地貌，以及神道、甬道，沿中轴线两侧、宫城外种植柏树林，烘托肃穆的中轴线和祭祀空间氛围。

两心：以上宫陵台和皇后陵陵台为永厚陵区的两个核心，也是两个中心点，通过鹊台、乳台、宫城各门阙至陵台的景观视廊的营建，恢复上宫和皇后陵的历史环境特征。

两带：以上宫和皇后陵两个宫城城墙形成两条环形展示带，串联宫城门阙、神墙、角阙等遗存。

六区：由两片遗址展示区（上宫陵前展示区和皇后陵陵前展示区），和四片生态休闲活动区（西、东南、东北和北区生态景区）构成。陵前展示区为参观陵墓游客的主要活动区域，包括上宫和皇后陵各自的鹊台、乳台、石象生、阙亭、门阙、角阙等遗址点，为永厚陵区历史文化内涵具体阐释的重要载体；休闲活动区主要为本地市民的休闲活动区域，是位于城区中的遗址展示区的重要组成部分。

两片：由主入口服务区和次入口服务区两片区组成，服务区为进入展示区的所有游人提供服务，同时也是展示区内部管理者的办公区。

3. 展示方式

永厚陵上宫区气势恢宏，体现了北宋祭祀文化的空间场景高等级制度。空间场景的烘托与传达是本次展示设计中对陵区展示的主要原则，即以永厚陵祭祀空间为着眼点，选择最能体现其特点的展示方法。本方案选用了永厚陵遗址本体展示、原貌展示、数字模拟展示（遗址地面部分）等多种方法，向公众展示宋代陵寝文化、祭祀文化等多方面文化内涵，以达到对该文化遗产的有效保护、利用和中华传统文化传播，同时也兼顾地区经济建设发展，更好地实现对该文化遗产的全方位保护。历史环境展示方面主要通过大范围的松柏限定主体空间，烘托宏大的场景及肃穆的祭祀氛围。

1）遗址本体展示

主要针对石质构件等遗存的展示方式，在对石象等地上遗存实施必要的保护加固后，进行本体展示。石雕像共计 83 尊，根据地坪高程进行调整扶正。石雕像地表每边铺 80 厘米宽碎石，以保持水土。对局部埋于土内的雕像通过整理地坪使其显露，不能够全部显露的应提升出地面。

2）遗址原貌展示

主要针对地上土遗址遗存的展示方式，在对陵台、乳台、鹊台等土遗址实施必要的保护加固后，进行原貌展示。

上宫鹊台 2 个，东西并列，两台间距 44 米，为夯土筑成，平面略呈长方形。后陵鹊台 2 个，东西并列，两台间距 36 米，为夯土筑成，平面略呈长方形。在对夯土体保护加固后，表面覆盖膨润防渗毯，其上回填 0.5～0.6 米厚土层，种植地被植物（如过路黄、结缕草等）。为防水和防止下部掏蚀，结合道路南移改造，按鹊台原始轮廓在鹊台底部地面用碎石铺砌进行标识展示。

上宫乳台 2 个，东西并列，两台间距 45 米，位于鹊台北 143 米，也为夯土筑成，平面略呈长方形。后陵乳台 2 个，东西并列，两台间距 16 米，位于鹊台以北 12 米，也为夯土筑成，平面略呈长方形。在对夯土体保护加固后，表面覆盖膨润防渗毯，其上回填 0.5～0.6 米厚土层，种植地被植物（如过路黄、结缕草等）。为防水和防止下部掏蚀，结合保护房拆除，按乳台原始轮廓在乳台底部地面用碎石铺砌进行标识展示。

上宫宫城平面为方形，边长约 240 米，宫城神墙、四个角阙和各门阙还保存有部分地面夯土遗存。对门阙和角阙夯土体保护加固后，表面覆盖膨润防渗毯，其上回填 0.3～0.4 米厚土层，种植地被植物。为防水和防止下部掏蚀，按照考古勘查时发现的底部青砖位置包砌青砖，砌体高 480 米，厚 0.6 米。砌筑前清理地表，按照原有砖砌体位置。砌筑方式需根据进一步考古工作确定。

对宫城神墙夯土体保护加固后，表面覆盖膨润防渗毯，其上回填 0.5～0.6 米厚土层，种植红色地被植物模拟朱砂图层。陵台位于宫城正中，为方形覆斗状。陵台原始轮廓东西长约 53 米，南北宽约 52 米。在对夯土体保护加固后，表面覆盖膨润防渗毯，其上回填 0.5～0.6 米厚土层，种植地被植物。为防水和防止下部掏蚀，底部青砖包砌。砌体高 0.48 米，厚 0.72 米。

3）遗址模拟展示

主要针对地面遗存已基本无存，地下遗存不具备展示条件的遗址，采用在现地表按遗址原始位置、轮廓、材质等进行模拟展示，并配合文字进行说明。

经考古探测现仅得知上宫宫城西神门和北神门门阙之间门道地下遗存情况。西神门两阙间距约 19 米，中间为门道，门道夯土深距地表约 0.4 米，夯土厚约 1 米。夯土东西两边相对于南北两阙边均向内缩约 1.5 米。北神门两阙间距约 16.6 米，中间为门道，门道距地表约 0.8 米处见砖，一般平铺 3 层，砖下为熟土，至距底地表 3.5 米深处仍未到生土。门道外侧距地表 2.3 米深处即见生土。

按门道原始位置和轮廓在地面用青砖铺砌，砖材尺寸和铺砌方式应按进一步考古工作确定。已无存或无法探测的门道可结合阙台之间距离，参考相对方向门阙门道数据进行地面模拟，并配合文字进行说明。

上宫神道经考古探测东西外边基本与南神门内侧宫人相齐，宽约 8.4 米。因后期平整土地，神道表面距现地表深浅不一，但大致呈南高北低之斜坡状，与当时地形相符。神道距现地表约 1.5 米。后陵神道最南端距神道石刻之最南端约 20.5 米，北达南神门，长约 65 米，宽约 6.3 米。神道距现地表约 0.8～0.9 米，厚度约为 3 厘米。

由于原始神道和中轴线甬道距离地表较深，采取在现地表模拟方式进行展示。根据考古勘探摸清原地坪标高后，按统一高差抬升进行现地表整理后，按神道和甬道原始位置和轮廓在地面用青砖铺砌，砖材尺寸和铺砌方式应按进一步考古工作确定。

4）遗址标识展示

主要针对地面和地下均保留较少遗存的遗址，采取夯土、碎石、植被等方式对遗址原始位置和轮廓进行标识。

上宫阙亭 2 个，两阙亭现地表无存，经考古探测两阙亭东西并列，介于神道石刻北端和南神门阙台之间。西阙亭西距南神门西门狮 6.4 米，东西长约 14.7 米，南北宽约 13 米，距地表约 1 米深见夯土，夯土厚约 0.7 米。东阙亭东距南神门东门狮约 2.4 米，东侧被气象局建筑叠压，南侧和北侧均被扰土破坏，现存南北长约 10.5 米，东西宽约 2.8～4.3 米，距地表约 2.6 米深处见夯土，夯土厚约 0.7 米。后陵阙亭 2 个，东阙亭位置地表后期堆积较厚，未予钻探。西阙亭现地表无遗迹可寻，距地表 0.9～1.2 米深处见碎石，厚约 3 厘米。碎石范围不太规则，大致为东西长 14 米，南北宽约 9.7 米的长方形。经考古推测碎石之上可能原为阙亭夯土台基。

按阙亭原始轮廓在地面采用砌筑 0.1 米夯土层标识阙亭位置和台基轮廓。

对地面以上已不存在的上宫和后陵宫城神墙，通过考古断面确定其宽度，采用与神墙内大面积地被不同品种的地被进行标识展示。

环绕上宫和后陵中轴线及宫城神墙外种植宽度不小于 25 米的柏树林，对陵墓格局和祭祀空间进行标识。

4. 公共空间

除帝陵上宫和后陵外的公共空间，是通生态休闲广场与永厚陵遗址公园主轴线相连所形成完整的开放空间进行组织设计的。通过展示标识系统各级空间有序相连，为大型文化活动与其他公共活动的开展提供充足空间。生态休闲广场分为四个区域，分别为上宫鹊台东、西两侧，上宫石像生东侧，后陵东侧四处。

生态休闲广场为市民、旅游者提供良好的户外活动、休息空间，满足了大众休闲、交往、娱乐的功能要求。该空间地面采用青石板、木板条和草坪结合的铺装方式，体现自然形态，使之与遗址环境更为融合，同时又能与城市环境风貌形成有机联系。为满足遗址公园管理和服务等需求，在不影响遗址环境风貌的前提下，公园外围区域内应适当增设与宋陵风貌相协调的建筑。

三、结　语

北宋皇陵不仅是宋代历史的反映，更是宋代多元文化和营造技术的载体，是中国古代的艺术精粹，形成了独特的历史文化古迹。在大遗址保护的背景下，永厚陵遗址公园的建设具有很强的文化价值和现实意义。考古遗址公园的建设是符合宋陵遗址保护实际情况的最有效途径，其对于传承中华优秀文化、提升地域文化内涵、改善千城一面的城市风貌等方面都具有积极的推动作用。

本文通过不同展示方法展现永厚陵的文物遗存和陵寝制度，提出了河南巩义永厚陵遗址公园设计的方案。遗址公园与传统公园的不同点在于其所承载的历史和文化因素。在保护遗址的前提下，如何最大限度地有效展示其内在的历史价值和文化价值，是遗址公园设计的重中之重，这就需要针对不同展示内容制定特定的展示方式。本文提出的遗址公园布局方式与主要的四种展示方法，通过宏观、中观、微观三个尺度展示永厚陵文物遗存和其所承载的文化。同时探索如何利用景观绿化将遗址保护与城市建设相结合，在保护、利用遗址的前提下，缓解城市建设和遗址保护的冲突。希望本文能对遗址保护及遗址公园模式的研究和实践提供一些参考。

Study on Protection and Utilization of Yonghou Mausoleum of the Song Dynasty

SUN Jin[1], WANG Guangjian[2]

(1. Henan Provincial Architectural Heritage Protection and Research Institute, Zhengzhou, 450002;

2. Henan Ancient Architecture Protection, Design and Research Center, Zhengzhou, 450002)

Abstract: The construction of archaeological site park reflects the transformation from emphasizing the preservation of cultural heritage to emphasizing the public access to cultural heritage in China. While the public experience traditional culture on site, it also promotes the local urban development, considering the dual benefits of cultural inheritance and economic development. Taking the second batch of national key cultural relics protection units of Song Mausoleum——Yingzong Yonghou Mausoleum as an example, this paper systematically introduces its value and existing main problems, furthermore, discusses the construction of its archaeological site park. In the context of the current experience in the implementation of archaeological site parks, the importance of adequate archaeological research and value interpretation is not only the basis for solving the problem of cultural heritage protection and urban construction, but also the key to inheriting the Chinese cultural context.

Key words: Song Mausoleum, archaeological site park construction, cultural heritage and urban development

建 筑 考 古

河南舞阳贾湖遗址半地穴房址F1的复原研究[*]

白雪华　　郭清章

（河北师范大学历史文化学院，石家庄，050000）

摘　要：贾湖遗址目前已知可确认的房址共 71 座，已披露资料的房址有 54 座，其中 47 座为半地穴建筑。F1 是贾湖遗址面积最大的半地穴房址，从周边房址的布局来看，显示了 F1 在布局中的特殊地位，推测 F1 为集会的大型公共建筑。本文在发掘报告资料的基础上，对 F1 进行建筑形制与技术的分析与探究，并进行初步的复原，以期对 F1 的认识由遗迹的平面基址延伸至立面、空间的复原与阐释。

关键词：裴李岗文化；贾湖遗址；半地穴；复原

对史前房址遗迹的辨识，在考古发掘工作中有一个认识的过程。早在 1931 年，梁思永在发掘安阳后岗遗址时发现了“白灰面”，其在《后岗发掘小记》中将这类白灰面遗存单列一节，对其形制结构进行详细介绍[①]。由于没有发现墙壁遗迹，梁思永认为“白灰面”为没有墙壁与屋顶的露天宗教建筑遗存，这是目前所知，中国考古学者最早发掘并辨识出史前房屋类建筑遗存的案例。1934年，徐炳昶发掘陕西斗鸡台遗址，发现 1 米高的立壁也涂有白灰面，继而知道此前发现的白灰面是居住面遗迹，其四周还有墙体[②]。随着半坡[③]、客省庄和张家坡[④]等遗址发掘，众多史前房址被揭露，提升了对史前房址的遗迹形态的辨识能力以及发掘技术。史前房址多以残缺不全的基址形态被揭露，呈现的主要是平面信息，立面信息较少。由此可知，在以往对史前建筑的研究中，多聚焦于平面信息的描述和阐释，而对立面信息如房址的结构、空间尺度等方面关注不足。新中国成立初期，中国考古学深受苏联考古学的影响，体现在发掘方法与发掘技术、报告的编写[⑤]。受此影响，在涉及史前房址遗址的发掘报告撰写中常绘制建筑遗迹的复原图，如半坡、庙底沟等遗址的发掘报告，但复原图常缺乏复原分析和依据现象，多模仿苏联考古报告中的房屋复原图[⑥]。自 20 世纪 80 年代始，大量史前房址被揭露，学者对史前建筑形制、立面结构与技艺的思考开始不断增多，发表了一些具

---

[*] 本文为郑州中华之源与嵩山文明研究会资助课题《贾湖遗址房屋建筑形式与技术特征的考古学研究》阶段性研究成果（批准号 Q2022-5）。

① 梁思永：《后岗发掘小记》，《梁思永考古论文集》，科学出版社，1959 年，第 102~104 页。

② 徐炳昶（徐旭生）：《陕西最近发现之新石器时代遗址》，《国立北平研究院院务汇报》1936 年第 6 期。

③ 中国科学院考古所、陕西省西安半坡博物馆编：《西安半坡：原始氏族公社聚落遗址》，文物出版社，1963 年。

④ 中国科学院考古研究所编：《沣西发掘报告》，文物出版社，1963 年，第 43~47 页。

⑤ 刘斌、张婷：《中国考古学发展中的苏联影响》，《东南文化》2016 年第 5 期，第 32~39 页。

⑥ 何乐君：《黄河中游地区龙山时代的建筑图景——以芦山峁遗址为中心》，南京大学 2022 年博士学位论文，第 15 页。

有重要学术价值的复原研究成果，尤以张孝光[①]、杨鸿勋[②]为代表。

通过对以往史前房址复原研究的梳理，我们发现学界所关注的房址时代多集中在仰韶时代与龙山时代，而对裴李岗时代关注明显不足，鲜有复原研究成果。裴李岗文化是新石器时代中期中国建筑发展的重要阶段，房址特征鲜明，是当时建筑形制与技术的产物，因此有必要对其形式与技术特征进行专题研究（附表一）。本文在发掘报告资料的基础上，选取裴李岗文化贾湖遗址面积最大的房址F1进行建筑形制与技术的分析与探究，并绘制复原图，有助于进一步认识裴李岗文化房屋建筑技术，为裴李岗时代房屋建筑研究提供资料。

一、F1 概况与周边房址布局特征

贾湖遗址位于河南省舞阳县北舞渡镇贾湖村，平面呈不规则状圆形，总面积为5.5万平方米。1983～2013年，贾湖遗址前后进行八次考古发掘，共揭露面积2958.7平方米。贾湖遗址目前已知可确认的房址共71座，已披露资料的房址有54座，其中47座为半地穴建筑[③]。F1位于遗址西部，开口于3A层下，为贾湖遗址第三期第9段遗存，距今8000～7500年[④]。

（一）根据考古报告，F1遗址残存可供复原考察的主要现象有[⑤]：

（1）平面呈葫芦状，口部长径8.5米，短径5.8米，总面积40平方米，斜壁凹底（图一）。

（2）门向西南，门道呈台阶状，有一层高约0.3米台阶。

（3）早晚两个居住面，早期居住面厚度0.1～0.3米，有两个柱洞，D4位于房址中心，呈圆形，直径约0.75米，深0.1米；D2也为圆形，位于大柱之南、房基边缘内侧0.2米处，直径0.35米，深0.1米。晚期居住面厚度0.2～0.35米，深0.65米；D3长0.9米，宽为0.85米、深0.65米。D1位于房址南边缘北侧1.3米，长宽均为0.4米，深0.5米。

（4）晚期灶址H89位于D3东北侧。

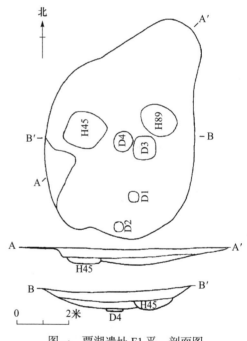

图一　贾湖遗址F1平、剖面图
［河南省文物考古研究所：《舞阳贾湖》（上卷），
北京：科学出版社，1999年，第35页］

---

① 张孝光：《陇东镇原常山遗址第14号房址的复原》，《考古》1981年第3期；中国社会科学院考古研究所山西工作队：《山西石楼岔沟原始文化遗存》，《考古学报》1985年第2期。

② 杨鸿勋：《仰韶文化居住建筑发展问题的探讨》，《考古学报》1975年第1期，详细参见杨鸿勋：《建筑考古学论文集》（增订版），清华大学出版社，2008年。

③ 河南省文物考古研究所：《舞阳贾湖》（上卷），科学出版社，1999年；河南省文物考古研究所、中国科学技术大学科技史与科技考古系：《舞阳贾湖》（二），科学出版社，2015年；杨玉璋、张居中、蓝万里、程至杰、袁增箭、朱振甫：《河南舞阳县贾湖遗址2013年发掘简报》，《考古》2017年第12期。

④ 河南省文物考古研究所：《舞阳贾湖》（上卷），科学出版社，1999年，第502页。

⑤ 河南省文物考古研究所：《舞阳贾湖》（上卷），科学出版社，1999年，第35页。

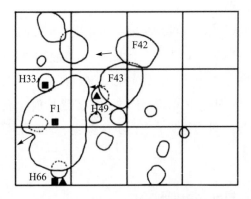

图二 F1 周边房址门道朝向图
（作者自绘）

图例说明：
■ 壁底黄泥、青泥、青膏土
● 土隔
▲ 台阶、二层台
⬠ 火烧
⊕ 柱洞
→ 台阶、门道方向

（二）周边房址布局特征

F1 属于贾湖遗址西区第三期遗存，是目前贾湖遗址所发现面积最大的半地穴房址，周边同期房址 F43、F42 门道皆朝向 F1，显示 F1 为中心房址，表明这一时期似乎已出现向心凝聚式的聚落布局（图二）。在裴李岗文化时期的唐户遗址也曾发现大面积的房址布局，同样显示出现了中心房址，即周围有若干房址环绕中心房址分布（图三）。从考古资料来看，在年代稍后的仰韶文化时期聚落遗址则是继承和发展了裴李岗时期聚落向心式布局，如姜寨遗址发现百余座房子，分 5 个建筑群，屋门均朝向中心广场。每个建筑群都有一座大房子与 20 座中小

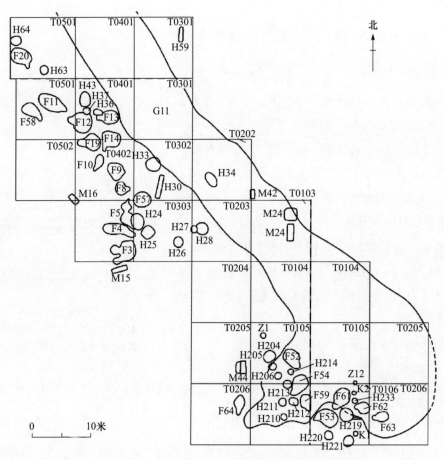

图三 唐户遗址发掘区局部遗迹分布图

（郑州市文物考古研究院等：《唐户遗址裴李岗文化遗存 2007 年发掘简报》，《考古》2010 年第 5 期，第 390 页）

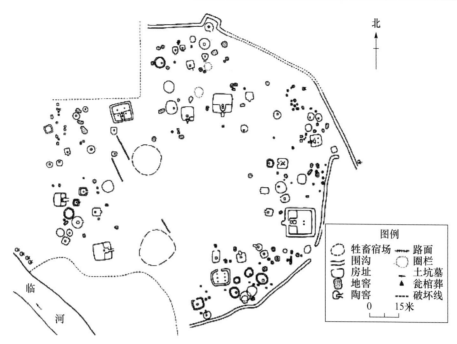

图四　姜寨遗址一期主要遗存分布图
（西安半坡博物馆、陕西省考古所、临潼县博物馆：《姜寨——新石器时代遗址发掘报告》，文物出版社，1988 年）

型房子，共同组成一个向心的完整原始聚落建筑群（图四）。因此，从门道的朝向、大小房址的组合布局特征来看，裴李岗时期聚落已出现向心式布局特征。

二、营造技术分析

（一）墙体与屋架的关系

F1 是目前整个贾湖遗址中面积最大的房址，是一个中心建筑，在其室内发现两层居住面，存在废弃后再度重新使用的情况。两期居住面均各有一大一小两个柱洞，且均分布在室内。一大一小的两根柱子毫无疑问是主要承重柱，承托屋架的重量。柱网布局是史前房址的一个重要信息，通过柱网布局，可以判断承重柱与围护柱，继而进一步了解房屋结构。墙（墙体）的构造是史前建筑形式变化的核心，不同的建筑形式有不同的墙（墙体）的构造形式[①]。F1 有无墙体，将产生两种不同的结构形式，当不存在墙体时，屋架可通过长斜梁搭在地平面之上（图五，1），当存在墙体时，屋架可直接搭在墙体之上（图五，2）。

F1 有无墙体，可以先从技术储备视角予以考察。从考古发掘资料来看，未见 F1 室外有墙体的遗迹，而在报告中没有描述其室内填土情况。在贾湖一期遗存 F17 房址内曾发现高出居住面 0.5～0.6 米的黄土台，其做法并非挖坑时留出，而是用土堆筑而成[②]，而在 F5 房址遗迹中也曾发现一道人工堆筑的墙体[③]。另在 F3 室内发现一个残破的方形黄土隔墙框，残高 0.1～0.2 米，宽约 0.08～0.12 米，

---

① 杨菁：《渭水流域史前房屋建筑形式与技术发展研究》，西北大学硕士学位论文，2014 年，第 3 页。
② 河南省文物考古研究所：《舞阳贾湖》（上卷），科学出版社，1999 年，第 57 页。
③ 河南省文物考古研究所：《舞阳贾湖》（上卷），科学出版社，1999 年，第 502 页。

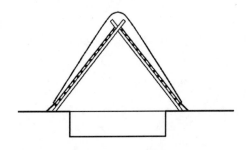 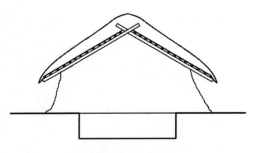

1.屋架搭在地面的结构形式   2.屋架搭在墙体上的结构形式

图五　两种不同围合结构形式

（作者自绘）

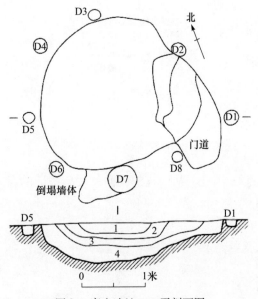

图六　唐户遗址 F21 平剖面图

（郑州市文物考古研究院等：《唐户遗址裴李岗文化遗存
2007 年发掘简报》，《考古》2010 年第 5 期，第 394 页）

东墙残长 1.16，北墙长 0.74 米，西墙残长 0.34 米，内铺厚约 0.12 米的黄土[1]。此外，在贾湖遗址二期遗存 F12 填土中发现一层厚 0.2～0.3 米较纯净的黄土，从东向西由高到低呈倾斜状，发掘者推断为倒塌的东墙墙体，而墙体内的柱子则是起支撑墙体的木骨作用[2]。而在同为裴李岗文化遗存唐户遗址 F21 的西南角 D6 与 D7 之间发现有倒塌的墙体遗迹[3]（图六）。因此，我们认为早在贾湖一期时，贾湖先民应已经掌握使用黄土堆筑墙体的技术，只是此时墙体应不会很高，形态尚比较原始。从技术储备的视角来看，贾湖三期时 F1 已具备墙体的修筑技术。

（二）屋顶做法、屋顶形制的复原

受保存状况的制约，贾湖遗址目前尚未发现屋顶实物，只能据房址半地穴填土堆积进行推测。从贾湖一期遗存 F17、三期遗存 F36 等半地穴房址的填土堆积中发现大量灰褐色土层，可能是草类纤维的遗迹，推测可能用易腐烂的草类纤维物质盖于屋架之上，形成遮风避雨的屋顶[4]。贾湖遗址周围草场广布，用作覆盖的草资源十分丰富。另在房址内也曾发现大量的草拌泥，如三期遗存 F16 灶址周围涂抹了一层草拌泥圈，二期遗存 F9 发现似为涂抹在墙壁或地面的草拌泥，且经过烧烤以防潮[5]。综上，我们推测贾湖房址的屋顶做法是椽子上以植物的藤茎、荆条编成的片状物作为灰背的基层，上覆草拌泥，最后覆草。

① 河南省文物考古研究所：《舞阳贾湖》（上卷），科学出版社，1999 年，第 36 页。

② 河南省文物考古研究所：《舞阳贾湖》（上卷），科学出版社，1999 年，第 33 页。

③ 河南省文物管理局南水北调文物保护办公室等：《河南新郑市唐户遗址裴李岗文化遗存 2007 年发掘简报》，《考古》2010 年第 5 期，第 394 页。

④ 河南省文物考古研究所：《舞阳贾湖》（上卷），科学出版社，1999 年，第 57 页。

⑤ 河南省文物考古研究所：《舞阳贾湖》（上卷），科学出版社，1999 年，第 46 页。

由于在贾湖遗址的遗迹中无法找到屋顶相关遗迹，屋顶的形制只能通过遗迹进行推测。在以往复原半地穴的相关实验考古报告中，曾有学者结合当地气候以及半地穴室内空间的使用情况，对半地穴的屋顶高度与坡度尺寸予以推测复原（即结合当地气候条件及男女在半地穴居住面可直立的活动面积），可供参考①。从柱洞分布上来看，F1有两根一大一小的室内柱子，室外无柱子分布，那么这两个柱子应是主要承重柱。根据柱网布局，F1的屋架形制有两种形式可供参考：第一种，F1屋架为两面坡形制，室内两根柱子柱顶由横向的杆件捆绑连接，横向杆件为F1的脊檩（图七，2）；第二种，F1屋架为攒尖形制，斜梁上端绑扎一起交于屋顶点，斜梁的另一支点是直接搭在墙体或者地面之上，环绕半地穴一周，构成整个屋架（图八，2）。

三、F1的复原探讨

（一）F1的功能推测

F1是贾湖遗址第三期遗存中面积最大的房址，现有遗迹说明其室内空间相当空旷，并无堂室分割现象，而周边同期房址F43、F42门道朝向F1，显示了F1房址在聚落中的特殊地位，推测F1为集会的大型公共建筑。史前房屋建筑的性质，应从整个聚落的宏观角度去思考，而不是从单体建筑去理解②。

（二）复原探讨

前述对柱网布局的分析，可知F1的屋架形制主要有两种形式可供参考，一种为两面坡形式，一种为攒尖形式。但也要注意F1外围是否有墙体，墙体的存在决定F1屋顶的围合形式，也影响F1室内空间。因此，复原时按有无墙体，F1可分为两面坡屋顶（有墙体）、两面坡屋顶（无墙体）、攒尖屋顶（有墙体）、攒尖屋顶（无墙体）四类。由于存在室内两根中心承重柱，因此F1有无墙体，虽然会影响F1围合形态和室内部空间大小，但事实上并不能决定屋顶形制。本文拟选两面坡屋顶（无墙体）和攒尖屋顶（有墙体）两类形制（形式上基本上覆盖F1四类形制），进行初步复原探讨。本文以F1晚期居住面遗存信息进行复原（图七，1；表一）。

表一　F1晚期遗迹的信息表

D3柱洞	长0.9米，宽为0.85米、深0.65米
D1柱洞	1.3米，长宽均为0.4米，深0.5米
半地穴深度	0.30～0.65米

1. 两面坡屋顶（无墙体）

F1屋顶为两面坡形制，其室内两根柱子D1和D3的柱顶由横向的杆件捆绑连接，横向杆件为

① 张剑葳：《山东烟台市北庄遗址F16房屋复原搭建实验考古报告》，《北方文物》2021年第5期，第51页。
② 严文明：《仰韶文化研究》，文物出版社，2009年，第164～189页。

F1 的脊檩（图七，2），以脊檩顶部支点，沿着半地穴口架设落地长斜梁，斜梁顶部搭在脊檩之上，下部落在半地穴口沿外侧地面，由此架设一圈长斜梁，斜梁之间绑扎檩条，上铺草帘子，屋面苫背（图七，3、4）。

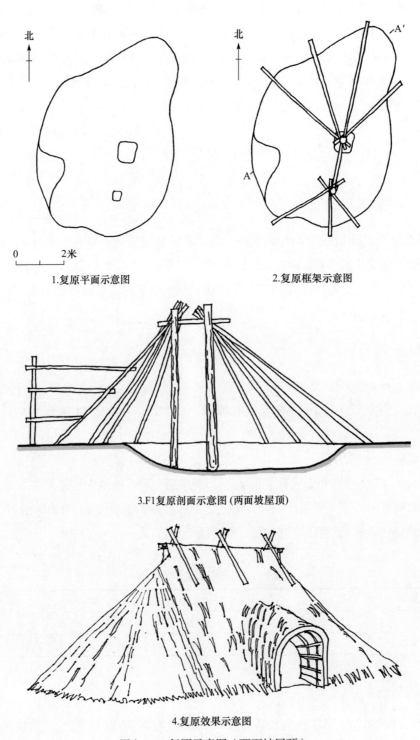

1.复原平面示意图　　　　　　　2.复原框架示意图

3.F1复原剖面示意图（两面坡屋顶）

4.复原效果示意图

图七　F1 复原示意图（两面坡屋顶）

（作者自绘）

2. 攒尖屋顶（有墙体）

F1屋顶为攒尖顶，则其室内最粗柱子D3为中心柱，其结构形式应是由穴室外围墙架设斜梁，向中心柱汇集与中心承重柱D3捆扎，为便于架斜梁，D3顶部应留有部分树权（图八，2）。构成屋顶骨架的斜梁由土墙提供一端支点，室内中心柱提供另一端支点，架设出闭合顶部空间的攒尖屋顶（图八，3）。因此F1从结构上来看是由地面墙体和柱子共同支撑的土木混合式结构体系。屋体外观为不规则椎体状（图八，4）。

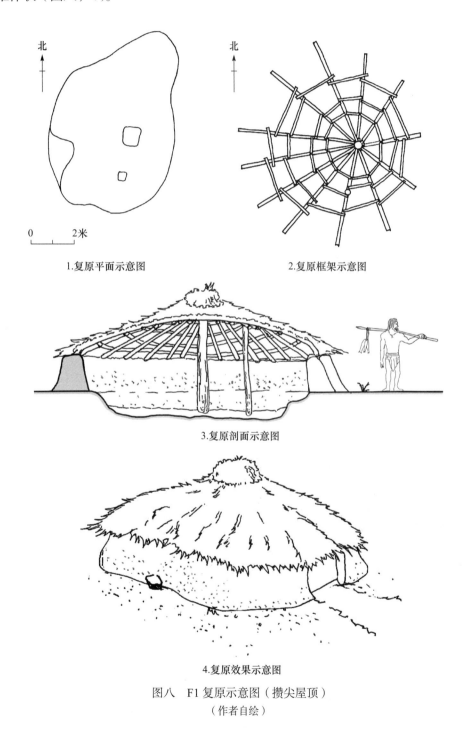

1.复原平面示意图　　　　　　　　　　2.复原框架示意图

3.复原剖面示意图

4.复原效果示意图

图八　F1复原示意图（攒尖屋顶）

（作者自绘）

四、结 语

通过对 F1 柱洞布局与半地穴房址残存信息的提取与分析，探讨 F1 在半地穴外围有墙体或无墙体时的不同围合结构，并分析 F1 可分为两面坡屋顶（有墙体）、两面坡屋顶（无墙体）、攒尖屋顶（有墙体）、攒尖屋顶（无墙体）四类。由于存在室内两根中心承重柱，因此 F1 有无墙体，虽然会影响 F1 围合形态和室内部空间大小，但事实上并不能决定屋顶形制。在此基础上选取两面坡屋顶（无墙体）和攒尖屋顶（有墙体）两类形制进行初步复原，以希望能够对 F1 从遗迹的平面的认识延伸至立面、空间的复原与阐释，从而实现对建筑遗存更加全面的考察。

在复原研究的过程中，我们还注意到 F1 半地穴平面呈葫芦状，斜壁凹底。斜壁凹底，应是为了尽可能扩充室内面积，而葫芦状平面布局则是反映了 F1 房址室内空间动态变化现象。F1 存在早晚两期居住面，说明房址有着一个长期使用的过程，在早期房址的基础上，沿着原有的穴壁，挖土扩建，既省工又省力，且扩大居住面积，这种可能性是存在的。基于满足"住"这一基本需求，史前房屋建筑的布局形式应不是固定的，存在着动态变化，其根本原因应与当时的人口数量、社会组织、生活方式相关，通过对史前房址遗迹信息"透物见人"或可更进一步理解史前社会组织概况。

附记：本文得到河北省文物局张立方教授、北京大学考古文博学院张剑葳副教授的指导与支持，谨此致谢！

附表 贾湖遗址房址信息统计表

编号	期段	平面形状	长径 × 短径—深（单位：米）	门道 方向	门道 形状	承重柱	护围柱	分类
1	Ⅲ9	椭圆	8.5 × 5.8-0.65	西南	台阶式	4		大
2	Ⅰ1	圆	2.1 × 1.95-0.7	北	台阶			小
3	Ⅰ2	椭圆	3.8 × 2.8-0.88	东	台阶	5		中
4	Ⅲ8	椭圆	2.7 × 1.7-0.4	西南	平		5	小
5	Ⅰ3	双间椭圆	4.82 × 3.8-1.16	东	斜坡	2	18	中
6	Ⅲ8	椭圆	2.8 × 2.0-0.66	南	斜坡			小
7	Ⅰ3	椭圆	2.05 × 1.4-0.86	东南	斜坡			小
8	Ⅲ8	长方	3.2 × 1.7-0.95	西	斜坡		3	小
9	Ⅱ6	圆	2 × 1.9-0.9	西南	台阶		3	小
10	Ⅲ7	椭圆	3.2 × 2.6-0.5	东	台阶			小
11	Ⅰ2	椭圆	3.3 × 2.3-0.6	西北	斜坡	2		小
12	Ⅱ6	椭圆	3.3 × 2.4-0.35	南?	平			小
13	Ⅱ5	椭圆	3.2 × 2.2-0.3	南?	平			小
14	Ⅲ8	椭圆	2.05 × 1.85-0.75	西南	台阶	2	4	小
15	Ⅱ6	椭圆	2.1 × 1.6-0.8	南	台阶	1		小
16	Ⅲ7	圆	2.2 × 2.1-0.75	西南	斜坡			小
17	Ⅰ3	近圆	5 × 4-1.4	西	斜坡	10	9	大

续表

编号	期段	平面形状	长径 × 短径—深（单位：米）	门道方向	门道形状	承重柱	护围柱	分类
18	Ⅲ7	近方	2.1×2.0-0.9	西	台阶	3		小
19	Ⅰ2	椭圆	2.8×2.3-0.55	西南	台阶			小
20	Ⅰ2	圆	3×3-0.4	西南	台阶	2		小
21	Ⅲ8	不规则	3.85×2.1-1.1	西北	台阶			小
22	Ⅱ4	椭圆	3.7×2.2-0.85	北	斜坡		2	小
23	Ⅰ3	椭圆	2.45×1.95-0.7	北	台阶		8	小
24	Ⅲ8	鞍形	2×1.15-0.82	北	台阶			小
25	Ⅱ5	鞍形	2.3×1.5-0.4	南	台阶		5	小
26	Ⅰ3	鞍形	3.5（×2）×4.2-0.7	西南	台阶			大
27	Ⅲ7	圆	3×3.1-0.4	西北	斜坡		10	大
28	Ⅰ2	椭圆	4×3-1.2	西?	?			中
29	Ⅱ6	椭圆	2.2×2.42-1.4	西	斜坡			小
30	Ⅱ5	不规则	3.1×3-1.2	东	台阶	2		小
31	Ⅲ7	椭圆	2.35×1.8-1.02	西	台阶		5	小
32	Ⅱ6	圆	2.35×2.3-0.75	南	台阶	3		小
33	Ⅱ4	不规则	2.95×1.8-0.4	西北	平?		14	小
34	Ⅰ3	不规则	6×6-0.65	西	斜坡	2		大
35	Ⅱ6	不规则	4.55×3.8-1.0	西北	台阶	3	9	中
36	Ⅱ4	椭圆	2.3×2.2-1.0	南	台阶		7	小
37	Ⅱ4	椭圆	2.5×2.1-1.2	南				小
38	Ⅰ3	椭圆	2.1×1.1- ?	南北			7	小
39	Ⅲ9	椭圆	4.3×3.1- ?	东		3	3	中
40	Ⅲ8	长方	6.8×1.5- ?	西北东南		12	12	中
41	Ⅲ8	椭圆	4.5×3.4-1.40	南	斜坡			中
42	Ⅲ8	椭圆	3.35×2.8-0.36	西	斜坡			中
43	Ⅲ8	椭圆	4.3×3.6-0.6	西	斜坡			中
44	Ⅱ5	椭圆	2.4×1.6-0.8	东	斜坡			小
45	Ⅰ2	不规则	5.6×3.2-1.15	西	斜坡	4	2	中
46	Ⅲ7	椭圆	1.68×1.22-0.32	南	台阶			小
47	Ⅱ6	椭圆	3.00× ? - ?					小
48	Ⅱ5	圆形	2.76×2.76-0.20					小
49	Ⅱ6	椭圆	1.24×0.66-0.32	北偏东	斜坡			小
50	Ⅱ6	双间椭圆	3.50×2.00-1.10	南	台阶			小
51	Ⅱ5	圆形	1.84×1.54-0.50	西南	台阶			小
52	Ⅱ5	椭圆	2.47×1.97-0.70	西南	台阶			小
53	Ⅰ2	椭圆	3.00×1.96-0.50	东北	台阶			小
54	Ⅲ9	近似方形	3.8~4.2×2.17~2.7- ?	南		不详	不详	中

注：根据河南省文物考古研究所：《舞阳贾湖》（上、下卷），科学出版社，1999年；河南省文物考古研究所、中国科学技术大学科技史与科技考古系：《舞阳贾湖》（二），科学出版社，2015年；杨玉璋、张居中、蓝万里、程至杰、袁增箭、朱振甫：《河南舞阳县贾湖遗址2013年发掘简报》，《考古》2017年第12期等资料整理

Restoring the Semi-Subterranean House F1 at the Jiahu Site in Wuyang, Henan

BAI Xuehua, GUO Qingzhang

(School of History and Culture, Hebei Normal University, Shijiazhuang, 050000)

Abstract: A total of 74 housing sites have been found in the Jiahu site, of which 47 are pit house sites. F1 is the pit house site with the largest area in Jiahu. From the layout of the surrounding sites, F1 shows its special position in the settlement, and it is speculated that F1 is a large public building for assembly. Based on published archaeological materials, this paper analyzes and explores the architectural form and technology of F1, and carries out preliminary restoration, to extend the understanding of F1 from the flat ruins to the restoration and interpretation of its facade and space.

Key words: Peiligang culture, Jiahu site, pit house site, recovery

禹州天宁万寿寺"陀罗尼经石"研究

李少颖

（禹州钧官窑址博物馆，禹州，461670）

摘　要： 禹州市天宁万寿寺创建于宋代，是禹州境内重要的佛教建筑之一。2019 年 10 月被国务院公布为第八批全国重点文物保护单位。陀罗尼经幢是佛教文化传播的重要方式。目前可考禹州境内现存的陀罗尼经幢有十数通之多，在中原地区县级市里较为突出，为研究中原地区佛教文化的发展提供了可贵资料。

关键词： 禹州；天宁万寿寺；佛教文化；陀罗尼经幢

一、概　　述

2021 年 10 月，为筹备"钧台书院"的成立，在天宁万寿寺大殿内发现了一块刻有佛顶尊胜陀罗尼经文的柱石。

该经石位于万寿寺大殿北门内西侧石质立柱之下，地面以上（图一），高 46 厘米，八棱八面，单面宽 17.5 厘米，总宽（直径）43.5 厘米，八面均有文字，竖行，除其中两面为 6 行、10 行外，其余皆为 8 行。每行字数从 16 字左右到 26 字左右不等，每字大者 2 厘米左右，小者 1.5 厘米左右，其中两面残损较重外，其余各面相对完好，文字辨识度较高，为楷书佛顶尊胜陀罗尼经文（图二）。根据拓片内容识读后，确定为残幢中部偏上部分，拓片右数第四幅（面）第二行有"幢赞并序"内容，经文自右数第五幅（面）起，至其余六面止。整幢上部与下部内容缺失，现存之内容约为全文的三分之一。所以初步判断此经石应为原经幢之中上部，上、下部均缺失；又据文中有"皇妣"等内容，判断应为有序之墓幢。结合经石两端断面平整且与柱石八面外形有较高度吻合的情况，为人为截断经幢后移做柱石之石础所用。

图一　西石柱下陀罗尼经石

图二　陀罗尼经石拓片（八面）

该石经幢残件的发现，为我们深入研究禹州天宁万寿寺大殿建筑构造的特点与历史演变以及唐宋时期陀罗尼经信仰在当地的流行提供了新的资料。

二、天宁万寿寺历史及现状

天宁万寿寺，位于禹州市古钧台街西段，现为禹州市第四实验中学。天宁万寿寺，清道光《禹州志·寺观志》天宁万寿寺条载："州西北隅。宋崇宁元年（1102 年）创建，金末毁。元大德三年（1299 年）重建，僧正崇威重修。明洪武十五年（1382 年），赐崇威符验一道。永乐、洪熙年俱赐敕一道，寺内有宋仁宗（1022～1063 年）御书'天竺唵斛呾啰字偈'。"① 民国《禹县志·宗教志》载："天宁万寿寺，县西北隅，魏时建，宋崇宁元年（1102 年）重修。金末毁，元大德三年（1299 年）重修。僧正重威重修。明洪武十五年（1382 年）赐崇威符检一道，内有宋仁宗（1022～1063 年）御书天竺唵解（斛）呾啰字喝（偈）②。按《道光志·金石篇》已称石不存。"据此可知天宁万寿寺或创自于魏，或创自于宋崇宁元年，且寺内存有宋仁宗御书字偈，在当时国内诸多寺庙中具有显赫的地位与巨大的影响。自宋以来它不但香火旺盛，更是禹州众寺之首，代行管理着全境之内 50 余处寺庙的佛事活动。民国初期，由于兵灾匪患频频发生，天宁万寿寺香火才日渐衰废，僧众也纷纷散去，日久而荒颓。

目前，天宁万寿寺现存有山门和大殿两处建筑。

山门，坐北朝南，为券洞、歇山式建筑。面阔三间，每间正中各开一门洞，中间大而两侧小。山门东西总长 10.9 米，南北总宽 5 米，占地面积 54.7 平方米，为明代重修后的遗迹。前后墙中间门洞上方各嵌有一长方形石质门额，书有"天宁万寿寺"字样，并分别刻有明代嘉靖年间修缮题记和明代弘治年间重修题记。从题记可以看出在相隔 70 年的时间里，天宁万寿寺曾受到过官方主持的两次重大修缮工程，足见天宁万寿寺的历史地位和教化民众之功用是非常受当朝官府之重视。

大殿，距山门向北约五十米为大殿，面阔三间，进深三间，四面筑高台呈方形，东西长 11.85 米，南北宽 10.85 米，面积 128.5 平方米（图三、图四）。大殿坐南朝北，前后开门，为单檐歇山灰

---

① 朱炜修、姚椿等纂：《禹州志》卷十四，清道光十五年刊本。
② 车云修、王棽林等纂：《禹县志》卷十二，民国二十六年（1937）刊本。

瓦顶；殿内梁架采用砌上明造草栿梁的做法（殿内梁架斗栱结构全部显露），梁架为抬梁式木结构，三梁起架，大部分木构件为自然材质，内外柱采用石柱，外柱（山柱）为方形，内柱两根靠近大殿北门内，减棱断面作八角（图五～图七）。著名考古学家、北大教授宿白先生在《白沙宋墓》一书的附录中，有 1951 年他到天宁万寿考察的详细记述，称之为典型的元代建筑风格，具有极高的艺术价值①。2015 年天宁万寿寺得到河南省文物部门的高度重视，并进行了专业性的修缮。修缮后其形制、特征、材料和工艺特点基本保持了原貌。2019 年 10 月天宁万寿寺被国务院公布为第八批全国重点文物保护单位。

图三　天宁万寿寺大殿全景正立面（南）

图四　天宁万寿寺大殿全景背立面（北）

---

① 宿白：《白沙宋墓》，生活·读书·新知三联书店，2017 年。

图五 大殿内西石柱及建筑结构

图六 大殿内东石柱及建筑结构

图七　东石柱下柱石

三、经幢与佛顶尊胜陀罗尼文化信仰

　　幢，早期出现在汉魏以前的车行仪仗之中。汉魏以后由于佛教盛行，幢便也出现在佛教的仪式之中，那时为丝质幢幡上书写经文，称之为经幢。从唐代开始，由于佛顶尊胜陀罗尼信仰的流传，人们根据该经中"佛告天帝：若人能书写此陀罗尼，安高幢上，或安高山，或安楼上，乃至安置窣堵波中……"的记述①，便诞生了与石相结合的石质经幢。

　　佛顶尊胜陀罗尼信仰兴起于唐初长安、洛阳等地，渐次传遍大江南北②。佛顶尊胜陀罗尼经中的咒语因其最能满足人民现世利益需求，故最为流行。唐朝议大夫兼侍御史武彻在其《加句灵验佛顶尊胜陀罗尼记》中记述："佛顶尊胜陀罗尼者，一切如来秘密之藏，总持法门。大日如来智印，吉祥善净，破一切恶道，大神力陀罗尼也。"③其后，记有大量持念《佛顶尊胜陀罗尼经》得见先亡父母的灵验故事广为流传。经中再三强调它的祛病、长寿、免除众生苦恼的现世利益，但从历史上看，广大信众更能接受的是该经所述的破地狱之功能，这些功能恰好迎合了人们解脱入地狱道的恐惧心理，因此在帝王、贵族及僧人的合力推动下，逐渐走向了与民众日常生活息息相关的建幢习俗。

　　清王昶《金石萃编》所收④，起于武则天朝天授元年（690年）至大和八年（834年），有陀罗经幢31种；起于开成元年（836年）至唐末年（900年），有陀罗尼经幢35种，合计66种⑤。现存尊胜经幢最早的实物，经孙启祥先生考证，认为是出土于河北井陉县的天护陀罗尼经幢。该幢建于唐开元十五年（727年），保存完整、年代准确，可以作为我国现存早期陀罗尼经幢的典型代表，幢

　　① 大藏经刊会《大正新修大藏经》第19册。
　　② 杜文玉：《唐代长安佛教经幢题记与题名研究——以佛教信众的社会结构为中心》，《人文杂志》2012年第6期，第116～127页。
　　③ 大藏经刊会《大正新修大藏经》第19册。
　　④ 王昶：《金石萃编》，上海古籍出版社，2020年。
　　⑤ 孙启祥：《天护陀罗尼经幢》，《文物春秋》1991年第3期，第20～21页。

座、幢身、幢项较为完善。时至宋代，佛顶尊胜陀罗尼信仰在民间仍甚为流行，以国务院公布的六批全国重点文物保护单位为例，其中 8 处多为宋时所建。河北赵州建于北宋景祐五年（1038 年）的陀罗尼经幢高 15 米有余，是现存经幢中形体最大的一座。另外福建泉州、云南昆明等地都极为流行，故有学者认为宋代立幢之风更盛，造型更华丽，雕刻更精美。

经幢上镌刻的文字主要是佛经，另外还有造幢记、造幢者的题名，少数的经幢也有额题。造幢记，包括序、铭和赞，主要是叙述造幢缘起，其中多是赞叹《佛顶尊胜陀罗尼经》的威力神效，有的也兼述此经东来的传奇。造幢者题名通常刻于幢座。此经最通行的佛陀波利译本，经文共有 2655 字，其中"尊胜陀罗尼（咒）"仅 326 字。唐代此经有八个译本，但唐代的经幢上所刻的几乎全是波利本。入宋以后，刻不空本的经幢略有增加，从 10 世纪后半叶开始，有的经幢上开始出现"陀罗尼启请"。"启请"是密宗在经典或陀罗尼读诵之前奉请的启白，如不空所译的《佛母大金曜孔雀明王经》等。

叶昌炽《语石》卷四经幢条："先序后经，经中有咒，咒在'即说咒曰'之下，此常例也。或咒在经后，或别刻于上层，其变例也。曾见一唐幢，刻咒于上层，而下截经中，依然有咒，则为骈拇枝指矣。天宝以前，皆棋子方格，雕写精严，兼刻经序，咒不刻序者，不过十之三，单刻咒者，不过十之一，然唐未尚然；五代宋初，风气日趋于陋，刻经者，已寥寥无几。……驯至辽金，刻经者十无一二。"[①] 可见佛顶尊胜陀罗尼信仰内容丰富，在我国传播时间之长，传播地域之广。

四、禹州市境内现存陀罗尼经幢（石）情况

禹州地处中原腹地，北距省会郑州 81 公里，东北临汴京 128 公里，西去洛阳 130 公里，南靠平顶山 77 公里，位于郑平、汴洛交通之要塞。其境内已发现，或志书中有记载的唐宋经幢较为繁盛。

存世的有禹州城内古钧台南街五代经幢 1 通，禹州城内天宁万寿寺大殿内的柱石残幢 1 通（本文之经石），古城镇古城村二郎庙的"宋嘉祐八年"（1063 年）经幢 1 通，洪畅镇涧头河村白佛寺内宋元祐三年（1088 年）、宣和三年（1121 年）与无法辨识纪年的经幢 3 通（图八），花石乡连庄村龙泉寺经幢 1 通，洪畅镇山底吴村吴道子祠堂内的残石经幢 1 通等，共计 8 通。另有禹州市文物局（文管处）存宋元祐二年（1087 年）陀罗尼经石棺一座。

民国《禹县志·金石志》载有：唐天宝十四载（755 年）十二月十九日立陀罗尼经经幢一通"幢高五尺许，天宝十四载十二月十九日立，八面俱刻《陀罗尼经》，小字密行，书法颇有骨力，剥蚀多不可读。现存县北锡章里三甲灰坡砦沟内"；宋宣和三年（1121 年）十一月造大佛顶尊胜陀罗尼经幢一通"幢在今东高村庙内，盖杨端礼为其祖俅葬地造经幢，以资冥福者也。字略寸许，正书。石已不全，字尚存十之七八，宣和三年十一月造"；金皇统七年（1147 年）冯长宁立石的华梵字佛顶尊胜陀罗尼经幢二通"道光《朱志》孙氏九同《考志记见》云，在州镇定里二甲元墓庄火龙庙中，或云唐褚遂良书，此其上半，下半在许州。按：毕氏沅《中州金石记》：许州陀罗尼经幢系咸通六年，既与遂良不相建，及自许搨至其文，八幅完善，较禹刻字略小。末幅有皇统七年冯长宁

---

① 姚文昌点校，叶昌炽撰：《语石》，浙江大学出版社，2018 年。

图八　禹州市鸿畅镇涧头村白佛寺内宋元祐三年（1088 年）、宣和三年
（1121 年）与无法辨识纪年的经幢现状

立石一行，行甚长，其中剥蚀不可读。禹碑亦有此一行，至始平县开字下止。考皇统为金熙宗亶年号，凡九年。而碑文字皆同，当是一时所刻。碑空处又题云，碑在石堌南小功庙，嘉庆二十四年六月知州事甘扬声移置州城之关帝庙，与禹为二物，惟同建于金皇统时，孙氏所云当时未及详考耳。”[①]

综上所述，共计 12 通经幢，石棺 1 座，时间跨唐及宋金，按其年代顺序详析如下：

唐代经幢 1 通。立于天宝十四年，即 755 年，高五尺许。因该志书成于清，按清代营造尺，一尺合 32 厘米计算，应高约 160 厘米。并根据其具体年、月、日的记述，此经幢除经文外，当有详细纪年款识。八面俱刻经文，小字密行，书法颇具骨力，剥蚀多不可读等信息。与天宁万寿寺经石相较，石虽高大，小字密行书风颇为相近。

五代经幢 1 通。宿白先生早在 1956 年第四期《文物参考资料》中“从许昌到白沙‘禹县八角琉璃井’条”中就做了记述，并对位于禹县幢西北数百米之遥的天宁万寺也做了详细考察[②]，只可惜当时并未发现天宁万寿寺大殿之内的陀罗尼经石，不然先生或许早已给出答案。

宋代经幢 6 通（含石棺一座和涧头河不可辨识者一通）。其一，古城镇古城村二郎庙的宋嘉祐八年（1063 年）经幢。顶、座已佚失，仅存高 125 厘米，每面宽 13 厘米之八棱形幢身。幢身每面刻梵语经文四行，每行四十字。有宋嘉祐八年（1063 年）题款。经文内容是劝人积德行善，不得欺骗上天，不能诬蔑圣灵，告诫人要勤于劳作，安分守己，并祈求菩萨保佑众人免受各种灾难。碑文的书法苍劲有力，古朴圆润，有“二王”遗风。显然整体低于天宁万寿寺经幢；面宽 13 厘米，小于天宁万寿寺的面宽 17 厘米；每面刻梵语经文四行，也与天寺万寿寺每面八行有别。其二，北宋元祐二年（1087 年）舍利石馆。长 113.5 厘米，宽 68.3 厘米，高 65 厘米。磨光，上下叠须弥座棺床，棺身外壁素面。棺盖顶杀角抹面，外壁四周阴线刻缠枝牡丹，盖面磨光阴刻“佛顶尊胜陀罗尼启请，佛顶尊胜陀罗尼经，唐周罽宾国沙门佛陀波利奉诏译”，所作七言长偈，在历代刻经译本

①　车云修、王棽林等纂：《禹县志》卷十四，民国二十六年（1937）刊本。
②　宿白：《从许昌到白沙》，《文物参考资料》1956 年第 4 期，第 66～72 页。

中罕见。显然该石棺与天宁万寿寺经幢可比性较小，只能做文字内容与书法艺术之参考。其三，涧头河村陀罗尼经幢三通均呈八角形。右边一个有元祐三年（1088 年）字样，字迹仅部分尚能辨认。其四，涧头河村陀罗尼经幢左边一个高 132 厘米，宽 15 厘米，刻于宋宣和三年（1121 年），有"佛顶尊胜陀罗尼经"字样。其五，涧头河村陀罗尼经幢，中间一个，字迹模糊，已无法辨识内容和年代。此三、四、五石幢相较天宁万寿寺经幢尺寸均较相近。其六，《禹县志》载造于宣和三年十一月，即 1121 年 11 月，有具体纪年款，正书，字寸许，每字约合 3.2 厘米。没有记述造型是否为八面和宽高，只记石已不全等。与天宁万寿寺经石相比，因未记其形状，无尺寸和外形，亦不可较，但字体相比较，显然要大于天宁万寿寺经幢文字。

金代经幢为 2 通，一通在禹州，一通在许州，记述翔实。原疑似为一通之上、下段，许州之经幢，初记造于咸通六年，即 865 年，有书家褚遂良（596～658 年）之遗风。清毕沅在《中州金石记》中做了详细考证，并亲自去许�5至其文，八幅完善，较禹刻字略小，末幅均有皇统七年冯长宁立石的款记[①]，即 1147 年造的纪年款。当为二通完整经文的经幢。此二石亦未记述之高度，无法与天宁万寿寺经石相较。其形状为八面，当与天宁万寿寺经石相同。

不确定纪年者 2 通。花石乡连庄村龙泉寺经幢与洪畅镇山底吴村吴道子祠堂内的残石经幢形体较小，字迹不可辨识，无法识其年代，就形状大小而言，与天宁万寿寺经幢相去甚远。

根据以上资料可知，天宁万寿寺的建寺时间，无论其创建于魏或宋崇宁元年（1102 年），至金末被毁。但其于元大德三年（1299 年）重修则是共识，真实可信。宿白先生在《白沙宋墓》一书的附录中，有 1951 年到天宁万寿考察的详细记述，称该大殿属典型的元代建筑风格，具有极高的艺术价值。因此可以得出，天宁万寿寺大殿的年代应在 1102～1299 之间。另外根据"陀罗尼经石"位于大殿内大梁柱石之下的特殊位置，在被后世之人修缮大殿时替换掉的可能性更是微乎其微，所以判断该经石的年代与天宁万寿寺大殿的年代相一致，即下限应不晚于元大德三年，即 1299 年。

五、结　　语

（1）禹州市天宁万寿寺经石（残）为墓幢之残石。

（2）佛教之尊胜陀罗尼文化信仰于唐宋时期在中原地区，特别是禹州一带较为盛行。

（3）禹州市天宁万寿寺大殿创建于宋崇宁元年（1102 年）于元大德三年（1299 年）之间，与天宁万寿寺经石相互印证。

（4）天宁万寿寺经石的外形尺寸、经文内容、书体格式与书风类比等，符合宋代中期的特征。

参　考　书　目

［1］　朱炜修，姚椿等纂：《禹州志》，清道光十五年刊本。

［2］　车云修，王棽林等纂：《禹县志》，民国二十六年（1937）刊本。

［3］　宿白：《白沙宋墓》，生活·读书·新知三联书店，2017 年。

［4］　大藏经刊会《大正新修大藏经》。

---

① 毕沅：《中州金石记》，中华书局，1985 年。

［5］　杜文玉:《唐代长安佛教经幢题记与题名研究——以佛教信众的社会结构为中心》,《人文杂志》2012 年第 6 期。

［6］　王昶:《金石萃编》,上海古籍出版社,2020 年。

［7］　孙启祥:《天护陀罗尼经幢》,《文物春秋》1991 年第 3 期。

［8］　姚文昌点校,叶昌炽撰:《语石》,浙江大学出版社,2018 年。

［9］　宿白:《从许昌到白沙》,《文物参考资料》1956 年第 4 期。

［10］　毕沅:《中州金石记》,中华书局,1985 年。

Study on Stone Doloni Sutra Pillar of the Tianning Wanshou Temple in Yuzhou

LI Shaoying

(Yuzhou Jun Royal Kiln Site Museum, Yuzhou, 461670)

Abstract: The Tianning Wanshou Temple, founded during the Song Dynasty, is one of the important Buddhist buildings in Yuzhou. In October 2019, it was listed as the eighth batch of national key cultural relics protection units. Doloni sutra pillar is an important way to spread Buddhist culture. At present, there are more than 10 Doloni sutra pillars existing in Yuzhou, which are more prominent in the Central Plains, providing valuable materials for the study of the development of Buddhist culture in the Central Plains.

Key words: Yuzhou, Tianning Wanshou Temple, Buddhist culture, the Doloni sutra pillar

征 稿 启 事

  《文物建筑》于 2007 年创刊，由河南省文物建筑保护研究院主办，以学术性、知识性和资料性为其主要特色，是面向文物建筑研究与保护领域的专业刊物。设文物建筑研究、文物建筑鉴赏、保护工程案例、古典园林、历史文化名城、民居研究、建筑考古、建筑文化交流、古建知识、建筑彩绘选粹、科技保护、古建筑管理、人物、书评、文物建筑写生等栏目。我刊为年刊，截稿日期为每年五月。现面向社会各界诚征稿件，欢迎踊跃来稿！

  稿件基本要求：

  1. 文字精练，层次分明，条理顺畅，以 5000～10000 字为宜。须提供 200 字左右的中、英文内容摘要和 3～6 个关键词。来稿请注明作者、单位、职称或职务、详细联系方式。

  2. 内容真实，数据可靠，图文并茂。为确保出版质量，文中附图、照片要清晰，含 CAD 图的请附原图。

  3. 确保稿件的原创性，不得侵犯他人著作权或其他权利，由此而引起的任何纠纷，均由稿件署名人承担。

  4. 凡向本刊投稿，稿件录用后即视为授权本刊，并包括本刊关联的出版物、网站及其他合作出版物和网站。

  5. 稿件录用与否将在三个月内回复。稿件一经采用和刊出，将按规定支付稿酬和寄送样刊。出刊后将其编入《中国学术期刊网络出版总库》、CNKI 系列数据库等数据库，编入数据库的著作权使用费包含在编辑部所付稿酬之中。

通信地址：河南省郑州市文化路 86 号河南省文物建筑保护研究院《文物建筑》编辑部

电子邮箱：wenwujianzhu@126.com

联系电话：0371-63661970